만남

이어령 강인숙 부부의 70년 이야기

만남

강인숙 지음

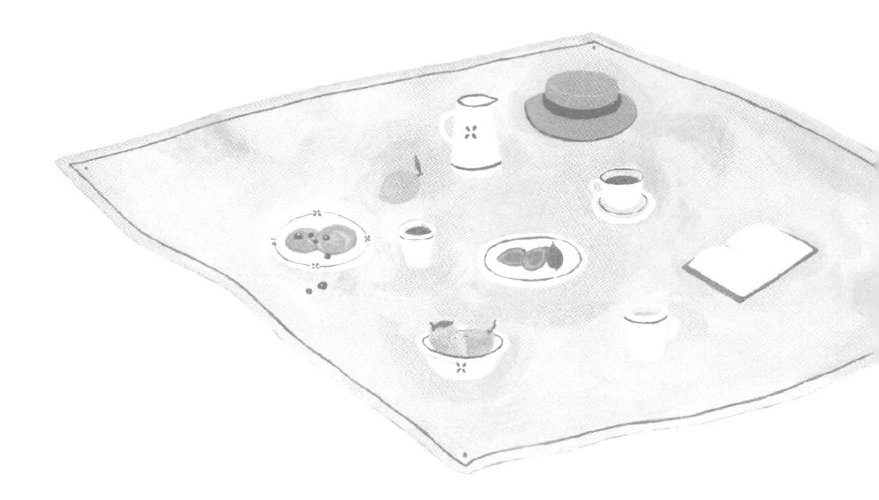

열림원

까까머리를 막 기르고 있는 대학 신입생의 모습으로
그는 내 앞에 나타났다.
이름을 안 것은 신입생 환영회 자리였던 것 같다.
머리가 짧아 얼굴이 네모로 보였다.
무언가가 안에 꽉꽉 차서 터질 것 같은 느낌을 주는 모습…….
호기심에 빛나는 눈이 눈부셨다.

머리말

나는, 다른 사람에 대한 글을 쓸 때면, 되도록 본인이나 관련이 있는 분에게 읽히고 나서 발표합니다. 가까이 있는 사람의 내면도 잘 알지 못하는 부분이 있음을 알기 때문입니다. 내면뿐 아닙니다. 연도나 사실이 잘못 쓰일 수도 있습니다. 이어령 선생의 경우도 마찬가집니다. 그런데 지금 제가 쓰려는 글은 그와의 만남에 관한 것입니다. 그러니 그 한 사람뿐이 아닙니다. 그의 가족에 대한 이야기도 쓰지 않을 수 없습니다. 한데 나는 사실 그 집안 어른들 한 분 한 분에 대해 상세하게 알지 못합니다. 결혼하기 전 이야기는 더 그렇습니다. 그래서 생전에는 이 선생에게 보여서 잘못된 부분을 고쳐 받았습니다. 여기 실린 글 중 네 편은 10년 전에 출판하려고 쓴 것이어서 그의 눈을 거친 겁니다.

나머지가 문젭니다. 마지막으로 그에게 보여준 것이 그의 가족 이야기를 쓴 『글로 지은 집』[1] 2장이었습니다. 자기가 모르던 이야기도 있다면서 재미있어하던 생각이 납니다. 하지만 지금은 그가 없으니, 그 일이 불가능합니다. 그래서 글 쓰는 손이 벌벌 떨립니다.

그중에서도 가장 어려운 것은 그의 어머니에 관한 것이었습니다. 이어령의 세계를 해독하려면 어머니를 알아야 하는데, 나는 그의 어머니를 만나 뵌 적이 없습니다. 내가 그 댁에 들어가기 14년 전에 돌아가셨기 때문입니다. 그러니 이 선생의 글에 나타나 있는 어머니상과, 집안에 전해져 내려오는 에피소드들을 통해서 어머님의 인품을 가늠해보는 수밖에 없었습니다. 위험한 일이지요. 그래서 이 일은 정말 하고 싶지 않았던 작업입니다. 사실 내겐 그 일을 할 만한 충분한 시간도 체력도 없었습니다. 아흔이 넘었으니 컴퓨터의 더블클릭이 불가능해지는 세월이 곧 올 것이기 때문입니다. 그런데도 하루에 두 시간밖에 글을 쓸 수 없는 막바지의 시간을 바쳐서 이 작업을 한 이유는, 이제는 나만큼도 그를 알고 있는 사람이 없다는 데 있습니다. 그래서 그와의

1 2023년 열림원에서 출간한 필자의 저서.

70년 역사를 정리해보기로 했습니다. 가장 가까이에서 산 사람이니까 내게는 그에 대해 증언을 남겨야 할 것 같은 채무감이 있습니다.

아버님이 돌아가시기 전에 한 번 당신의 오럴 히스토리(구술전기)를 채록한 일이 있습니다. 백 세 때였는데 어찌나 기억력이 좋으신지, 제가 결혼하기 이전의 집안 형편을 대충은 짐작할 수 있게 해주셨습니다. 우리 아버님은 허세를 전혀 부리지 않는, 정말로 소탈한 선비셔서, 그 정보들은 정확하고 유용했습니다. 하지만 채록에서 빠진 세월과 생활의 디테일은 알아낼 방법이 없습니다. 이 선생 바로 위의 형님이 생존해 계셔서 직접 글을 부탁드렸습니다만, 연세가 높으셔서(93세) 오랜 옛날 일은 기억을 잘 못하시는 부분이 있습니다. 그래서 호적이나 유서 같은 서류들을 뒤져보며 객관적 자세를 유지하려고 많이 애를 썼지만, 효과는 신통치 않아서 이 글만 쓰려면 신경이 곤두섭니다.

이어령 선생에 관한 부분도 마찬가집니다. 대학 동기였으니까 대학 생활과 64년간 같이 산(1958~2022) 결혼 생활에 대해서는 잘 알지만, 밖에서 일어나는 일은 사실 잘 모릅니다. 그의 내면에 대한 것도 다 안다는 자신이 없습니다. 그러니 자신이 아는 한계 안에서 말을 할 수 있을 뿐이어서, 오해한 부분이 있을까봐 되도록 그에 대한 글을 쓰고 싶지 않았습니다. 그래서 이 책도 사실은 많이 고쳐서 죽은 후에 발표하려고 했던 겁니다. 그런데 죽은 후에는 교정을 볼 수 없다는 생각이 들어서, 그냥 눈 딱 감고 내기로 했습니다. 내가 알 수 있는 건 나 자신뿐이고, 그와의 만남은 그이만이 아니라 나의 문제이기도 해서, 자꾸 내 이야기가 들어가는 것도 곤혹스러운 부분이었습니다. 부부란 그렇게 나눌 수 없는 관계라는 것을 다시 한번 실감했습니다. 그래서 그이뿐 아니라 나에 대해서도 되도록 객관적이 되려고 노력했습니다.

하지만 이 책에 들어가 있는 글들은, 한 인간이 마지막 날에 쓴, 체계도 없고 고증도 부실한 자전적 글에 지나지 않습니다. 내 삶과 그의 삶이 뒤얽혀 있어서, 누구 이야긴지도 모르는 애매한 부분도 있습니다. 그러니 체계 있는 평전이나 본격적인 전기가 아닙니다. 앞으로 누군가가 제대로 된 평전을 쓰시는 데 도움이 되는 자료가 되었으면 하고 바랄 뿐입니다. 그래서 대학 시절의 것은 일기를 참조해가면서 날짜를 적어 넣기도 했습니다. 자기 일인데도 헷갈리는 부분이 많았기 때문입니다.

나는 이 글에서 이어령 선생을 미화하거나 영웅화할 생각이 전혀 없습니다. 가능한 한 사실을 있는 그대로 그리고 싶어서 기를 썼더니 글이 너무 건조해졌습니다만, 이어령 선생은 어디까

지나 예술가였지 행정가나 정치가나 위인은 아니었습니다. 창조하는 부분만 빼면 그냥 보통 사람이죠. 결점과 장점을 함께 가지고 있는 그런 인간mortal 말입니다. 다만 인간의 한계에 도전하여, 창조의 붓을 놓지 않으려는 눈물겨운 노력 속에 이어령이라는 한 인간의 온 무게가 다 실려 있었다고 생각합니다. 그렇게 자기 일만 외곬으로 하다가 떠난 한 예술가를, 나는 있는 그대로 사랑했기 때문에, 그를 윤색하고 싶은 마음은 없습니다. 인간의 약점은 뒤집어보면 장점이기도 하고, 어쩌면 인간스러운 점이기도 하지 않습니까.

이 선생 형님과 외사촌 누나의 글을 실은 것은, 내가 알 수 없는 시기의 그의 역사를, 친가와 외가 양쪽에서 조명해보기 위함이었습니다. 손위 어른의 글을 부록으로 넣을 수밖에 없어서 아주 송구스러웠지만, 함께 자라신 분들이니까 좋은 정보들이 많이 있어 참 좋았습니다.

여기 실린 글들은 연대가 오락가락합니다. 이 글의 일부는 2013년에 처음 쓰인 것이기 때문입니다. 「이어령을 기른 흙과 바람」「네오필리아와 김치」「어린 날의 기억들」「나의 자랑스러운 고종사촌」 등이 그것입니다. 웅진출판사에서 '예술가의 삶과 예술' 시리즈를 낸다고 청탁해서 쓴 건데, 출판사가 문을 닫아 이제야 마무리하게 된 겁니다. 그래서 좀 어수선합니다. 시기가 들쭉날쭉하기 때문입니다. 이어령 선생 생전의 시간과 사후의 시간이 뒤섞여 있기도 합니다. 헷갈리실까 봐 집필 연대를 첫머리에 넣어드리겠습니다. 시기만이 아닙니다. 같은 사람의 이야기여서 불가피하게 내용도 겹치는 부분이 많습니다. 그리고 써놓고 보니 내 이야기가 많이 더 들어가 있네요. 부부란 그렇게 유착되어 있는 관계라 생각하고 용서해주시기 바랍니다.

종이책이 불황을 겪고 있는 이 어려운 시기에 책을 내주신 정중모 사장님과 여러 번 평창동 언덕을 오르내리신 김현정 주간님, 그 밖에도 수고해주신 모든 분께 감사의 말을 드립니다. 섭외와 교정을 도와준 김연, 이혜경 두 사람에게도 감사하다는 말을 전하고 싶습니다.

2024년 4월

小汀 강인숙

차례

2부

3부

부록

1

그날 밤 그는 내게 첫 편지를 썼다. "작품을 돌려드립니다"라는 사무적인 말로 끝나는 평범한 글이었는데, 이상하게도 그건 아우성이고 함성이었다. 나는 그가 나를 좋아하고 있지 않나 하는 의심을 그때 비로소 하게 되었다. 나는 그의 삶에 대한 정열에 압도당하고 있었다. 내가 구하다 못 구한 것이 거기 있을지도 모른다는 생각을 했다. 그를 사랑하게 될 것 같은 예감이 들었다.

이어령을 기른 흙과 바람

2013년 10월

중부지방의 풍토와 전통문화

해방되던 해에 함경남도에서 월남한 나는, 마치 이국에 온 것처럼 서울 문화가 낯이 설었다. 일본의 압제를 받은 세월이 자그마치 36년이나 되는데, 서울에는 우리나라의 표준어가 그대로 살아 있었고, 표준적인 삶의 규범들도 튼튼하게 자리 잡고 있었던 것이다. 여자의 치마꼬리가 트이는 방향에 따라 신분이 드러나고,[1] 나들이옷과 허드레옷이 엄격하게 구별되어 있는 복식服飾

---

1 양반은 여자의 치마를 왼쪽으로 트고, 상민은 오른쪽으로 텄다.

문화, 고명과 그릇이 음식에 따라 정연하게 차이화되며, 계절 음식이 철 따라 마련되는 주방 문화, ㅁ 자형으로 되어 있는 집에 뜰아랫방과 행랑채가 있고 대문과 중문이 있는 주거 문화—서울에는 그런 안정된 패턴의 생활 문화가 남아 있었다. 함경도 같은 변방에는 없는 한국 고유의 생활 문화가 그대로 남아 있었던 것이다.

내가 이 선생 댁에 들어가서 느낀 문화적 이질감도 같은 것이었다. 그가 태어난 집에는 누마루가 달린 사랑채가 있고 솟을대문이 있었다. 충청도답게 선이 유연하고 칸살이 넉넉한 솟을대문은, 서울의 것보다 여유가 있고 수더분해서 중후한 느낌을 주었다. 그 중후함이 서울보다 더 짙은 전통문화의 무게라고 할 수 있다. 한국에서는 보기 드물게 반촌班村과 민촌民村이 따로 있는 고장이 온양이다. 외암리가 이웃에 있고, 이기영의 소설에 나오는 민촌도 이어령 씨 집과 같은 배방면에 있다. 충청남도는 한국에서 전통문화의 정수가 가장 많이 남아 있는 지역이다.

내가 자라던 고장에는 사랑채가 따로 있는 집이 없다. 추위 때문이다. 함경도 지방은 5백 년 동안 과거 시험을 못 보게 하였으니, 초헌을 타고 다니기 위해서 만드는 솟을대문을 다는 집도 물론 없다. 날씨가 추우니 마루 아래가 빈 공간인 대청마루도 안 만든다. 농경지가 적어 지주계급이 없으니 머슴도 없다. 그러니 행랑채도 필요 없다. 함경도의 집은 대체로 양통 형식의 일자형 건물이다. 건물 중앙 축을 기준으로 하여 넉 자 정도의 넓이를 가진 마루가 달린 앞쪽은 남자들의 거처다. 부엌에서 가장 먼 곳에 있는 큰 방이 사랑방이다. 뒤쪽에는 여자들의 방이 있고, 정지칸은 가운데를 터서 크다. 가족들이 모이는 생활공간이기 때문이다.

그곳에는 머슴이 없다. 농사는 일용 노동자의 도움을 받는 자작농이 대부분인데, 거기에서는 그 일꾼들을 농군農軍이라고 부른다. 그들은 자기 집에 살면서 노동력을 팔아 생계를 이어간다. 그러다가 전쟁이 나면 군인이 되기도 하니 머슴이 아니라 자유로운 시민이다. 물장사를 해서라도 자식을 대학에 보내는 교육열 때문에 근대화가 빨리 정착되어서, 사농공상의 계급관이 없어진 지는 이미 오래다. 거기에서는 이기영의 소설에 나오는 쥐불놀이 같은 것도 하지 않는다. 태울 들판이 많지 않은 데다가 날씨가 너무 추워서 해충들이 겨울에 얼어 죽는 모양이다.

함경도에는 양반이 있을 수 없다. 양반 중의 양반들을 골라 귀양을 보내놓고, 이씨 왕조는 그들이 두려워서 5백 년 동안 그 고장 사람들에게 과거를 보지 못하게 했다. 5백 년간 벼슬을 못 하면 양반이라도 양반처럼 살 수 없다. 노동력이 부실하니 화전민으로서도 성공하기 어려워서, 양반 문화가 사라질 수밖에 없는 환경이다. 전통문화의 부실함은 근대화가 빨리 되는 기폭제가 된다. 1920년대부터 기독교인이었던 우리 어머니는 제사를 지내지 않아서, 나는 전통적인 제사를 시댁에서 처음 보았다. 기독교가 쉽게 퍼지고 인간 평등사상이 일찍 조성된 것도 같은 이유에서였을 것이다.

이어령 씨가 태어난 곳은 내가 태어난 고장과는 반대로 한국적 전통이 가장 많이 남아 있는 충청남도, 그중에서도 햇볕이 따뜻하기로 이름난 평화로운 고장 온양이다. 그 고장 사람들은 보수적이어서 근대화를 좋아하지 않았다. 철도를 부설할 때 그곳을 통과하게 설계되자 주민들이 반대해서 노선이 바뀌었다고 한다. 옛 문화에 대한 집착이 강한 것이다. 그래서 그 고장은 지금도 구舊 온양이다. 기찻길을 거부한 덕에 그곳에는 지금도 오래된 아름다운 기와집들이 더러 남아 있다. 온주아문溫州衙門도 그대로 있고, 향교와 당간지주 등도 온전하게 남아 있다. 다른 도시 같으면 문화재로 보호를 받을 한옥이 꽤 많이 남아 있는 것이다.

10리쯤 더 남쪽으로 내려가면 외가가 있는 쇠일(금곡리)이 있다. 맹사성의 사당이 있는, 향반鄕班 문화의 본고장이다. 그곳에는 내가 처음 찾아갔던 1960년대만 해도 화초담을 두른 우아한 기와집들이 여러 채 있었다. 외갓집도 그런 아름다운 한옥 중의 하나였다. 이런 문화적 환경은 그가 어려서부터 전통문화를 익힐 배경이 되었다. 한국 문화에 대한 그의 지식은 생활 속에서 얻어진 것이어서 뿌리가 깊다.

전통은 언어 면에서도 나타난다. '초협하다' '잔망스럽다' '귀살스럽다' 같은 토착어들을 나는 시댁에서 배웠다. 따뜻한 기후와 이런 문화적인 환경이 그의 초기 에세이집 『흙 속에 저 바람 속에』나 『하나의 나뭇잎이 흔들릴 때』 같은 서정적인 산문들을 낳게 한 토양이다. 장관 시절에 '노견路肩'이라는 이상한 이름으로 불리던 고속도로의 가장자리 길을 '갓길'로 바꾸고, 자투리땅에 공원을 만들면서 '쌈지공원'이라 부르게 만든 원천도 같은 곳에 있다. 초기의 그의 감각적인 문장들을 낳게 한 모태도 그 지역에 남아 있던 전통적인 토착어들이다. 사상 처음으로 나타난 '흙 속에 저 바람 속에' 같은 생소하고 긴 글 제목들이 독자들의 마음의 금선에 닿을 수 있었던 것은, 그것들이 순수한 우리말로 되어 있었기 때문이다. 그의 문학의 새로움은 오래된 문화의 저수지 같은 충청도의 풍토에서 돋아난 새로운 싹들이다.

보수적인 충청도 사람답지 않게 네오필리아neophilia[2]의 경향

---

2 새것을 좋아하는 성향.

을 가진 그는 글로벌 스탠더드로 보아도 지나치다 싶은 정도로 새것에 대한 갈망이 크다. 여든이 지난 지금까지도 그는 프랑스 사람들처럼 '새것 찾기chercher de nouveau'에 골몰하고 있다. 그런 그에게 균형을 잡아주는 추가 충청도의 전통문화다. 그는 항상 새로운 문제를 개발하면서 날마다 새로운 날들을 살아왔는데, 그 새로움의 원천은 중부지방에 남아 있던 토착적인 우리 고유의 문화다. 88올림픽의 새로움은 굴렁쇠 놀이, 고 놀이, 돌아가는 배에서 부르는 뱃노래 등에서 나타나는데, 그것들은 모두 전통문화에서 불러내온 것들이다. 모던한 현대식 건물인 문화부에 그는 커튼을 걷어내고 종이로 바른 완자문을 만들었다. 2008년에 만든 그의 서재에 있는 서가 가리개용 12폭짜리 장지문 같은 것들도 그의 세계의 본질을 말해준다. 그 점에서 이어령은 이상李箱과 비슷하다. 서울의 전통적인 문물에 대한 해박한 지식이 이상의 모더니즘이 오늘날까지 살아남을 수 있는 균형을 형성시킨 모체인 것처럼, 전통은 늘 이어령 씨의 새로움에 균형을 잡아주는 고마운 추였으며 원천이었다.

유교의 규범들을 철칙처럼 여기는 지역에서 자란 그는, 일상생활에서는 유교적 교양주의가 체질화되어 있다. 그는 외식하러 갈 때에도 정장을 선호한다. 의관을 정제하던 유교적 습성의 잔재다. 언행도 마찬가지다. 그의 집안에는 언행에서 규범을 어기는 사람이 아주 적다. 언젠가 내가 초등학교에 다니는 아들을 야단치면서 “집에서 새는 바가지는 밖에서도 샌다”라는 말을 한 일이 있다. 그랬더니 아이가 “엄마, 그런데 난 밖에서는 안 새나 봐. 우리 선생님들이 나보고 버르장머리가 있다고 그래요” 하고 넉살을 떨던 생각이 난다. 그 말은 그대로 그의 아버지에게도 적용된다. 대학을 졸업하고 한 달 만에 「우상의 파괴」를 써서 문단을 발칵 뒤집어놓은 이어령 씨는 사방에서 비난의 화살을 받았다. 어른에게 버릇없이 굴었다는 것이 가장 큰 죄목이었다. 그런데 나중에 그는 그 어른들에게서, 만나보니 뜻밖에도 “예의범절이 깍듯하다”는 호평을 받았다. 예의범절은 어려서부터 생활화되어 있던 그의 기본 자산이다. 그러고 보면, 어린 나이에 문단 어른들께 도전장을 보낸 저돌적인 행동은, 아마도 집 밖에서 보낸 사춘기의 고달프지만 자유로웠던 생활 속에서 얻어졌을 가능성이 많다.

‘새것 밝히기’ ‘권위에 대한 담대한 도전’ ‘불같은 성격’ ‘의욕과잉’ 등 그는 충청도적이지 않은 측면을 많이 가지고 있다. 보수적인 그의 집안에서 보면 그는 별종이다. 그런데도 사회생활을 무사히 해낸 원동력은 충청도의 문화적 환경에서 터득한 중용과 절제의 힘이라고 생각된다. 모시 두루마기를 입고 장죽을 문 영감님처럼 이어령 씨는 뜻밖에도 남에게 덕담을 잘한다. 남에게 모진 말을 잘 하지 못하는 것, 남에게 폐를 끼치지 않으려고 과잉 배려를 하는 경향 같은 것도 그가 가지고 있는 지역적 특징이다.

언젠가 아이들이 팥빵을 사 왔을 때, 내가 "위가 나빠 팥이 잘 맞지 않는 것 같으니 다음에는 다른 것 사줄래?"라고 말한 일이 있다. 하루 이틀 볼 사이도 아닌데, 원하지 않는 음식을 계속 사러 다니게 하지 않으려는 생각에서였다. 그런데 그에게서 야단을 맞았다. 아이를 무안하게 했다는 것이다. 그는 그런 경우 맛있다고 하면서 참고 받아들인다. 한 번 불편하면 될 것을 내버려두어 누구에게도 도움이 되지 않는 불편한 일을 되풀이하게 만드는 한이 있어도, 당장 상대방이 무안해할 말을 안 하고 싶은 것이 그의 과잉 배려 벽이다. 그런 과잉 배려의 경향은 그 댁 식구들의 공통 특징이다. 그 집에서는 상대방에 대한 지나친 배려 때문에 서로가 불편하게 되는 경우가 많다. 그것도 아마 그 지방의 지역적 특성일 가능성이 크다. 그 지방은 타인을 많이 배려하는 점잖은 고장이기 때문이다.

충청도 분들의 공통 특징 중의 또 한 가지 항목은 느림의 미학일 것이다. 우리 시댁도 마찬가지다. 아버님이 사레가 들려서 입원하셨는데, 큰형님이 날마다 퇴원을 미루시어 21일이나 병원에 계신 일이 있다. 당뇨 때문에 링겔 주사도 맞지 못하시니 페

니실린만 하루 한 번 맞으면 되는 환자를 열흘이나 더 병원에 계시게 한 것이다. 그런 일은 그 후에도 여러 번 되풀이되어, 아버님이 편찮으시면 나는 지레 스트레스를 받았다. 그의 큰형님은 언제나 우리 집에서 30킬로미터나 떨어진 곳에 있는 아산병원을 선호하셨기 때문에, 운전해서 오고 가는 일이 너무 힘들었기 때문이다. 노년에 같은 말을 되풀이하는 건 노인들의 기본 특징인데, 그 댁에서는 그것도 색다르게 처리했다. 아드님들이 되풀이되는 재미없는 말씀을 매번 처음 듣는 것처럼 열심히 들어드리는 것이다. 따뜻한 햇볕이 쪼이는 고장의 자연환경이 그런 정감적인 인품을 만들어내는 것일까? 아니면 아버님의 맑은 인품의 영향이었을까? 나는 늘 그분들의 효도의 패턴에 감탄하곤 했다. 그건 화음이 잘되는 효도 고향곡이었다. 120명이 넘는 자손들이 연주하는 아름다운 효도 교향곡……. 그 집에는 전통문화에서 물려받은 그런 아름다운 풍습이 많이 남아 있었다.

성급하기로 유명한 이어령 씨에게도 충청도적인 느림의 미학이 남아 있다. 결정을 뒤로 미루는 버릇이다. 그는 순발력이 탁월하니까 최대한으로 미루어놓았던 일을 어느 순간에 일사천리로 처리해버리는 묘기가 있어, 밖에서는 큰 문제가 없어 보였다. 하지만 늘 바쁘게 산 나는, 결정을 뒤로 미루기를 좋아하는 그의 습성 때문에 자주 지장을 받았다. 그러던 어느 날 나는 누군가가 쓴 충청도에 관한 글을 읽고, 그 느림의 미학이 충청도의 지정학적 여건에서 오는 집단 무의식의 발로라는 것을 알고 너무 놀랐다. 삼국시대부터 충청도는 세 나라가 호시탐탐하는 지역이어서 정권이 자주 흔들렸다. 언제 나라가 바뀔지 모르는 위기감 속에서 살아야 하니, 결정을 빨리 내리면 생명이 위태로워지는 위험이 올지도 모르는 환경이라는 것이다. 그래서 "결정은 늦게 할수록 좋다"라는 지역적 DNA가 형성되었다는 것이 그 글을 쓴 분의 주장이었다. 이폴리트 텐[3]처럼 환경결정론을 절대시하지는 않는다 하더라도, 우리는 누구나 환경에서 많은 영향을 받으며 자란다. 중부지방의 온화한 기후와 고풍스러운 문화의 전통, 그리고 정감 어린 인성과 남아 있는 옛 풍습들은, 이렇게 여러 면에서 이어령 씨의 문학에 영향을 주었을 것이다. 충청도의 토착어와 전통문화, 그리고 온화한 기후는 이어령을 키운 '흙'이요 '바람'이다.

3 19세기 프랑스의 철학자.

가족 관계 소묘

그의 아버지 이병승(李丙昇, 1896~1996) 님은 자가 경보敬甫이시고 호는 세천洗泉이시다. 시조인 공정公靖공이 식읍으로 받은 우봉牛峰이 본관인데, 우봉은 황해도 금천군의 옛 이름이다. 세천 어른은 우봉 이씨 공정공의 25대손으로 태어나셨다. 조부 이진용李晉用님은 진사, 성균관 박사 등을 지내셨고, 「근경가耆慶歌」 「낙치가落齒歌」 등을 쓰신 선비시다. 세천 어른은 중추원 의관議官을 지낸 아버지 이정구李鼎九님과 용인 이씨 사이의 6남 2녀 중 4남으로, 용인군 이동면 천리(노루실)가 본적이시다. 그의 집안은 잠깐씩 서울에 진출했다가 회귀하는 양상을 보여주어, "전형적인 재지사족在地士族이라기보다는 경화사족京華士族에 가깝다"고 류철균 교수가 말한 일이 있다.[4] 서울의 사족들과 겨룰 만한 문화적 분위기를 지니고 있다는 의미인 것 같다. 가훈家訓은 석복惜福이다.[5]

할머니인 용인 이씨는 친정이 왕가와 인척 관계가 있는 집 출

---

4 류철균, 「발화점을 찾아서」, 『상상력의 거미줄』, 생각의나무, 1993, p. 22.

5 생활을 검소하게 하여 복을 아끼라는 뜻이다.

신으로, 반가班家의 안방에서 그림을 그린 대단한 여인이시다. 바가지, 표주박, 장판지 등에 그림을 그려서 많은 사람에게 나누어주셨다 하며, 한때는 궁에서 왕의 따님들에게 그림을 가르친 일도 있다고 한다. 키가 자그마한 분이신데 마음이 넓고 크셨던 것 같다. 한번은 쌀을 훔치러 들어오는 도적을 발견하셨는데, 침착하게 하인을 불러, 당신이 오라고 한 사람이 왔으니 곡식을 얼마만큼 나눠주라고 큰 소리로 말해서 훔치러 온 사람의 체면을 세워주셨다고 한다. 6·25 때 손자 중의 한 분이 잡혀가 처형장으로 끌려가고 있는데, 그 사람의 아들이 인민위원회에 있어서 목숨을 구해주었다는 말을 들었다. 적령기의 남자가 수두룩한 집안인데, 그 험난한 시기를 사람이 다치지 않고 넘기게 된 것은, 그런 조상님들의 적덕의 결과였을 것이다.

아버님이 8세 때까지는 20칸짜리 집에서 사셨다는데, 새로 이사 간 이동면 천리에 있던 집은 관찰사가 살던 50여 칸의 큰 집이었다. 터가 3천 평이고, 큰 나무가 많아서 산비둘기들이 내려와 새끼를 쳤다고 아버님이 알려주셨다. 후원에 연당이 있고, 정자도 있었다. 장난이 심한 그의 셋째 형님이 연못 이쪽에서 여장을 하고 춤을 추었는데, 정자에 계시던 어른들이 눈치채지 못하셨다니, 집이 그만큼 컸다는 이야기가 된다. 태성학교 부지가 이 선생네 종가에서 기증한 땅이라 한다. 백여 호의 집이 있는 천리의 땅이 모두 집안 소유였다는 것이다.

하지만 상속은 장자가 주로 받는 것이다. 다른 나라도 비슷하지만 우리나라 이조 시대의 상속법은 장자에게 대부분의 재산을 주게 되어 있었다. 재산을 한 아들에게 몰아주고, 그로 하여금 집안을 보살피게 하는 가족 복지 시스템이다. 그래서 지차 자식들은 아무리 부잣집에서 태어나도 부자일 수 없었다. 아버님은 처가가 있는 온양으로 분가해 가실 때, 큰형님이 사주신 20칸짜리 집과 그 지역에 있던 전답 80석 정도를 유산으로 받았을 뿐이라고 한다.

시국이 어수선하던 정미년(11세 때, 1907년)에 온 집안이 서울로 이사를 했다. 운니정雲泥町에 살다가 집이 좁아서 자하골(적선동)로 옮겼고, 아버님 형제들은 가까운 매동소학교에 들어가셨다. 학교에 가서 제일 신나던 일은 머리를 삭발한 것이라고 아버님이 말씀하셨다. 하지만 호열자가 돌아서 반 학기 만에 양성군(지금의 안성) 공덕면 진사리로 피난을 가셨다가 1913년(17세)경에 천리 집으로 다시 들어가셨다. 1918년(22세)경에 처가가 있는 온양으로 분가해 갈 때까지 아버님은 천리의 큰집에서 사셨으며, 온양에서는 1960년까지 약 40년간 사시다가 용인으로 돌아오셔서 남리에서 사시다 돌아가셨다.

온양에서의 평온한 생활이 26년간 계속되었다. 그러다가

1944년에 어머니가 돌아가시자 그 평화는 깨졌다. 설상가상으로 토지개혁까지 일어나 아버님은 11명의 가족을 부양할 능력을 잃으셨다. 살림을 도맡아 꾸려가시던 어머니가 돌아가시자 집안은 컨트롤 타워가 망가진 비행장처럼 혼란에 빠졌다. 아버님은 본래부터 경제관념이 없는 편이신 데다가 급변하는 사회에 대응하지 못하셔서, 다시는 생계비를 마련할 방도를 찾지 못하신 것이다. 어머니가 돌아가시고 3년이 지나자 집안은 파산지경에 이르러서 큰댁이 있는 대천으로 이사를 갔다.

이어령 씨는, 새 물건에 대한 왕성한 호기심, 항상 새로운 플랜에 몰두해 있는 것, 계산법에 어두운 것 등을 아버지에게서 물려받았다. 하지만 가족에 대한 무책임함은 아버지를 닮지 않았다. 그의 아버지는 사업을 게임처럼 재미로 하시다가 집도 절도 없는 신세가 되시어, 어린 자식들을 많이 고생시켰다. 어머니가 돌아가시고 대학을 졸업할 때까지의 기간은 이어령 씨에게는 지옥 같은 수난의 시기였다. 넉넉한 보살핌을 받으며 자란 막내도령이 군식구로 전락했기 때문이다. 그때부터 그의 실낙원이 시작된다. 그래서 그는 평생소원이 아이들에게 수업료가 없을 정도의 가난을 물려주지 않는 것이었다고 한다. 가족을 부양하는 일에는 실패했지만, 우리 아버님은 손에 돈 때를 묻히지 않고 사신 선비답게 소년처럼 맑은 영혼을 백 세까지 그대로 간직하고 계셨다. 겨울 들판에 꼿꼿하게 서 있는 백로 같은 고고한 분위기를 지닌 어른이셨다. 아버님은 남에게 무어든지 주고 싶어 몸살을 앓으시는 헤픈 박애주의도 가지고 계셨다.

아버님보다 한 살 아래이신 어머니 원경자(元庚子, 1897~1944)님은 구한말부터 군수를 하시던 분의 외딸이셨다. 아버지는 늘 외지에 계시고 온양 집에는 그 모녀만 사셨다. 그래서 사돈댁에 부탁을 해서 따님을 온양으로 부르신 것이다. 어머니는 숙명여고에 다니다 15세에 결혼하신 신여성이었고, 아버님을 배재학당에 다니시도록 주선한 개명한 아내였다.

두 분이 온양에 분가해 가서 처음에 사신 곳은 집이 아홉 채가 모여 있는 장군바위 근처의 평화로운 마을이었다고 한다. 큰댁에서 사주신 20칸짜리 남향집은 초가였지만 대청 네 칸, 안방 두 칸, 사랑 한 칸의 규모였다고 한다. 그 집에서 3년간 사셨다. 외가에서 20분 정도 가면 있는 그 집은, 삼태기형 아늑한 환경 속에 있어 마음에 들었다고 아버님이 말씀하셨다. 하지만 큰집에 외할머니가 남동생 하나를 데리고 계시니, 어머님은 줄창 자기 집과 친정 사이를 왔다 갔다 하시다가, 동생이 결혼하자 그때부터 독립된 생활을 유지하셨다. 본가는 그대로 용인에 있어서 온양에서 그 집 형제는 동네 사람들에게 "용인댁 도령"이라 불렸다. 줄창 외가 옆에서 자란 그들에게 할머니는 곧 외할머니였다. 완전히 모계사회였던 셈이다. 이어령 씨의 글에 외할머니 이야기가 많이 나오는 이유가 거기에 있다. "어머니는 내 문학의 근원이었으며 외갓집은 그 문학의 순례지였다"라고 그는 말한다.

어머니는 머리가 좋으셨고 후덕하셨으며, 신식 교육도 받으신 데다가 외가의 경제적 후광까지 있었으니, 집안에서의 발언권이 크셨던 것 같다. 배재 다닐 때 아버님이 묵고 계시던 집이 도승지를 지낸 재종댁이다. 전대에는 대제학, 판서 등 높은 벼슬을 한 분이 많았는데, 아버님 항렬에서는 도승지를 한 분이 집안에서 가장 출세한 어른이라, 아버님은 우리를 축수하실 때 언제나 "더도 덜도 말고 승지댁만큼만 되어라"라고 하셨다. 그 댁은 종손이어서 2만석꾼의 큰 부자였다. 그 댁 막내 아드님이 문교장관을 지내신 이병도 박사님이시다.[6] 그 댁에서 아버님을 필요로 했다. 그래서 1년간 계시다가 고향으로 돌아오셨고, 얼마 후에 온양으로 분가하셨다. 승지댁에는 그때 이미 전화가 있었으며, 장남은 이왕가의 참봉이었다고 한다.

5남 2녀의 다복한 가정이었고 경제적으로도 여유가 있던 그

---

6 배재학당을 중퇴한 후 아버님은 일본에 유학하려고 재종인 이병도 박사와 같이 부산까지 가셨다가, 앞에 있어서 아버님만 잡혀 뜻을 이루지 못하셨다고 한다.

들의 천국이 무너지기 시작한 것은 어머니가 돌아가시기 3년 전이었다. 그 무렵에 어머니는 친정에서 큰 집을 받아 새말로 이사를 하셨다. 터가 6백 평이나 되는 집이다.(좌부리 28번지) 1933년에 이어령 씨가 태어난 집은 그 집이 아니라 신흥리 328번지다. 아버지의 진외갓집인데, 그 댁에서 서울로 이사 가면서 집을 봐달라고 부탁을 해서 그 집에서 한동안 사시던 기간에 이어령 씨를 낳은 것이다. 새말 집으로 이사 간 것은 1940년경이었던 것 같다.

어머니의 사망은 끝의 세 아이를 고아로 만든 것이나 다름이 없다. "도련님" "도련님" 하면서 굽실거리던 주변 사람들이 등을 돌리기 시작했다. 그래서 아이들은 사람에 대한 믿음을 잃어갔다. 결혼한 형들도 멀게 느껴졌다. 끝의 3남매는 서로의 체온으로 상대방의 언 영혼을 녹여주면서 어머니의 부재를 아프게 견뎌냈다. 넷째 형님이 쓰신 「생인손」이라는 글에 보면, 그는 중학교 때 생인손을 앓으면서 비명을 지르지 않는 아이로 나온다. 의외였다. 그는 과민성이어서 평소에는 열이 조금만 나도 힘들어하는 타입이기 때문이다. 남달리 예민한 촉수를 가진 그는 내일 어디에 염증이 생기려면 그 낌새를 전날부터 감지하니, 고통을 예감하는 감성도 과민했다. 현미경에 이상 징후가 아직 잡히기도 전에 몸의 이상을 미리 알아내서 의사들을 놀라게 하는 사람이 이어령 씨다. 어렸을 때 나는 관우가 오른팔에 맞은 화살을 칼로 도려내면서 다른 손으로 태연하게 장기를 두었다는 말을 듣고 그를 너무 존경했다. 하지만 병원을 수없이 드나들면서 늙어가니 생각이 달라졌다. 고통은 당하는 사람의 감도感度와 민감지수에 따라 다르게 느껴진다는 것을 알게 된 것이다. 그래서 그가 고통에 대해 과잉 반응을 나타내도 그러려니 하고 받아들였다. 그런데 생인손을 앓으면서 신음도 안 냈다니 믿어지지 않았다. 생인손은 고열을 동반하는 고통스러운 병이기 때문이다.

그날 밤 나는 그에게 왜 생인손을 그렇게 점잖게 앓았느냐고 농담처럼 물었다. 그랬더니 대답이 처절했다. 엄마가 없는 세월을 사는 동안에, 그는 자기가 아무리 아파도 가슴 아파하는 사람이 하나도 없다는 사실을 확인했다는 것이다. 자존심이 강한 그는 그때부터 그 낯선 타인들에게 고통을 호소하는 것이 싫어서, 아무리 아파도 이를 악물고 비명을 삼키는 버릇이 생겼다는 것이다. 소도 비빌 언덕이 있어야 비빈다고 한다. 비빌 언덕의 상실은 그를 이를 악물고 고통을 삼키는 아이로 만들어간 것이다. 현실이 암담할수록 어머니에 대한 그리움은 커갔다. 앞이 보이지 않는 불안정한 생활을, 어머니가 키워준 자존심 하나로 버티면서, 그의 안에서는 어머니의 신격화가 이루어진다.

네오필리아와 김치

2020년 12월

네오필리아

이어령 선생은 한옥을 좋아하지 않는다. 화장실에 가는데도 신발을 벗었다 신었다 해야 하는 구조적인 불편함 때문이다. 하지만 이유는 그것만이 아니다. 한국식 가옥보다는 서양식 가옥이 그의 취향에 맞는다. 그는 모던한 스타일을 좋아한다. 울트라 모던한 것은 더욱 좋다. 가구도 마찬가지다. 한국식 가구들은 직선으로 되어 있어 너무나 선이 간결하다. 나는 그 간결미 때문에 한옥과 한국의 목기를 좋아한다. 클래식한 것을 좋아하는 것이다. 그는 간결한 것보다는 장식적인 예술을 더 좋아하며, 대칭보다는 비대칭의 선을 선호한다. 그의 예술의 본질은 바로크적인 활력이다.

이 선생은 한복도 좋아하지 않는다. 너무 넓은 바지와 소매통이 불편하다면서, 큰 행사 때 외에는 입지 않는다. 그가 한복 입는 문화에서 배운 것은 의관정제衣冠整齊의 규범뿐이다. 그는 암에 걸릴 때까지 평생 양복을 입었는데, 항상 정장 스타일을 준수했다. 산책할 때에도 옷 색깔에 신경을 쓸 정도로 그의 의관정제의 규칙은 엄격하다. 집 안에서도 속옷이나 반바지만 입고 다니는 일이 없다. 그러니 그는 양복으로 의관정제의 규칙을 지킨 셈이다. 어떤 문인들은 하얀 모시옷을 입고 돗자리에 누워서 책을 읽는 사진이 인터뷰 기사에 나오던데, 이 선생은 그런 고풍스러운 풍류도 별로 좋아하지 않는다. 그는 삶의 패턴 자체가 유유자적과는 거리가 멀다. 새것에 대한 지적 호기심이 끝이 없어서 그런 여유 있는 삶을 살 수가 없다. 네오필리아(새것 애호가)이기 때문이다.

그가 한옥이나 한복을 좋아하지 않는 것은, 가능하면 어제와 조금이라도 다른 오늘을 살고 싶어 하는 성향에 기인한다. 그는 어제와 다른 곳에 살고 싶어 하고, 어제와 다른 옷을 입고 싶어 하며, 어제와 다른 글을 쓰고 싶어 하는 사람이다. 그의 새것 찾기는 대상을 가리지 않는다. "튼튼한 위를 가진 사람은 음식을 가리지 않는다"는 것이 그가 새것을 받아들이는 자세다. 어떤 음식을 먹느냐가 문제가 아니라, 그걸 소화시킬 수 있는 능력이 문제라는 것이다. 주체성만 든든하면 어느 나라의 어떤 사상을 섭취해도 소화시킬 수 있으니, 어디에서나 자기 확충의 자양분을 얻을 수 있다고 그는 믿는다. 르네상스 시대의 예술가들처럼 이어령은 "만족을 모르는insatiable 지식욕"을 가지고 있는 예술가다.

그 욕망 때문에 그는 쉴 시간이 없다. 새로운 지식이나 문물은 그의 창조의 원천이기 때문에 그것들을 흡수하고 작품화하느라고 쉴 마음이 생기지 않는 것이다. 그는 종일 글을 쓰며 사는 것이 소원이다. 글을 쓸 수 없는 삶은 의미가 없다고 생각한다. 죽음은 그에게 있어 새로운 글을 쓰는 일이 불가능해지는 상태를 의미한다. 그런데 직장을 두 개나 가지고 있어서 글을 쓰거나 읽을 시간이 항상 모자란다. 그래서 추석이나 설 같은 명절에도 쉬지 못한다. 그는 명절 연휴를 밀린 원고 쓰는 시기로 생각한다. 방학은 더 바쁘다. 긴 글을 써야 하기 때문이다. 그렇게 달리면서 사느라고 그는 한가해본 적이 없다. 2013년 8월 26일 뇌경막에 출혈이 있어서 수술을 할 때 삭발을 해서, 한 달 동안 외출을 하지 못한 일이 있다. 그 시기가 오래간만에 길게 쉰 시간이다. 몸이 컴퓨터를 거부했기 때문에 쉴 수밖에 없었던 것이다. 그는 병중에도 일어날 수만 있으면 책을 읽고 글을 쓴다. 2015년에는 2월과 11월에 대장암으로 두 번이나 수술을 했는데, 그때도 일어나

앉자마자 시를 쓰고 교정을 보기 시작했다. AI에 대한 책을 출판하기 직전에 입원했기 때문에 교정지가 쌓여 있었던 것이다.

수술 후에 그는 남은 시간을 몽땅 책을 읽고 글을 쓰는 데 쓰기 위해 항암 치료를 거부했다. 얼마 남지 않은 시간을 치료로 낭비하고 싶지 않을 만큼 그에게 읽고 쓰는 일은 중요했다. 그의 버킷 리스트는 글에 대한 계획으로 가득 차 있어서, 다른 것이 비집고 들어갈 자리가 없다. 그렇게 전력투구를 하면서 체중이 20킬로나 준 지금도 그는 치열하게 산다. 하지만 창조적이지 않은 일에는 관심이 없다. 그는 술도 즐기지 않으며 바둑도 두지 않는다. 노래도 춤도 즐기지 않으면서, 평생을 맨정신으로 새로운 것을 탐색했다. 한길만 걷는 외곬의 삶이다.

그는 네오필리아여서 같은 일을 되풀이하는 것을 싫어한다. 그가 제일 어려워하는 것은 주례사다. 내용이 정해져 있어서 새로워질 여지가 적기 때문이다. 하지만 허구한 날을 항상 새로워야 하니 사는 일이 힘이 든다. 대학의 강의 같은 것도 학기마다 다른 내용으로 하고 싶어 하니 고달플 수밖에 없다. 번번이 새 노트를 만들어야 하고, 시간마다 새 프린트를 나누어줘야 성에 차니 잠을 설치게 되며, 아침마다 강의 자료를 복사하느라고 식사도 제대로 못한다. 학교에 가서 조교에게 프린트를 맡기면 되는데, 시간이 촉박해서 자기가 직접 하기 때문이다. 대학원을 졸업한 제자들이 졸업 후에 다시 와서 청강하는 일이 많을 정도로 그의 강의는 언제나 어제와 뭐가 달라도 달랐다. 지적 호기심이 많은 국어학자인 이남덕 선생은 이어령 씨 강의를 계속해서 청강했다. 강의하는 쪽에서는 불편하고 버거운 청강생이지만, 남덕 선생은 그 일을 그만두지 않는다. 해마다 다른 이어령의 강의를 들으시며, 남덕 선생은 자신의 어학에 문학적 소양을 보태셨다. 그분도 네오필리아였기 때문이다.

올림픽을 준비할 때도 그는 새 일을 창안해내느라고 날마다 밤잠을 축냈다. 자고 나면 다시 고칠 부분이 생각나기 때문이었다. 고맙게도 박세직 위원장이 새 아이디어가 어제 것보다 좋으면 무리가 가더라도 뜯어고치며 박자를 맞추어주셔서, 올림픽 개폐회식이 성공할 수 있었다. 88올림픽에는 세상을 경악시킬 만한 새로운 것이 많았다. 봉화대가 땅에서 솟아올라온 것이라든지, 매스게임[1]의 선이 직선이 아니라 나선형으로 구성된 것, 넓은 스타디움에 여섯 살짜리 아이가 혼자 나와 굴렁쇠를 굴린 것, 처음으로 50여 개 국어로 동시통역을 한 것 등이 그의 머리에서 나온 아이디어였다. 새 아이디어는 기밀을 요하는 것이어

1 단체로 하는 맨손 체조나 율동.

서, 막바지의 몇 달 동안은 매일 통행금지가 지나 아무도 못 오는 시간에 박 위원장과 둘이서 스타디움에 가서 개신改新 작업을 도모했다. 그 넓은 운동장에 매스게임의 나선형 동선 같은 것을 그어가면서 날이 새는 줄을 몰랐던 것이다.

장관을 할 때도 마찬가지였다. 문화부는 예산이 적으니 그는 아이디어를 방송국에 제공해서 돈 안 드는 행사를 자주 하느라고 다른 장관들보다 더 바빴다. 예술단을 해외에 보낼 때도 이 장관은 그 방면의 비디오를 전부 보고 나서야 인선을 마무리했다. 그는 완벽주의자여서 예술이 완결미를 가지지 못하는 것을 견디지 못한다. 그래서 언제나 최고의 예술가를 탐색하는 데 전력투구했다. 정상에 서 있는 예술가들은 그가 세상에서 가장 사랑하는 존재다.

취임하자마자 대보름 축제가 있었는데, 그는 '돌아오지 않는 다리' 저쪽 끝에서부터 이쪽 끝까지 피륙을 가위로 가르면서, 한 사람이 살풀이춤을 추는 감동적인 이벤트를 기획했다. 그 막중한 춤을 혼자 춰야 하는 무용가를 고르기 위해, 이 장관은 살풀이춤 비디오를 모두 찾아보느라고 여러 밤을 새웠다. 새로운 것을 완벽하게 예술로 창출하는 것이 그의 삶의 목적이어서, 그가 기획하는 이벤트에는 언제나 새로움이 넘쳤다.

그에게는 책의 목차만 보아도 그 구조가 훤히 보이는 비범한 통찰력이 있고, 같은 책 속에서도 남이 보지 못하는 것을 찾아내는 섬세한 더듬이가 있다. 그것으로 그는 항상 자기가 아니면 쓸 수 없는 독창적인 글쓰기를 시도한다. 평론이나 논문의 경우도 마찬가지였다. 한국인들은 추상 사고를 좋아하지 않는데, 그는 추상 사고에만 관심이 많다. 이남덕 선생이 그를 "대한민국에서 가장 추상 사고를 많이 하는 사람"이라고 평한 일이 있는데, 그건 그의 본질을 정확하게 짚어낸 평이다. 이어령 자신도 자기의 삶을 땅 위에서 2미터쯤 떨어진 곳에서 살았다고 보고 있다. 그는 초등수학보다는 미적분을 잘하는 특이한 국문학도이기도 하다. 그는 존재론이나 생성론에 관심이 많으며, 우주의 원질에 대한 관심, 언어의 음율과 어원에 대한 관심, 예술품의 미적 구조에 대한 관심, 지정학에 대한 관심, 생명 자본주의에 대한 관심 같은 것들이 내면에서 항상 소용돌이치고 있어서 지적 탐색의 자장이 넓었다. 그는 다각적인 관심의 더듬이로 찾아낸 새것으로 자신의 오늘을 채우며 살아왔다. 장엄한 1세기를 살고 있는 것이다.

고전 연구도 방법론은 새것으로

프랑스 사람들처럼 그는 항상 새것 찾기에 골몰했다. 하지만 새것 찾기가 곧 묵은 것 버리기를 의미하는 것은 아니다. 그는 우리 문화의 전통을 보유하고 있는 중부지방 출신이어서 태생적으로 한국 전통문화에 대한 조예가 깊다. "내 아이디어의 8할은 조상에게서 받은 것"이라는 것이 그의 고백이다. 우리의 기층문화를 샅샅이 터득하고 있을 수 있는 기본 여건을 갖추고 있는 것은 그의 강점이다. 그리고 그는 한국문학을 전공으로 택한 국문학도다. 이숭녕 선생에게서 국어학을, 이희승 선생에게서 시조를, 정병욱 선생에게서 고소설을, 양주동 선생에게서 향가와 여요전주, 두시언해를 배운 국문학도인 것이다. 그래서 고전문학에도 조예가 깊다.

하지만 그는 고전문학에서도 교훈적이지 않은 작품들을 선호했다. 그가 「이상론李箱論」을 쓰던 1955년 이전에 활동한 평론가 중에서 서울대 문리대 국문과에서 현대문학을 전공한 사람은 이어령 씨밖에 없었다.[2] 국문학에 관한 지식은 그가 가지고 있던 가장 기본적인 지적 자산이다. 하지만 그의 고전 연구는 고인들의 "예던 길"을 그대로 답습[3]하는 전통적 접근 방법은 아니었다. 기존의 것 속에서 남들이 보지 못하는 새것을 찾아내서 새로운

---

2 김우종, 고석규는 1957년도부터 시작했다.

방법으로 접근하는 것이 그의 특성이기 때문이다. 그는 동서양의 경전이나 종교에 대한 관심이 많았다. 중국 경전 중에서는 논어나 맹자보다는 노자, 장자를 좋아했고, 시인 중에서는 이백보다는 두보를 좋아했다. 그러면서 왕유의 「녹채鹿柴」 같은 시각적 이미지가 두드러지는 서경시敍景詩도 사랑했다. 하지만 어느 나라의 작품도 교훈이 노출되는 것은 좋아하지 않았다.

그래서 유교와는 결이 잘 맞지 않았다. 예술을 최고의 가치로 간주하는 미학적 완벽주의를 가지고 있었기 때문에, 유교의 공리주의적 예술관과는 맞지 않은 것이다. 그는 세미오틱semiotic한 안목으로 사물을 관찰하는데, 유교는 노모스nomos적인 것만 선호하는 점에서도 서로 방향이 어긋난다. 중용주의도 맞지 않기는 마찬가지다. 그는 중용을 잘 모르는 예술가였기 때문이다. 그런 것들은 유교의 예술관과의 본질적 차이여서 네오필리아와는 관계가 없는 어긋남이다. 그는 한국 고전 중에서도 서경시나 「단심가」 같은 시조보다는 고려가요나 향가에 관심이 많았고, 문인 중에서도 이규보, 연암, 황진이같이 덜 유교적인 문인들을

---

3 유교나 고전주의는 모방론을 채택하고 있어서 선인들의 방법을 답습하는 것을 기본으로 삼았다. "예던 길 앞에 있으니 아니 예고 어이리"(이퇴계)는 문학과 생활에 두루 통용되는 유교의 기본적 규범이다.

좋아했다. 그분들은 고인들의 "예던 길"을 그대로 답습하는 형이 아니었기 때문이다.

새로운 관점에서 작품들을 해석하여 새로운 가치를 탐색해내는 것이 그의 고전 연구 방법의 새것 찾기 패턴이다. 그는 선진국에서 받아들인 새로운 방법론으로 고전문학에 몰입하여 자신만의 새로운 연구 체계를 만들었다. 그것은 국경을 초월한 접근 방법이어서 중국 고전에도 적용되고 서구의 작품에도 적용되었다. 그러니 그에게는 고전 연구나 외국 문화 연구도 새것 찾기 작업에 속하는 것이다. 그는 대학에서 『단식 광대』(카프카)나 『절름발이 개구리』(에드거 앨런 포)에 대한 작품 분석도 하였으며, 보들레르의 알바트로스와 백조의 관계에도 관심이 많았고, 특히 호머의 작품들과 그리스 고전 비극을 좋아해서 『나그네의 세계문학』이라는 책도 집필했으며, 「『춘향전』과 『주신구라忠臣藏』의 비교 연구」라는 논문도 썼다.

그런 다각적인 탐구욕은 그를 문명론자로 만들어갔다. 그가 8년 동안 밤낮으로 일본과 한국의 문명적 차이를 탐색하여 쓴 것이 『축소지향의 일본인』(1982)이다. 그 책을 통하여 그는 일본과 중국의 문명이 가지는 특성만 찾아낸 것이 아니라 한국 문화의 본질도 찾아냈다. 한중일의 지정학적 특성과 문화적 차이에 대한 관심은 그의 중요한 논제 중 하나이다.

그가 재학 중에 국어국문학회에서 발표한 「기교론」[4]이 이목을 끈 것도 방법론의 새로움 때문이었다. 당시 우리나라에 막 들어오기 시작하던 뉴크리티시즘과 분석비평의 방법으로 현대문학에 접근하여 문학의 기교를 다루었기 때문에 선배들이 놀란 것이다. 과묵하신 일석 선생이 발표를 들으시고 그의 어깨를 두드리며 "자네는 으떻게 스승보다 앞서 있는가?" 하시던 일이 기억에 남아 있다. 『문리대 학보』에 발표한 「이상론」도 마찬가지다. 그는 묻혀 있던 이상을 재발견하게 만들어 한국의 모더니즘에 대한 관심을 제고했으며, 이상의 난해시를 풀 실마리를 제공했다. 그가 석사가 되자마자 문리대의 전공과목 강사가 된 것은 그런 공적 때문이다.

네오필리아와 전통 연구를 같이 한 양면성이 그의 초기 문학의 인력이었다. 세계적인 것global과 토착적인 것local을 합쳐서 글로컬glocal이라는 신조어를 만들 정도로 그의 기본적인 새것 찾기의 자세에는 외국과 한국문학 연구가 한데 용해되어 있다. 그의 새것 찾기는 지역적으로는 전 세계를 망라했고, 시간적으

---

4 어어령 씨는 대학교 4학년 때 국어국문학회에서 「기교론」을 발표한 일이 있다. 발표자가 갑자기 못 와서 핀치히터로 한 것인데, 연도가 1954년인지 1955년인지 기억이 잘 나지 않는다. 아마 1954년이 맞을 것이다.

로는 과거와 미래를 함께 품고 있다. 그의 창조에 대한 관심에는 국경선이 없고, 시공간의 제한도 없다. 그의 글로컬리즘은 자기 찾기의 연장선상에 놓여 있다. 고전 시대의 그리스인들이나 르네상스맨처럼 그의 관심의 폭은 전방위로 퍼져 있었다.

네오필리아의 원천—아버지

이 선생은 생활 면에서도 역시 새것을 좋아한다. 그를 가장 기쁘게 만드는 것이 컴퓨터 같은 기계류의 신제품을 만나는 일이다. 그 방면에서는 전문가급이라는 것이 널리 알려져 있어서, 한때는 컴퓨터 메이커들이 새 제품을 만들면 먼저 모니터링을 부탁하기도 했다. 그래서 우리 집에는 최신 기기가 시장보다 일찍 와 있는 일이 많았다. 일본에서 혼자 자취를 하면서 살 때에도 그는 최신 기기를 찾는 재미에 세 끼 밥을 직접 해 먹어야 하는 고달픔을 잊었다. 아키하바라의 전자상가는 그의 환기구였다. 그는 새 기계를 그냥 기계로 보는 것이 아니라 살아 있는 생명체처럼 감동하면서 감성적으로 받아들인다. 그건 그 집안의 내력이다. 이씨 집 어른들은 과학적으로 신제품을 분석하는 것이 아니라, 감성과 추리력으로 새 기계와 소통하는 특이한 더듬이를 가지고 계셨다. 일본 글을 모르는 우리 아들이 중학교 때 설명서 없이 복잡한 일제 기계를 혼자 조립하는 걸 보고 기계치인 나는 너무 놀랐는데, 주위를 둘러보니 그 집에는 그런 인물이 참 많았다. 이 선생의 둘째 형님은 특허를 받은 제품이 둘이나 있을 정도로 그 집안 남자분들은 새 기계에 관심이 많으시다.

새것 고이기[5]는 기계에만 국한되지 않는다. 옷을 산다면 매번 펄펄 뛰며 말리는데, 실제로 새 옷이 눈앞에 나타나면 그는 얼굴이 환해진다. 한동안은 그 옷만 입으면서 마음이 새로워지는 것이다. 2015년에 암 선고를 받았을 때부터 그의 패션은 폴라 스타일로 바뀌었다. 나는 아픈 그를 기쁘게 하려고 그 겨울에 정신없이 새 옷을 사들였다. 한 달에 터틀넥 스웨터를 네 개나 산 일이 있는데, 그 옷 하나하나는 다 제구실을 했다. 새것은 그에게 영감을 주는 원천인 것이다.

가구나 도구, 심지어 아이들의 장난감에 이르기까지 모든 새 물건은 그에게 영감을 준다. 새 선물이 들어오면 포장지를 뜯을 때마다 그는 눈이 빛난다. 안에서 무엇이 나올까 하는 호기심에 병과 피로를 잊는 것이다. 자기 취향에 맞지 않는 것이라 해도

---

5 '사랑하기'의 고어.

새 물건은 그 '새것성' 때문에 한동안은 그의 고임을 받는다. 좋아하지 않는 음식도 누가 새로 해 오면 한 번은 기쁘게 먹어준다. 새 음식을 먹어보면서, 새 물건을 써보면서, 새 옷을 입어보면서, 그는 정신이 활성화될 일용할 양식을 얻는 것이다.

그의 네오필리아는 뿌리가 깊다. 원천이 아버님이기 때문이다. 그의 아버님은 1940년대 초에 일본에 주문해서 병아리 부화기를 들여다가 손수 조립해보기도 하셨고, 당시에는 생소했던 촉성재배促成栽培도 시도해보신, 호기심이 많은 분이다. 비닐이나 유리로 비바람을 막는 법이 아직 알려져 있지 않던 시기여서, 실을 넣어 만든 일제 특수 종이에 기름칠을 많이 해서 햇빛은 들어오게 하고 바람은 막는 방풍, 방한용 시설을 책을 보며 만드셨다고 한다. 촉성재배는 성공했다. 기대하셨던 대로 토마토는 아주 빨리 잘 자란 것이다. 그런데 폭격이 심하던 전쟁 말기여서 공습 때문에 유통 구조가 막혀 판로가 없었다. 그래서 토마토가 왕성하게 자라나 자꾸 쌓이자 동네 사람들에게 무료로 나누어 주게 되었다. 이 선생은 그때 토마토를 너무 먹어서 다시는 토마토를 보기도 싫어졌다고 할 정도다. 마을 사람들도 마찬가지였을 것이다.

경제적인 수지 관계나 판로에 대한 철저한 연구 없이 호기심으로 사업을 하시니 사업은 하는 족족 실패하셨지만, 그때마다 아버님은 원하던 새것을 만나는 기쁨을 누리셨을 것이다. 1944년에 어머님이 돌아가시자 견제를 받지 않고 새 일을 계속 하시다가 3년 만에 집도 절도 없는 신세가 되셨다. 그렇게 곤경을 치르셨는데도 아버님의 네오필리아는 없어지지 않았다. 1970년대 초에 텔레비전에서 재봉틀에 실을 자동으로 끼워주는 부품이 나왔다는 광고를 하니까, 마침 우리 집에 와 계시던 아버님이 자꾸 그걸 사라고 하셨다. 젊은 시절이라 눈이 밝아서 필요 없다고 말씀드렸는데 자꾸 권하시는 것이다. '신기하다'는 느낌 때문이었을 것이다. 새로운 것은 평생 아버님을 생동하게 만드는 힘을 가지고 있었다. 아버님의 그런 면이 이어령 씨에게 대물림되었다. 88세(2021년)가 된 지금도 이어령 씨의 카드 정산서에는 새로 나온 컴퓨터의 외국 부품들을 주문한 리스트가 여러 개 실려 있다. 매달 최신 이론서들을 사들이는 것도 마찬가지다. 그에게 있어 새것은 마지막까지 창조의 원천이었던 것이다.

다행스럽게도 아버님의 파산 경력은 자녀들에게 좋은 교훈을 남겼다. 아이들은 아버지의 실패로 생긴 곤경에 시달리면서, 무절제한 새것 탐색이 생활에 미치는 부정적인 측면을 실감 있게 배우고 익힌 것이다. 그건 뼈에 사무치는 고난이어서 깊게 뿌리를 내렸다. 이 선생도 아버님처럼 새 물건 사기를 좋아하는 경향이 있는데, 꼭 필요하지 않은데 비싼 물건을 사려 할 때에는 제동을 걸지 않을 수 없다. 젊었을 때 우리는 그런 걸 살 능력이 없었던 것이다. 하지만 말리는 방법이 간단해서 별문제가 없었다. "한 군데만 더 가보고 삽시다" 하며 내가 옆 가게로 이동하면서 시간을 벌면, 그는 곧 자기가 지금 아버지의 전철을 밟고 있는 것이 아닌가 하는 생각을 하게 되며, 그때부터 그 물건이 정말 필요한가를 따져보는 걸러내기와 자제력을 되찾는다. 우리는 물질적으로 아버님에게서 물려받은 것이 거의 없지만, 그건 참 귀중한 유산이라는 생각이 든다. 자녀들은 모두 취향이 비슷했는데도 아버지의 전철을 밟지 않았다. 새것을 받아들이되 엄격하게 선별하는 안목과 자제력을 터득하게 되었기 때문이다. 그것은 지적인 면에서도 효력을 발휘했다. 이어령 씨가 외래의 새로운 사조나 방법론을 받아들일 때도 아버지의 실패를 통하여 배운 '걸러내기'와 '자제력'의 교훈이 유익하게 작용했던 것 같다. 그가 외래의 새 사상을 잘못 받아들이는 일이 적었던 것도 아버님 덕이었을 것이다.

어머니의 식탁

고전 연구까지 새로운 방법으로 탐색하여 반복하지 않는 참신한 나날들을 살아왔는데, 이어령 씨에게는 희한하게도 요지부동으로 변하지 않는 부분이 있다. 한식이다. 식성만은 일편단심 고전적이다. 그는 1년 내내 한식만 먹는다. 그러니까 우리 집 식탁은 매너리즘에 빠져 있다. 거기에 한 가지 조건이 더 곁들여져서 선호도의 폭은 더 좁아진다. 자기 어머니가 하던 요리법을 고집하기 때문이다. 젊었을 때는 정도가 더 심해서 양식을 거의 먹지 못했다. 외식을 하고 돌아와도 다시 밥상을 차리게 만드는 것이다. 그의 새것 선호벽이나 제한 없는 지식욕은 밥상 앞에 오면 완전히 효력을 상실한다. 그는 한식 쇼비니스트chauvinist[6]다.

그래서 외국에 가면 난리가 난다. 1964년에 처음으로 3개월간 유럽을 여행했을 때, 그는 김치 때문에 엄청나게 고생을 했다. 김치는 그에게 끼니마다 몇 가지가 있어야 하는 기본 식품이기 때문이다. 요즘처럼 김치를 밀봉된 통에 넣어 파는 제품이 그때는 없었다. 고추장이 치약처럼 튜브에 담겨 상품화된 것은 그보

---

6 맹목적 애국주의자.

다 20여 년 후의 일이다. 요즈음처럼 김을 압축해서 파는 시스템도 없었고, 락앤락도 물론 없었다. 그래서 한식을 가지고 다니기가 아주 어려웠다. 고추장을 유리병에 넣어 보냈더니, 기내에서 기압이 상승하자 터져서 옷들을 다 버린 일도 있다. 지금처럼 현지에 한식집이 있는 것도 아닐 때여서, 그의 김치 집착은 노이로제에 걸릴 정도로 심각한 문제로 부상했다. 그는 새로운 나라에 가면 대사관부터 찾아가서 줄곧 그 주변에서 맴돈다. 김치 때문이다. 그때 김치를 대접한 사람들을 오래오래 기억할 정도로 김치는 그에게 불가결한 식품이다. 대사관이 없는 지역에서는 집에서 가지고 간 고추장과 장아찌를 호텔 방에서 빵과 같이 먹으면서 겨우겨우 연명한다. 그는 입에 맞는 음식이 없으면 그냥 굶는 버릇이 있다. 체면이나 사정을 살펴서 싫더라도 억지로 먹는, 그런 타협을 할 줄 모른다. 그러니 김치는 그의 식생활에서 절대적인 가치를 가지고 있다. 처음 외국에 가서 장기 체류를 했을 때는 반찬을 대는 일이 보통이 아니었다.

김치 다음으로 좋아하는 것은 고추장이다. 우리 집 식탁에는 고추장이 항상 비치되어 있어야 한다. 밖에서도 마찬가지여서, 그가 다니는 단골 식당에 가면 메뉴와 관계없이 의례히 고추장이 따라 나온다. 양식집이나 스페인 요릿집도 마찬가지다. 나와 같이 이탈리아에 갔을 때는 중국집에 있는 '피칸테'라는 소스가 고추장과 맛이 비슷한 것을 알아내서, 모든 중국 음식에 그걸 발라 먹으면서 견뎠다. 다음 기호식은 장아찌 종류다. 무말랭이에서 시작해서 찌꺼기 참외로 담그는 찌께우리 장아찌까지 종류도 다양하다. 찌께우리[7] 장아찌와 김자반은 내가 만들다가 포기한 품목이다. 김자반은 큰동서를 모셔다 만들어도 어머니 것과 다르다고 밀어내서 포기했는데, 최근에 한 백화점의 김자반이 어머니 것과 비슷하다고 해서 시내까지 가서 사다 먹는다. 반면에 육류는 즐기지 않는다. 이어령 씨 집은 장수 집안인데, 그 집 식구들이 장수하는 비결은 김치를 많이 섭취하고 육식을 즐기지 않기 때문인 것 같기도 하다. 그는 과일이나 채소를 즐기지 않는데도 건강검진을 해보면 언제나 비타민이 넉넉하다. 김치 덕이다. 김치와 고추장 때문에 심각하게 고생하던 상황에서 그는 『바람이 불어오는 곳』이라는 책을 썼다. 서양 문명의 원류를 탐색하는 글이다. 이름도 삽상한 그 글이, 김치와 고추장의 결핍에 허덕이면서 받아들인 새 지식으로 쓰였다는 것은 아이러닉한 일이다.

그는 식성이 까다롭다. 미식가여서 까다로운 것이 아니라 꼭

---

7 '찌께'는 '찌꺼기'의 방언, '우리'는 '참외'를 뜻하는 일본어이다.

자기 어머니 스타일로 만들어야 해서 복잡하다. 계란은 언제나 수란을 떠야 한다. 돼지고기는 고추장을 발라서 구워야 하고, 깍두기는 주먹만 하게 썰어야 하며, 붕어조림은 고추장을 넣고 자작자작하게 조려야 한다. 마늘장아찌는 자기가 어렸을 때 알을 뽑아 먹던 스타일대로 옆으로 얇게 썰어야 한다. 얇은 알맹이가 빠져버린 마차 바퀴 같아진 껍질 속에서 어렸을 때 어머니의 식탁을 만나기 때문이다. 동치미 무를 세워서 써는 법까지 어머니식이어야 하니, 나는 보지도 못한 시어머니의 음식 시집살이를 하며 산 셈이다. 요즘은 당이 무서워 못 먹지만 전에는 후식도 식혜나 수정과가 인기가 있었다. 과일도 어머니가 주던 것만 선호하니 버터나 치즈는 상에 오를 기회가 거의 없다. 일식은 달아서 싫고, 중식은 기름져서 싫고, 양식은 치즈 냄새가 나서 안 좋아하는…… 그는 철저한 한식 쇼비니스트다. 그것도 반드시 온양 지방의, 그중에서도 자기 어머니가 만들어주던 것과 같은 레시피로 조리한 음식을 그는 평생 원했다. 그에게 있어 한식은 어머니를 상기시키는 마력을 가진 향수 음식이다. 열한 살에 어머니를 여의었는데, 그 후에 갑자기 집안이 몰락해서 정서적으로나 경제적으로 낙원 상실의 혹독한 쓰라림을 경험했다. 그래서 어머니와 살던 세월은 천상적인 이미지로 기억 속에 각인 되었고, 한식은 어머니의 모든 것의 상징이었던 것이다.

한식의 연장선상에 우리나라의 전통문화가 놓여 있다. 반듯한 유교적 규범과 예절이 지배하고, 질서정연한 전통적 윤리가 다스리던 안정된 가정은 어머니와 동질성을 지닌다. 가족 사이에 신뢰가 있고, 계산을 초월한 사랑이 있고, 풍성한 생활 문화가 자리 잡았던 평화로운 세계가 어머니의 세계였다. 그의 모성 숭배는 지금도 계속되고 있다. 『어머니를 위한 여섯 가지 은유』라는 책을 보면, 한국 문화의 좋은 모든 것은 다 어머니와 연결되어 있다. 거기에는 전통이 있고, 신화가 있으며, 샤머니즘이 있고, 인간에 대한 사랑이 있다. 어머니가 주시던 한식을 먹으면서 한국 문화의 기본항이 확고하게 그의 내면에 뿌리를 내린 것이다. 어머니의 식탁은 그에게 있어 전통문화에 대한 사랑과 이해로 이어지는 통로였다.

어머니는 또 그의 문학에의 길을 열어준 정서적 기둥이기도 했다. 문학을 좋아해서 늘 책을 들고 계셨다는 어머니는, 그에게 언어와 문자에 대한 사랑을 계시해주신 뮤즈였다. 그의 최초의 책은 자신의 말대로 어머니였다. 어머니를 통하여 그는 한국의 전통문화와 문학을 접했다. 그의 삶의 기본항 중의 두 가지를 어머니가 전수한 것이다.

늘 새것을 탐색하며 바람개비처럼 바쁘게 돌아가는 그의 네오필리아를 받쳐주는 지반이 그 한식 일변도의 어머니식 식탁이다. 그곳은 감각을 기반으로 하는 감성적 세계인 동시에 현실 생활이 지배하고 있는 피지스physis적 세계이기도 해서, 추상 담론이 끼어들 여지가 적다. 그쪽이 요지부동하니까 그의 네오필리아에는 균형이 생기며, 그쪽이 직접적이고 감각적이어서 그의 추상적 사고는 발판이 든든하다. 한식과 지적 호기심은 그의 팔방으로 뻗어 있는 다양한 세계를 받쳐주는 두 개의 기둥이다. 거기에 어머니의 문학 취미가 첨가된다.

그 속에서 『흙 속에 저 바람 속에』와 『하나의 나뭇잎이 흔들릴 때』 『바람이 불어오는 곳』 같은 감성적인 에세이들이 나왔다. 거기에서 『한국인 이야기』와 『고전의 바다』 같은 한국론의 논저들도 나왔다. 최첨단의 흐름을 남보다 일찍 감지하면서도 고전과 연관시켜서 새로움에 도달하는 형이니까, 그의 네오필리아의 경향에서는 과거와 미래가 균형을 이루고 있다. 아버지에게서 물려받은 새것에 대한 짙은 호기심과 어머니의 식탁에서 길러진 한국적인 문화와 풍속에 대한 수양은 그의 세계를 받쳐주는 두 개의 기둥이다.

이어령과 어머니

2020년 7월

의욕 과잉의 막내아들

나는 그의 어머니를 한 번도 뵌 일이 없다. 내가 그 집에 들어갔을 때 어머니는 돌아가신 지 14년이나 지나서 이미 신화가 되어 있었다. 신화의 주인공답게 그 집에는 어머니의 사진이 없었다. 사진이 귀한 시대였고, 전쟁을 두 번이나 겪은 시기이기는 했지만, 서울 유학까지 하셨다는 분이 사진이 없는 것은 이상했다. 어머니뿐 아니다. 그 집에는 이어령 씨의 유년기의 사진도 거의 없다. 어머니가 안 계신 14년 동안에 전쟁이 두 번이나 일어났는데, 그 집에는 비상시에 그런 것을 챙길 안주인이 없었다는 것을 나중에야 알게 되었다. 가족사진이 한 장 친척 집에 남아 있었는데,

그 속에 있는 어머니의 작은 얼굴을 확대해서 화가인 큰형님이 초상화를 그리셨다. 그것이 어머니의 모습을 알아낼 유일한 자료다.

초상화 속의 어머니는 후덕한 중년 부인의 인상을 하고 계셨다. 아버님은 키가 크고 날씬하신데, 사진 속의 어머니는 크지 않고 날씬하지도 않으셨다. 이어령 씨는 이목구비는 아버지를 닮았는데 얼굴 윤곽이 어머니를 닮았다. 아버지는 기름한 얼굴형이고 형님들도 모두 가로보다는 세로선이 기신데, 이어령 씨만 어머니를 닮아서 정방형에 가깝다. 얼굴이 네모에 가까운 형제는 누나밖에 없고, 살이 찐 형제는 거의 없다. 그러니까 이 선생은 형제들과 유사성이 적은 편이다. 그는 어머니의 프레임 속에 아버지의 이목구비를 골라 가져서 눈이 크고 코가 우뚝하다. 외양에서 어머니를 닮은 부분은 얼굴 윤곽과 두상뿐이고, 중년이 되니 살이 찌기 시작한 점 정도다.

하지만 외모와는 다른 곳에서 어머니와의 친족성이 드러난다. 의욕이 넘치는 박력 있는 성격, 치열한 승부욕, 비상한 기억력, 투철한 사고력처럼 남들보다 무언가 넘치는 부분에 외갓집 피가 흐르고 있는 것같이 느껴졌기 때문이다. 두뇌가 명석한 것 역시 외가 내력인 것 같았다. 그의 외가는 두뇌가 출중해서 이조 말부터 외조부 6형제가 모두 과거에 급제하여 벼슬을 하셨고, 일본에 유학을 간 국비 장학생들이었다. 그중에서도 가장 두드러진 요소는 어머니에게서 물려받았다고 본인이 말하는 예술에 대한 감수성과 상상력이다. 그건 외할머니에게서 온 것이 아닌가 싶기도 하다. 외사촌 누나의 증언에 의하면 외할머니도 손에서 책이 떨어지는 법이 없는 독서가였다는 것이다.[1]

구한말 때부터 군수를 하셨던 외할아버지는, 사진에서 보면 몸도 마음도 넉넉해 보여, 스케일이 크신 어른 같았다. 하지만 그 시대의 어른답게 남존여비 사상이 있으셔서, 아드님은 일본에 유학시키면서 하나밖에 없는 따님은 학교에 보내지 않았다고 한다. 그런데 어느 날 외할아버지는 후원의 복숭아를 싸준 방충용 봉지에서 낯선 붓글씨를 발견하신다. 그게 따님이 혼자 배운 글씨라는 말을 들으시고는, 그 재주를 아껴서 뒤늦게 서울에 유학을 시켰다는 말을 들었다. 숙명여고에 다니셨다는데, 진명이라고 하는 분도 있다.[2] 어머니는 그 당시의 시골에서는 보기 드물게 서울 유학을 한 신여성이었던 것이다.

이어령 씨는 형제들과 외모만 다른 것이 아니라 성격도 달랐

---

1 부록에 있는 「나의 자랑스러운 고종사촌」 참조.

2 누구는 진명이라고 하고 누구는 숙명이라고 한다. 자녀들은 일찍 돌아가신 어머니 학벌을 정확하게 몰랐던 것 같다. 큰형님이 만든 비문에는 숙명으로 되어 있으니 숙명이 맞을 것이다.

다. 그는 호기심이 지나치게 많고, 일 욕심도 보통이 아닌 의욕 과잉형이어서 평생 편안히 쉬어본 날이 없다. 운동을 해도 전력 투구를 하니 그는 항상 과로한다. 술도 마시지 않고 바둑도 장기도 두지 않는 그는 시간만 있으면 책을 읽거나 글을 쓰고 싶어 했는데, 시간이 모자라서 항상 일에 쫓겼다. 음악을 듣는 것을 좋아했지만, 너무 바빠서 그것도 즐길 시간이 없을 정도였다. 예외적인 것은 중학교 때 평행봉을 한 것이다. 그래서 균형 감각이 발달하여 노년에도 잘 넘어지지 않았다. 중년에 골프를 시작한 일이 있다. 하지만 그건 자율신경부조증을 고치기 위해 의사가 시킨 치료용 운동이었다.[3] 다행히도 그는 그 운동을 좋아했지만, 누가 와서 데리고 가지 않으면 잘 안 했다. 너무 바빴기 때문이다. 50대 초에 대학 후배인 김용직, 주종연, 유민영, 김상태 씨 등과 한 달에 한 번 등산을 하더니, 얼마 가지 않아서 그것도 그만두었다. 취미 생활을 즐기기에는 너무 시간이 모자랐던 것이다.

그는 언제나 식사 후에 한 시간쯤 가족들과 텔레비전을 본다. 그러다가 미안하니까 '메일 체크'를 한다는 구실로 2층으로 올라간다. 그러면 새벽까지 내려오지 않는다. 큰아들이 입시 공부

---

3 2부에 있는 「이어령과 골프」 참조.

를 하느라고 늦게 잘 때, 오밤중에 아빠 방에 불이 켜져 있어서 들여다보면, 매번 아빠도 자기처럼 책상에 앉아 있어서 놀랐다고 한다(그때는 서재가 지하에 있었다). 입시 공부를 참으며 하고 있던 아이는, 평생 밤중까지 불을 밝히고 글을 쓰는 아빠를 보면서, 사는 일에 절망을 느꼈다고 한다. 입시 공부 같은 것을 평생 하면서 살고 싶지는 않았기 때문이다. 그런데 이어령 씨는 책상에 앉아 있는 일이 원하던 것이었기 때문에 물리지 않았다. 그에게는 글쓰기가 일이면서 동시에 놀이였다. 창조하는 데서 희열을 느끼고 있었기 때문에 그는 글 쓰는 시간이 아무리 힘들어도 지겨워하지 않았다. 암에 걸리고도 5년 동안은 날마다 고교생처럼 책상에 앉아 있는 생활을 계속했다. 마지막에 컴퓨터로 글을 쓸 수 없는 세월이 오자, 그는 녹음을 하거나 손글을 써서라도 자기 안에서 소용돌이 치는 사유의 덩어리들을 문장으로 바꾸는 행위를 멈추지 않았다.

그의 집에는 그렇게 힘들게 사는 사람이 그이 하나밖에 없다. 형제분들은 의욕 과잉형이 아니기 때문이다. 그이는 의욕 과잉형이어서 자신 말대로 "3백 킬로의 속도로 달리는 카레이서"[4]처

---

4 김민희, 『이어령, 80년 생각』, 위즈덤하우스, 2021, p. 87

럼 살았다. 성격도 형제들 중에서 제일 급했다. 어렸을 때부터 문간에 들어서면서 "밥" 하면 당장 밥이 대령되어야 했다고 한다. 결혼 후에도 집에 도착하면 초인종을 어찌나 다급하게 누르는지, 놀라서 튕기듯이 일어나게 된다. 그렇게 성미가 급한 사람을 본 일이 없다. 그의 삶의 템포는 형제들뿐 아니라 충청도 자체와도 맞지 않았다. 그 고장은 느림의 미학을 즐기는 양반 문화의 중심지이기 때문이다. 이어령 씨는 언제나 남의 두세 배의 일을 하며 벅찬 삶을 살았다. 항상 출산을 앞두고 있는 여인같이 산 것이다. 낳고 또 낳아도 끝이 나지 않아 끝없는 산고의 과정을 겪으며 사는 것이 그의 삶이었다. 그 고달픔은 새로운 창조에 의해 보상되었다. 그래서 그는 그 일에 물리지 않았던 것이다.

막내아들의 생태학

이어령 씨는 형 넷, 누나 하나, 여동생이 하나 있는 7남매의 막내아들이다. 아버님이 1896년생이시니, 37세에 낳은, 그 당시로서는 늦둥이였다. 조카와의 터울이 세 살밖에 되지 않는다. 여동생이 하나 있지만 다섯 살 아래여서 경쟁 상대가 되지 않았다. 그래서 막내로서 누리던 특권을 계속 누리며 살았다고 할 수 있다. 대가족의 귀염을 받는 행복한 막내 도령이었던 것이다. 위의 세 분 형님들은 나이 차가 워낙 많아서 그를 조건 없이 귀여워하셨고, 그다음이 누나였다. 경쟁 상대는 바로 위의 형 하나밖에 없었는데, 그 어른이 워낙 성격이 어지셔서 항상 동생에게 관대하셨다. 그는 복종형 동생이 아니었는데도 형에게 맞거나 구박을 받아본 일이 없는, 운이 아주 좋은 막내다. 그러니 가족 모두에게 그는 애완愛玩의 대상이었던 셈이다. 그 풍습은 동생이 태어난 후에도 변하지 않아서 어머니가 돌아가실 때까지 그 상태는 계속되었다고 볼 수 있다. 그 시기는 그의 삶의 '낙원기樂園期'였다. 그 시기가 너무 좋아서 그랬는지, 그는 걸핏하면 자기가 막내라고 말해서 손아래 여동생을 질색하게 만들었다.

그래서 그에게는 막내 기질이 많이 남아 있다. 막내들은 부모가 안정되어 여유가 있고 관대해지는 시기에 태어나서, 많은 면에서 제재를 덜 받고 자란다. 떼를 쓰면 들어주는 확률도 다른 형제들보다 많아서 자유를 더 많이 누릴 수 있다. 그래서 그릇이 커질 확률이 높다. 자기가 옳다고 생각하면 상식에 맞지 않는 일도 과감하게 밀고 나가는 담력이 그런 여건에서 길러지기 때문이다. 그래서 세계적인 문호 중에는 막내들이 많다.

막내들은 원하는 대로 살아버릇해서 사회에서도 자기 뜻대로 일이 풀리지 않으면 참지 못하는 형이 되기 쉽다. 올림픽을 준비할 때 그는 잠을 줄여가면서 그 일에 올인했는데, 일이 마음대로 안 풀리면 속상해서 펄쩍펄쩍 뛰니까, 어느 날 같이 일하던 한양순 선생이 "이 선생 막내지?" 하시더란다. 누나 같은 한 선생은 그런 점을 귀엽게 보셔서 언제나 이 선생의 원군이 되어주셨다. 이 선생은 살아오면서 누나 같은 손위 선배에게서 그런 도움을 받은 일이 많다. 김옥길 총장과 이남덕 선생은 이화여대에서 이 선생을 비호해준 방풍림 같은 분들이었고, 문단에서는 모윤숙, 최정희, 전숙희, 김남조 선생 등이 항상 그의 곁에 서주셨다. 「우상의 파괴」가 나왔을 때 제일 먼저 응원하신 문인도 손위의 시인인 노천명 선생이었다.

자신이 어렸을 때 소문난 악동이었다고 이 선생이 말하는 걸 보면서, 후배인 이인화 교수가 "부모가 너그럽지 않으면 악동이었다고 자랑할 분위기는 만들어지지 않는다"라는 말을 어디엔가 썼던 생각이 난다.[5] 맞는 말이다. 그의 막내 기질 형성에는 든든한 스폰서가 있었다. 그가 하는 일마다 대견해하시던 어머니다. 동생이 태어난 후에도 집안의 막내 도령의 권위를 뒷받침해준 것은, 그 아들에게 동생이 생길 때까지 5년이나 젖을 물고 있

---

5 이인화, 『상상력의 거미줄』, 생각의나무, 2001, p. 23

게 한 어머니였다.

그 집에서 어머니는 권한이 많은 주부였다고 볼 수 있다. 남편을 친정 동네로 이사 오게 만든 것도 어머니이며, 서울에 유학시킨 것도 어머니이고, 새말에 있는 큰 집도 어머니가 친정에서 받은 것이라고 해도 과언이 아니다.[6] 그런 데다가 어머니는 유능한 주부였다. 대가족을 소리 없이 다스리며, 가정의 화목한 분위기를 조성하고, 경제적인 안정을 보장해준 분이었기 때문이다. 그런 어머니가 막내아들에게 특별히 관대하셨으니, 어머니가 살아 계신 동안에 그는 분에 넘치는 자유를 누렸다고 볼 수 있다.

어머니의 죽음이 그의 낙원의 문을 닫아버리는 참담한 재앙이 된 이유가 거기에 있다. 그때 아버지는 이미 다른 여인의 남편이었으니, 그는 어머니와 함께 부모를 모두 잃은 것이나 다름이 없다. 결혼한 형들은 분가해 나가셨고, 누나도 얼마 안 있어 결혼을 했지만, 밑의 세 아이는 새 여인과 사시는 아버지의 집에 남는 수밖에 방법이 없었다. 그래서 막내 도령의 전성기는 완전히 막을 내린다. 다시는 응석이 통할 수 없는 냉엄한 현실이 느

6 어머니가 집값을 더러 내셨다고 한다.

닷없이 나타난 것이다. 어머니가 가신 다음에 찾아온 세월들은 지나치게 참담했다. 가족 간의 유대가 무너져 내리고 있을 무렵에, 토지개혁까지 일어나서 갑자기 경제적으로도 몰락한 것이다. 토지개혁이 일어나 큰 집을 지탱해주던 재원財源이 고갈되어 버렸는데, 아버지가 현실적인 분이 아니셔서 추락은 가속화되었다. 어머니의 죽음이 정서적인 면에서 가정 붕괴를 가져왔다면, 1948년에 시행된 토지개혁은 경제적인 면에서 그 붕괴를 촉진했고, 그 두 가지가 시너지 효과를 나타내서 어머니를 잃은 어린 형제들을 이중으로 괴롭혔다. 안정된 생활이 사라지고, 사랑받던 세월도 함께 사라져서 이어령의 실낙원은 깊은 상실감을 몰고 온다. 그에게 어머니가 신처럼 느껴지는 이유가 거기에 있다.

외갓집

이어령 씨에게는 『어머니를 위한 여섯 가지 은유』라는 아름다운 산문집이 있다. 그 글의 첫머리에 외갓집으로 가는 장면이 나온다. 그건 그가 바깥세상과 처음 만나는 장면이기도 하다. 온주아문 근처에 있는 좌부리에서 외가가 있는 쇠일(금곡리)까지 가는 남행길에서, 그는 처음으로 들판을 보았고, 서낭당을 보았을 것이다. 어머니의 나들이는 대체로 친정에 가는 것으로 한정되어 있었기 때문에, 그는 그 길에서 『흙 속에 저 바람 속에』에 나오는 풍토와 민속과 문화를 익혔다고 할 수 있다. 어머니가 계실 때까지 그는 외갓집 근처를 맴돌며 사는 모계가족적 분위기 속에서 성장한 것이다.

하지만 이어령 씨의 세거지世居地는 온양이 아니라 용인이다. 그 집 선산은 용인군 이동면 천리에 있다. 거기에 종가도 있었다. 용인군 이동면 천리 748번지다. 천리 집은 그의 아버지가 8세부터 사신 곳이다. 결혼하고도 6, 7년간 사신 집이기도 하다. 할아버지가 2만석꾼이셔서 근처가 다 자기 집 소유였다고 한다. 집터만 천 평이 넘는 큰 저택이었다는 것이다. 그 전에는 20칸 집에서 살았는데, 8세 때 관찰사가 살던 집을 사서 이사를 하셨다는 것이다. 이 선생의 큰아버님은 이미 빈터가 되고 남의 손에 넘어간 그 집터를 가리키시면서 "대지가 일천 평이었어"라는 표현을 쓰셨다. '일' 자를 하나 더 넣으니 더 커 보여서 신기했다.

이 선생 아버지는 결혼 후 6년쯤 지난 1918년경에 처가가 있는 충청도로 집을 옮기셨다. 온양읍 내리 95번지가 분가해 나간 새집이다. 외갓집은 맹씨 행단 바로 이웃에 있다. 온주아문이 있는 구 온양에서도 10리쯤 남쪽으로 내려간 곳이다. 외가에는 아드님도 있었지만, 외할머니에게는 어머님이 무남독녀였다.[7] 하나뿐인 따님이 멀리 사니까 외로우셨던 외할머니가, 따님을 당신 동네로 보내줄 수 없느냐고 사돈댁에 부탁을 드렸다고 한다. 외할아버지는 작은댁을 거느리고 근무지에 따라 이동하기 때문에, 쇠일에 있는 큰 집에는 할머니와 어린 아드님밖에 없었던 것이다.[8]

어차피 분가해야 할 넷째 아들이니까 그 청이 받아들여져서, 아버님은 온양으로 이사를 하신다. 그래서 이어령 씨 형제들은 온양에서는 "용인댁 도령"이라 불렸다. 아버님이 분가하실 때, 가장이신 큰아버지는 집이 아홉 채쯤 있는 쇠일의 장군바위 근처 "양지 바른 곳에 있는 20칸짜리 남향집"을 사주시고, 충청도에 있는 토지를 물려주시면서, 처갓집 근처에 가서 살게 살림을 내주셨다고 한다. 그의 부모는 처음에는 외할머니와 따로 살았지만, 큰집에서 노인이 외로우시니 처가에 들어가 사는 일이 잦

7 남동생은 어머님과 모친이 다르다.

8 왕조 시절에는 관리가 외지에 근무하러 갈 때 가족을 데리고 가지 못했다. 어느 나라에서나 유사한 현상이 나타나는데, 그것은 처자가 인질의 성격도 지니기 때문이다. 그래서 서울에서 벼슬살이를 하는 시골 양반들은 서울에는 경처(京妻)가 있고 고향에는 향처(鄉妻)가 있었다. 외할아버지의 경처는 냉동할머니라고 불리는 분이었다고 한다. 이어령 씨의 큰형님은 서울에서 냉동할머니와 많이 사셔서 그 할머니에 대한 애착이 크셨다는 말을 들었다.

았다. 하지만 외삼촌이 혼인을 해서 할머니를 봉양하게 되자 학교와 가까운 쪽으로 이사를 해서 그때부터는 계속 따로 살았다. 원적지인 좌부리라는 곳이 그곳이다.

하지만 이 선생이 태어난 집은 그가 자란 새말 집이 아니라 같은 마을에 있는 진외갓집이었다. 그 솟을대문 집(신흥리 328번지)은 할머니의 친정 소유였는데, 그 댁이 서울로 이사를 가면서 집을 지켜달라고 부탁해서 10여 년간 그 집에서 산 일이 있다. 안채를 쓰고 사랑채는 집주인이 이따금 와서 머문다는 조건이었던 것 같다. 새말 집에 이사할 때까지 진외갓집에 살던 기간에 이 선생이 태어난 것이다.

그가 태어난 곳이어서 그 집을 보존해보려고 1960년대 말쯤에 내가 그 집에 가본 일이 있다. 솟을대문 지붕이 운두가 깊고 유연한, 우람하면서도 격조 높은 한옥이었다. 재동이나 계동에 있는 솟을대문 집처럼 깔끔하지 않은 대신 푸근하고 느긋했다. 그때는 시골 집값이 싸서 살 능력은 있었는데, 건물 유지를 내가 도저히 감당할 수 없어서 망설였다. 그런데 얼마 후에 다시 가보니 그 아름다운 사랑채와 대문채를 팔아버리고 안채만 남아 있었다.

이 선생이 자란 새말 집은 그보다는 좀 덜 예쁜 집이었는데, 내가 가본 1960년대 초에 이미 사랑채는 채마밭이 되어 있었다.

대지가 6백 평이 넘고, 잡석으로 쌓아 기와로 덮은 담이 아름다웠다. 그 무렵에 한창 오래된 토담의 미학에 홀려 있던 나는, 저런 담은 문화재로 만들어도 되겠다는 생각을 했다. 그런데 지난 추석에 가보니 대지는 그대로 있는데 담은 허물어지고 없었다. 문간채는 단층으로 변형되었고 사랑채는 밭이 되었는데, 안채와 기와지붕과 마루는 그대로 보존되어 있었다. 이 선생이 젖떼기를 할 때 사생결단하고 기어올라갔다는 마루는 진외가댁인지 이 집인지 잘 알 수 없다. 길을 포장할 때 길이 높아져서 집이 가라앉아 보이기는 했지만, 우물 정자 마루는 잘 보존되어 있었다.

따로 살아도 어머니가 외딸이니 친정 나들이가 잦을 수밖에 없어서, 그 댁 자녀들은 대체로 첫나들이가 외갓집행이 될 수밖에 없었다. 그래서 그의 세계는 외할머니와 어머니로 이어지는 외가 쪽과 밀착되어 있다. 그 집 아이들은 이따금 다니러 오는 자기네 할머니를 "친할머니"라고 불렀다 하며, 오시면 불편해서 "언제 가신다냐" 하면서 손님처럼 느꼈다고 한다. 친할머니는 아이들에게 엄하게 구셨다. 보기만 하면 "문지방을 밟지 마라" "벽에 등을 기대고 앉지 마라" 하는 식으로 세세한 규칙 여섯 가지를 지키게 하셨으며, 어기면 야단을 치셨다. 외할머니처럼 오냐 오냐 하지 않는 엄격함이 있었던 것이다. 어렸을 때 이 선생이 형을 보고 "남의 집에 와서 야단까지 친다냐" 하고 할머니 흉을 보다가 들켜서 어머니에게 되게 혼난 일도 있다는 말을 들었다. 친할머니는 큰형이 봉천에서 사 온 버들로 엮은 가방을 들고 오셨다는데, 툇마루에 놓여 있는 그 가방은 아이들에게는 공포의 대상이었다는 것이다.

이어령 씨가 모계가족적인 분위기에서 자란 것은 그의 예술에 지대한 영향을 주었다고 볼 수 있다. 이번에 고은 선생이 이어령 씨 문상을 와서 "이어령은…… 역시 감성이야!"라고 하시던 말이 생각난다. 이어령 씨는 보기 드물게 지적, 논리적 측면이 발달한 인물이지만, 역시 그의 새로움은 감성에서 오는 것 같다. 그가 강조하는 '온리only'로서의 독창적 삶은, 보편성을 중시하는 이성적 세계에서는 중요시되지 않기 때문이다. 최초의 베스트셀러였던 『흙 속에 저 바람 속에』를 낼 무렵부터 그는 외할머니와 어머니의 감성적 세계를 수용하면서 에세이들을 쓰기 시작한다. 그리고 마지막 작품이 『눈물 한 방울』이다. 그것이 비록 인류애를 의미하는 것이라 하더라도 눈물은 역시 감성의 산물이다. 그의 세계에서는 처음부터 끝까지 감성이 우세했다고 할 수 있고, 그것이 그의 문학의 독창성 형성에 기여한 바가 크다고 생각한다.

이어령 씨의 그 섬세하고 풍요로운 감성의 저수지 바닥에는 외할머니와 외갓집이 놓여 있다. 외갓집은 풍요롭고 부유했다. 감도 외갓집 것은 특별하게 다가오고, 미숫가루도 외갓집 것은 달라 보이던 유년기의 외갓집 분위기, 그 시들지 않는 감성의 세계가 아흔이 되는 날까지 그의 창조의 원천이 되고 있는 것 같다.[9] 창조는 감성의 개별성 존중을 모태로 하여 생겨난다. 거기에서 독창성이 생겨나며, 거기에서 눈물이 생성되고, 거기에서 다른 사람의 감성에 불을 댕길 촉매들이 생성된다. 온양에서 "용인댁 도령"이라고 불리며 형성된 이어령의 세계가, 외할머니, 어머니, 여동생, 딸 같은 모계의 가족들 주변에서 계속 맴돌고 있는 이유가 거기에 있다.

금계랍의 맛

보통 아이들이 첫 이가 나올 시기가 되면 젖떼기가 시작된다. 이가 나오려고 잇몸이 근질거리니까 엄마의 젖을 자주 깨물기 때문이다. 그때쯤이면 동생도 생긴다. 동생이 생기면 젖줄이 마

9 『월간조선』(1988년 4월)에 실린 이어령의 글 「작가의 고향」 참조.

르니까 자연스럽게 젖떼기를 하게 된다. 빈 젖을 물리면 거짓말을 하게 된다는 것이 젖떼기의 명분이다. 감각은 여전히 살뜰한데 거기 수반되던 생명수는 말라버렸으니, 그런 데서 생겨난 공허감이 거짓말하기의 원천이 된다고 생각한 모양이다. 아이에게 젖떼기는 하늘이 무너지는 것 같은 재난이기 때문에, 일반적으로 젖은 어려서 멋 모를 때 떼는 것이 정답이다. 가혹하게, 후딱 떼는 것이 아이를 덜 괴롭히는 비결이기 때문이다. 나이가 들어 아이가 젖 빠는 쾌락을 의식하게 되면 젖에 대한 집착이 강해지기 때문에, 늦을수록 이유離乳에서 아이가 받는 고통은 커진다. 그런데 아우가 늦게 생기면, 모자가 모두 힘이 드는 젖떼기를 뒤로 미루는 일이 더러 있다. 급하게 떼야 할 이유가 없으니까 우물쭈물하다가 시기를 놓치면, 그냥 타성적으로 젖을 물리고 있게 되는 것이다. 막내들의 젖떼기가 늦어지는 이유가 거기에 있다. 1930년대 한국에는 다섯 살까지 젖을 물고 있는 아이들이 꽤 있었다.

이어령 씨도 젖떼기가 많이 늦은 아이였다. 동생을 늦게 봤기 때문이다. 동생이 다섯 살 때 태어났으니, 다섯 살 초반까지는 젖을 물고 산 것이다. 마음이 약한 어머니가 막내아들의 젖 떼는 고통을 미루어주고 싶어서 그때까지 젖을 물리셨던 모양이다. 하지만 아우가 생기니 젖떼기는 불가피한 과업이 되었다. 늦으면 늦은 만큼 이유의 고통에는 가중치가 생긴다. 아이는 다섯 해 동안 즐기던 따뜻한 젖가슴을 쉽게 내놓으려 하지 않기 때문이다. 이어령 씨처럼 고집이 센 아이는 더하다. 그래서 그의 젖떼기는 처절한 투쟁이었다고 한다.

젖을 빨리 떼기 위해서 어머니들은 젖에 쓴 약을 발라놓는 전술을 쓴다. 우리가 자라던 일제강점기에 바르던 것은 키니네가 들어 있는 '금계랍'이라는 약이었다. 학질을 떼는 약이어서 구하기도 쉬웠다. 그 약은 입에 넣으면 혀가 오그라드는 것처럼 쓰다. 약이 얼마나 소태 같은지 아이들은 그 고약한 맛에 질려서 결국 꿀 같은 모유를 단념하게 된다. 그건 에덴동산 밖으로 발을 내딛는 인생고의 첫걸음이다. 그런데 이어령 씨는 금계랍을 발라도 단념하지 않았다고 한다. 금계랍 맛에 넌더리를 내면서도 젖에 대한 집착을 버릴 수 없었던 것이다. 그래서 필사적으로 저항했다는 것이다. 큰형이 억지로 잡아떼서 마루 아래로 모질게 밀쳐버린다. 그러면 아이는 사생결단을 하고 다시 일어나 대청을 향해 돌진해간다. 형에게 붙잡혀서 여러 번 마루 밑으로 던져졌던 일, 죽기 살기로 다시 기어오르려 했던 날의 대청마루의 아득해 보이던 높이 같은 것들이 엉겨 있는 악몽 같은 젖떼기의 기억을 그는 오래도록 잊지 못했다. 그건 목숨을 건 도전이었고, 태어나 최초로 맛본 참담한 패배였기 때문이다.

늦은 젖떼기와 그 참혹하던 집행 장면은 그의 삶에 깊은 상처를 만든다. 어머니에 대한 정서적 집착증의 시발점이 그 대청마루에 있었던 것처럼 느껴지기 때문이다. 그건 그가 더 이상 어머니를 독점할 수 없다는 것을 의미했다. 낙원 같던 유아기가 끝나는 것이다. 그런데도 이어령 씨의 의식 속에는 자기가 막내가 아니라는 생각이 거의 없었다. 막내의 특권이 그대로 유지되었기 때문일 것이다. 그래서 오랫동안 그는 인터뷰를 할 때 자기가 막내라는 말을 자주 했다. '막내'를 '막내아들'로 정정하기 위해 그의 여동생과 나는 오랫동안 그와 실랑이를 벌였다. 동생이 엄연히 있는데도 막내라는 의식이 없어지지 않는 것은 5년 동안의 막내 시절이 행복했기 때문일 것이다. 거기에는 어머니의 따뜻한 가슴이 있었고, 원하는 것은 거의 다 이루어지는 자유가 있었으며, 화목한 가정과 경제적 안정이 있었다. 그건 신이 그에게 허용한 특혜였다. 그러다가 열한 살에 갑자기 어머니를 잃게 되자 그 모든 것이 와해되고, 실낙원의 가혹한 현실이 나타난 것이다.

막내로서 길들여진 자유로운 삶의 패턴은 어른이 되어서도 없어지지 않았다. 그는 어른이 되어서도 유년기처럼 원하는 대로 살고 싶어 하는 강렬한 욕망을 가지고 있었다. 그래서 처음부터 위계질서가 확립되어 있는 행정직을 원하지 않았다. 중학교 때부터 반장 같은 건 하고 싶어 하지 않았으며, 대학교수가 된 후에도 한사코 보직을 맡지 않았다. 의무적으로 해야 하는 학과장도 하지 않아서 총장님에게서 눈총을 받은 일도 있다. 신문사에서도 마찬가지였고, 문단에서도 다름이 없었다. 그는 문학 단체 어느 곳에도 소속되지 않았다. 국어국문학회 회원도 아니었다. 그래서 그는 만년 외톨이였고, 만년 평교수였으며, 만년 논설위원이었고, 만년 주간이었다. 장관직도 되도록 하고 싶지 않아할 만큼 그에게는 원하는 대로 사는 일이 중요했다. 그래서 관료적 방식이 아닌, 자기 방식으로 장관직을 수행하다가 2년이 되자 총리에게 자퇴서를 냈다. 여럿이 의논해서 최상의 의견을 도출하는 게 조직 사회의 기본 패턴인데, 그는 조직 사회의 일원으로 남의 의견도 들으면서 일을 하는 방식이 적성에 맞지 않아서, 장관직도 오래 하고 싶지 않았던 것이다.

다행히도 세상에는 신처럼 마음대로 하나의 세계를 창조하면서 자유롭게 사는 일이 가능한 분야가 있다. 예술이다. 예술은 무엇이든지 자기 뜻대로 결정하는 일이 허용되는 세계다. 예술가가 신처럼 창조자로 불리는 이유가 거기에 있다. 이어령 씨가 어떤 감투도 원하지 않고 오로지 크리에이터 중의 크리에이터로 평생을 산 것은, 어쩌면 원하는 대로 살았던 막내 시절의 기억 때문이었는지도 모른다. 막내 중에 예술가가 많은 이유가 거기 있을 것 같다.

막내 의식은 이어령 씨의 짙은 자기애 형성에도 영향을 미쳤을 가능성이 많다. 그는 하는 짓마다 어머니의 칭찬을 받으며 자라서, 자신이 하는 일에 자신감이 넘친다. 당시 서울대에서 인기학과는 정치학과나 영문과였는데, 자기처럼 시골에서 혼자 올라온 국문과의 시골 아이 어령이가, 조금도 꿀리지 않고 서울 출신의 인기 학과 학생들을 휘두르고 있어서 마음이 든든했다는 것이 이어령 씨 회갑 문집에 남아 있는 동기생인 최일남 씨의 증언이다.[10] 그 말대로 이어령은 어딜 가나 자신만만했다. 그는 자신을 아주 긍정적으로 받아들이는 습성이 있다. 그리고 자신에게 관대하다. 다른 예술가들도 마찬가지다. 그런 짙은 자기애가 없으면 창조는 하기 어렵다. 모든 예술가는 물에 비친 자신의 얼굴에 반하는 나르시시스트들이다.

그들은 자신의 약점을 부끄러워하지 않으니, 그것을 감출 이유가 없어서 위선적이 될 필요가 없다. 그래서 이어령 씨는 자신의 약점을 아무에게나 즐겁게 털어놓는 버릇이 있다. 그렇게 털어놓은 말이 자기에게 불리한 결과가 되어 돌아오는 역풍을 맞은 일이 있는데도, 아무에게나 자기를 다 털어 보여주는 버릇은

10 최일남, 「라일락이나 마로니에」, 『64가지 만남의 방식』, 김영사, 1993, p. 28.

고쳐지지 않았다. 그런 약점까지 포함하여 그는 자신을 긍정적으로 받아들였던 것이다.

다음에 드러나는 증상은 사람들에 대한 경계심이 적다는 것이다. 막내들은 사람들의 사랑을 흠씬 받고 자라서, 세상 사람들이 모두 자기를 사랑하는 줄 아는 경향이 있다. 그래서 아무나 잘 믿는다. 그 가식 없는 믿음이 상대방을 무장해제시킨다. 그래서 뒤에서 비방하던 사람들도 일단 그를 만나면 그의 팬이 되는 일이 많다. 그가 암에 걸리자, 그를 잃고 싶지 않아서 사람들이 온갖 특효약을 힘들게 구해서 가져왔다. 그건 감동적인 일이었다. 그 감동이 그를 지탱해주었다. 그렇게 누구나 다 자기를 사랑해줄 것 같은 믿음의 출처도 따지고 보면 막내 도령 시절의 관성이라고 할 수 있다.

하지만 어머니의 죽음과 함께 그 아름답던 세계가 완전히 붕괴된다. 어머니 한 분이 없어졌는데, 자신의 세계가 다 무너진 것처럼 느낀 것은 인간에 대한 믿음을 잃었기 때문이다. 사람들이 자기를 대하는 태도가 갑자기 돌변하니 아이는 나락을 경험하지 않을 수 없는 것이다. 어머니를 잃고 그가 겪은 가장 큰 타격은 사람을 믿을 수 없게 된 데 있다고 할 수 있다. 주변 사람들이 자신을 대하는 태도가 표변했기 때문이다. 길지는 않지만 그에게는 계모 밑에서 산 세월도 있다. 아산에서는 아버지의 새 가족은 사랑채에 살아서 안채는 여전히 그들의 거처였는데, 대천에 새집을 마련하니 안방이 그쪽 차지가 되었고, 자기네들은 작은방을 쓰는 군식구같이 된 것이다. 새 아이들에 둘러싸인 아버지까지 남처럼 느껴지던 그 황막한 시간들, 그건 믿을 사람이 하나도 없어진 것 같은 세월이었다. 그 상처는 너무 깊어서, 사회적으로 성공하고 결혼한 후에도 인간에 대한 믿음을 회복하는 일이 쉽지 않았다. 결국 그는 그것을 극복했고, 다시 사람들을 조건 없이 믿을 수 있는 오랜 시간들을 누렸으니 감사할 뿐이다.

은화 한 닢의 무게

어느 날 그가 학교에서 돌아오고 있는데, 아버지가 부르시더니 은전이 잔뜩 든 주머니를 어머니에게 전하라고 주셨다. 그런 심부름을 시킨 것을 보면 아홉 살이나 열 살쯤은 되던 때인 것 같다. 들고 오다가 호기심에 주머니 안을 들여다본 아이는 경악했다. 주머니에 너무 많은 은전이 들어 있었던 것이다. 손이 막 떨리는 놀라움이 진정되자 그중의 하나쯤 없어져도 어머니가 모를 것 같다는 생각이 문득 아이를 유혹한다. 그 유혹은 너무 강렬해서 아이는 결국 한 닢의 은전을 꺼내게 된다. 그것을 가지고 구멍가게에 들어간다. 예쁜 은단 통을 하나 산다. 그래도 돈이 많이 남는다. 하나 더 산다. 그런 식으로 아이는 은전 한 닢을 다 소비하고 집으로 돌아온다. 자기 손으로 물건을 사는 법을 처음 경험한 아이는, 새롭게 배운 그 재미에 현혹돼서 자기가 무얼 저질렀는지도 모른 것이다. 세 살 아래인 조카가 은단 통을 하나만 달라고 조른다. 안 준다. 조카가 울음을 터뜨린다. 화가 난 형수가 배차기로 조카를 때린다. 우는 소리가 안방에 들린다. 어머니가 나오신다. 자초지종을 들은 어머니는 조용히 아이를 데리고 방으로 들어가신다.

『하나의 나뭇잎이 흔들릴 때』에 나오는 이 에피소드를 보면 그 조사 과정에서 어머니의 성숙한 인품이 드러난다. 사건이 벌어졌는데 어머니는 허둥대지 않고 차분하시다. 울고 있는 손자와 아이를 때린 며느리에게 어떤 반응을 보이기 전에 어머니는 아이를 방으로 불러서 진상 조사부터 시작한다. 그 경황에도 조카나 형수 앞에서 아이를 다그치지 않을 만큼 아들에 대한 배려가 깊으셨던 것이다. 그런데 취조하는 방법은 냉철하다. 어머니는 조용한 어조로 아이에게 돈이 어디서 났느냐고만 물은 것이다. 다급하니까 아이는 생각나는 대로 이웃집 아저씨 이름을 댄다. 어머니가 사람을 부른다. 그 아저씨를 불러오라고 시킨다. 아이가 당황해서 다른 이름을 댄다. 또 부르러 보내는 체한다. 그런 식으로 어머니는 단시간 내에 정확하게 진상을 파악하신다. 그리고 조용히 매를 드신다. 하지만 벌은 가혹하다. 그 형벌의 혹독함이 강박관념obsession이 되어 남는다. 아이는 한동안 교실에서 물건이 없어지면 자기가 훔친 것 같은 강박관념에 시달렸다고 한다.

중년에 접어든 어머니는 이미 순정 소설 같은 것이나 읽던 문학소녀가 아니었다. 어머니는 아이들의 큰 잘못에는 가혹한 벌을 내리는 냉정한 재판관이고 교육자이기도 했기 때문이다. 어머니는 외출할 때마다 뒤주를 열고 쌀 위에 글씨를 써놓고 나가는 치밀한 현실감각도 구비하고 계셨다. 그건 지적인 도난 방지책이다. 자기가 원해서 누군가에게 무언가를 베푸는 것은 좋은 일이지만, 식구들의 생명줄인 양식을 도둑맞는 것은 주부의 불찰이라고 어머니는 말씀하셨다 한다. 그런 책임감 있는 재산 관리를 통해서 어머니는 한 집안을 지키는 기둥이 되셨던 것이다.

거기 비하면 그런 큰돈을 아이에게 맡긴 아버님은 돈 관리가 방만하시다. 돈 간수를 그렇게 허술히 하시니 사업에 구멍이 뚫리는 것이다. 어머니가 돌아가신 후 아버님은 사업에 실패하는 일이 많았다. 그래서 어머니가 가시고 3년이 지나니 손에 쥔 것이 없는 가장이 되셨다. 그러고 보면 그 집안에서 어머니가 맡았던 역할이 보인다. 어머니는 뒤주요 기둥이었던 것이다.

어머니는 이어령 씨가 열한 살 되던 해 2월(음력)에 포도기태라는 병으로 서울에 수술하러 가신다. 1년 전에 사랑채로 들여온 작은댁이 첫아들을 낳은 지 반년이 되는 시점이다. 배에서는 혹이 "양재기 엎어놓은 것만큼"(유서에 씌어 있음)이나 크고 있는데, 남편은 사랑채에 주로 기거하셨으니, 젊은 나이에 죽음을 앞두고 얼마나 참담했을지 짐작이 간다. 위의 아드님 세 분은 이미 결혼을 했지만, 밑의 4남매가 아직 어렸다. 막내딸은 일곱 살밖에 되지 않았던 것이다. 그런 상황에서 배에서 자라고 있는 치명적인 혹을 혼자 지켜보는 세월은 참담하셨을 것이다.

하지만 어머니는 그 과정을 조용히 참으신 것 같다. 아이들이 어머니가 중병에 걸린 것을 알지 못하고 있었기 때문이다. 어머니는 서울로 떠나기 전에 이미 당신의 죽음을 예감하고, 만주에 가 있던 큰아드님에게 사후를 부탁하는 유서를 보내셨다. 빨리 와서 동생들을 돌보아달라는 부탁을 한 것이다. 그리고 남편에게도 아이들을 부탁하는 유서를 쓴다. 하지만 막상 같이 있는 아이들에게는 당신 병의 심각성을 알리지 않으신 것 같다. 이어령 씨는 어머니가 마지막으로 부탁하는 건 줄도 모르고 다리 주물러달라시는데 게으름을 피웠다고 할 정도로 어머니 병을 가볍게 보고 있었다. 어머니가 기차 시간에 차질이 생겨서 한 번 돌아왔다가 다시 나가셨는데, 그는 돌아온 어머니를 보고 놀라지 않아서 어머니를 섭섭하게 만들기도 했다. 동네 사람이 알려줘서 이미 알고 있었기 때문에 놀라지 않은 것이었는데 어머니는 그걸 모르셨던 것이다. 아이들은 어머니가 타고 가시는 인력거가 멋있게 보여서 같이 가자고 조르기도 했다고 한다. 어머니는 그런 철없는 아이들을 물끄러미 쳐다보면서 한숨을 쉬시다가, 새로 온 인력거를 타고 저승을 향해 떠나셨다. 그건 돌아오지 못할 출발이었다. 그런데 정신대의 대상이 될 만큼 컸던 누나조차 떠나는 어머니를 붙잡고 울부짖지 않은 걸 보면, 어머니는 병을 깊이 숨기고 있었던 것이 확실하다. 그래서 어머니가 재가 되어 돌아온 걸 봤을 때 아이들이 받은 충격이 더 컸을 것이다.

어머니가 재가 되어 돌아와서 아이들은 어머니의 시신도 보지 못했다. 전시여서 상여를 움직이지 못하게 하니 화장을 해서 재만 돌아와 아이들은 붙잡고 울 시신도 없었던 것이다. 전시여서 마취제가 없어 어머니는 생살을 째다가 돌아가셨다. 많은 세월이 흐른 뒤에도 아버님은 그 비명 소리가 들리는 것 같다며 종로3가 근처를 지나는 것을 싫어하셨다. 아이들은 그런 사실도 알지 못했다.

아이들에게 그 죽음은 추상적이었다. 얼마나 아팠고, 얼마나 슬펐고, 얼마나 원통했을지 어머니의 형상을 알려주는 자료가 없다. 시신도 없는 주검밖에 남은 것이 없었던 것이다. 시신을 보지 못하면 그 죽음이 잘 잊히지 않는 법이다. 시신의 얼음같이 차가워진 감촉을 통해서 이승과 저승의 거리가 감각적으로 다가오고, 그래야 체념이 시작되는 건데, 아이들에게는 그것도 허락되지 않았다. 그렇게 예고도 없고, 그렇게 실체도 없이 어머니의 죽음은 아이들의 세계에 해일처럼 느닷없이 쏟아져 들어왔다. 아이들은 자다 깬 사람처럼 어리둥절해하면서 어머니와의 영원한 이별을 느끼고 전율하기 시작한다. 디디고 설 대지가 꺼져버린 것을 그제야 실감하는 것이다.

그런 삭막한 상황에서 막내아들은 어머니가 남겨놓고 간 선물을 받는다. 필통과 귤이다. 어머니가 손수 고르신 필통이 유물이 되어 전달된다. 세 개쯤 되는 귤도 마찬가지다. 전시여서 귤이 귀하니 어머니는 문병객들이 가져온 귤을 아이들에게 주려고 남긴 것이다. 그래서 그 귤은 어머니의 사랑의 상징물이었다. 돈을 주고 사는 물건의 한계를 넘어서는 부가가치를 지니기 때문이다.

귤을 보낸 것처럼 어머니의 정감적인 사랑을 보여주는 에피소드는 그 밖에도 많다. 형제가 싸워서 매를 맞는데, 때리다 말고 어머니가 "왜 너희들은 남의 집 애들처럼 도망갈 줄도 모르냐"
하고 한탄하셨다는 이야기를 들었다. 잘못한 아이를 다스리는
어머니와, 매 맞는 아이의 아픔을 함께 느끼는 또 하나의 어머니
가 공존했던 것이다. 때리면서 도망가라고 부추기는 어머니의
두 얼굴을 보면서 아이들은 사랑의 확신을 갖게 된다. 어머니는
아이가 잘못을 저질러도 사랑하는 존재라는 것을 확인하기 때
문이다.

다락에서 꿀을 허락 없이 먹다가 들켰을 때도 비슷한 일이 일
어난다. 꿀 항아리를 우연히 발견한 아이는 정신없이 손가락으
로 후벼 먹다가 어머니에게 들킨다. 전시에는 설탕이 귀해서 아
이들은 모두 당분 결핍증에 걸려 있었다. 그래서 꿀 항아리를 보
면 어느 아이나 이성을 잃기 마련이었다. 어머니가 소리 없이 나
가자 아이는 회초리를 가지고 오는 줄 알고 떨고 있었다. 그런데
어머니의 등 뒤에서 나온 것은 회초리가 아니라 숟가락이었다.
어머니는 회초리를 들 자리에 숟가락을 주기도 하는 관대한 존
재다. 징벌하는 자로서의 어머니의 얼굴 뒤에서 잘못해도 변치
않을 사랑을 발견할 때마다 아이들은 어머니의 사랑에 대한 확
신이 커지는 것이다. 귤이 사랑이었듯이 매도 사랑인 것이 어머
니의 세계다. 그 사랑은 모든 인간애의 기반이 된다.

모자 간의 속독 경쟁

이어령 씨의 어머니는 상당한 수준의 독서가셨던 것 같다. 친정 조카의 말에 의하면 『문예춘추』가 늘 옆에 놓여 있었다고 한다. 어머니는 아이가 앓는데 옆에서 책을 읽고 있다가 아버지에게 야단맞은 일도 있다. 그리고 눈 오는 날 아이를 데리러 보내는 것을 잊어버린 일도 있다. 어쩌면 그 시간에도 어머니는 책을 읽고 계셨을지 모른다. 아이들에게 『암굴왕』 『장발장』 같은 글을 읽어주기도 하고 『천로역정』처럼 두 권짜리 책을 읽기도 했던 것을 아이들은 기억한다. 하지만 세계문학전집까지는 가지 않았다. 이 선생이 그건 형님들에게서 배운 독서 영역으로 분류하고 있기 때문이다.

어머니는 책을 많이 읽은 것뿐 아니라 빨리 읽는 것으로도 소문이 났다. 맏아드님과 읽는 속도가 같으셨다는 것이다. 그래서 한번은 어머니와 큰형이 빨리 읽기 경쟁을 벌인 일이 있다고 한다. 대상이 된 책은 고대소설 같은 것이었다고 했다.[11] 모자가 속독 경연을 시작하니 끝의 아드님 둘은 어머니를 응원한다. 이어

11 부록에 있는 「어린 날의 기억들」 참조.

령 씨와 그 위의 형님은 어머니가 이기게 하려고 큰형의 독서를 방해할 작전을 짠다. 심심하면 형의 방에 가서 무언가를 물어보아 독서 시간을 빼앗는 것이 그들의 전략이다. 이 선생보다 17세 연상인 큰형님은, 아들 같은 막내를 귀여워했으니까 무심코 묻는 질문에 친절하게 대답해주신다. 그러면 조금 있다가 또 가서 다른 것을 묻는다. 그러다가 세 번째로 건넌방에 갔을 때 들키고 만다. 형님이 동생들의 계략을 눈치챈 것이다.

1940년대 초의 그 집에서는 그런 평화로운 장면이 벌어지고 있었다. 1940년경에 어머니는 친정아버지에게서 큰 한옥을 물려받았고, 당신 집을 위해 노래도 지으셨다. "영화로다 영화로다 우리 집안은" 하고 시작하는 노래를, 앞산(사패산)에서 떠오르는 태양을 향해 아이들에게 합창을 시키곤 했다는 말을 외사촌 누나가 증언해주셨다. "고모네 집은 돈이 더 많은 우리 집보다 훨씬 더 모던하고 스위트하게 살고 있었다"는 것이 외사촌 누나의 증언이다.[12] 아버님은 그런 스위트홈의 모범 가장이셨다. 아버님은 정원을 희귀한 꽃으로 덮인 근사한 화원으로 손수 만드셨고, 가족들의 병을 직접 고쳐주셨으며, 성격이 온화하고 인

12 부록에 있는 「나의 자랑스러운 고종사촌」 참조.

자한 가장이셨던 것이다. 그래서 40줄에 들어서서 시작한 외도가 어머니에게 더 큰 충격을 드린 것 같다. 그건 생명을 놓칠 정도로 큰 충격이었다. 3년 만에 어머니가 돌아가셨기 때문이다. 그 죽음을 막내 시누이는 "어머니가 치인 것"으로 보고 있다. 세 사람 중에서 가장 몸이 약한 자여서 어머니가 치이셨다는 것이다.

있는 그대로의 어머니

그렇다고 어머니가 천사였던 것은 아닐 것이다. 어머니는 외출할 때마다 뒤주에 엎드려서 글씨를 써놓는 치밀하고 현실적인 면도 가지고 계셨다. 쌀이 귀한 때여서 뒤주에 표시를 하는 건 일반 주부들도 하는 일이다. 하지만 그건 남을 의심해서 하는 일이니까 사람들 보는 앞에서는 잘 안 한다. 그런데 어머니는 식량을 도둑맞는 것은 주부의 불찰이라는 신념을 가지고 계셔서 아이들 보는 앞에서 당당하게 그 일을 감행하셨단다. 아이들에게는 좋지 않게 보일 수도 있는 장면이다.

어머니는 어느 눈 오는 날 막 학교에 들어간 막내아들의 하교 시간을 잊어서 아이가 눈 속을 헤매게 만든 일도 있으며, 열이 나는 아이의 머리맡에서 책을 읽다가 아버지에게 잔소리를 들은 일도 있다. 그뿐 아니다. 외사촌 동생의 증언에 의하면, 시집살이를 하는 올케에게 자기 옷을 만들게 하는 일도 하셨다 한다. 종일 일하는 고된 며느리인 자기 어머니가 꾸벅꾸벅 졸면서 바느질을 하는 것을 보고, 그만 주무시라고 하니까, 고모가 내일 입고 나들이를 할 옷이어서 그 밤에 마치지 않으면 안 된다고 하시더란다. 그 말을 들은 이어령 씨가 "엄마한테 그런 면도 있었구나" 하던 생각이 난다. 그런데 말투에 어떤 혐오감도 섞여 있지 않았다. 비판할 마음이 없기 때문이었을 것이다. 어머니는 신화 속의 인물이니 속세의 자로 재고 싶지 않았는지도 모른다. 그런 점이 있어도 자녀들에게는 어머니의 완전성이 훼손되지 않는다. 열 살 무렵까지 어머니는 아이들의 전부여서, 그 무렵에 어머니를 잃은 아이들은 어머니의 좋은 점과 나쁜 점을 모두 긍정적으로 받아들이기 때문이다. 있는 그대로의 어머니가 완전해 보였기 때문일 것이다. 그래서 어머니의 신화가 만들어지는 것이다. 사춘기가 아직 오지 않았던 시기의 일이어서 신화는 영원히 구속력을 지속한다.

하지만 어머니에 대한 그런 절대적인 사랑은, 남편의 사랑을 잃고 괴로워하다 돌아가신 어머니에 대한 연민에서 생겨난 것인지도 모른다. 효심은 연민에서 생겨나는 일이 많기 때문이다. 어머니의 죽음은 그 형제에게 아버지에 대한 배신감을 환기시키고, 어머니의 라이벌에 대한 분노를 촉발시킨다.

일제 말이어서 어머니의 장례식이 제대로 치러지지 못한 것이 또 형제들의 가슴을 저리게 만드는 요인 중의 하나였던 것 같다. 어머니는 폭격 때문에 꽃상여가 움직이지 못하던 1944년에 돌아가셨다. 그래서 선산까지 가지 못하시고 마을 앞에 있는 남의 산에 가매장됐다. 꽃상여가 움직이는 일도, 자녀들이 굴건제복屈巾祭服하는 일도 허락되지 않았다. 옷감을 아끼라고 순경들이 여인네 저고리 고름을 가위로 자르고 다니던 시절이었고, 폭격이 무서워 밤에 불도 못 켜던 때의 일이다. 그러니 어머니의 장례식이 초라해진 것은 아버님만의 잘못은 아닐 것이다. 그런데도 자녀들은 어머니의 장례식이 초라한 이유를 아버지의 새 사랑과 결부시키고 싶어 했던 것 같다. 상여가 못 움직이니 서울에서 돌아가신 어머니는 화장을 하는 수밖에 없었고, 남의 산에 묻히는 수밖에 없었지만, 마음이 떠난 남편이 치러주는 장례식이니 성의가 부족했을 가능성도 없지는 않다.

어머니는 해방이 되고도 남의 산에 그대로 묻혀 있었다. 뼈 항아리가 전문화되어 있지 않던 시기여서 20여 년이 지나니 유골을 담은 항아리가 깨졌을 가능성이 많았다. 그래서 이장을 할 엄두가 나지 않았다. 가능하면 옮기고 싶지 않아서 산을 팔라고 사정을 해도 주인이 말을 듣지 않았다. 그렇다고 남의 산에 계속 방치할 수는 없으니, 1970년대 초쯤 이장에 관한 가족회의가 우리 집에서 열렸다. 그런데 이장할 자리도 마련하지 않았는데 시작하자마자 형제분들이 일제히 "모든 상제가 굴건제복을 갖추자"고 말해서 나를 경악하게 만들었다. 장례식 때도 굴건제복을 하는 사람이 없던 시기였기 때문이다. 돌아가신 지 20여 년이 넘은 분을 이장하는데, 그건 좀 지나친 게 아닐까 싶어서 작은 소리로 참견을 했더니, 이어령 씨가 "우리 어머니는 꽃상여도 못 타셨단 말이야!" 하면서, 그게 마치 내 잘못이기나 한 것처럼 소리를 지르며 울먹였다. 장례식이 초라했던 것을 아버지의 새 사랑 때문으로 받아들인 데서 오는 묵은 울분의 분출이었다. 20여 년이 넘어도 활화산이 되어 가슴속에서 여전히 분노가 타고 있을 만큼 어머니의 장례식의 초라함은 자녀들에게 깊은 상처를 준 것 같았다. 그날 나는 그 댁 형제들의 어머니에 대한 유별난 애착에는 그런 연민도 큰 몫을 하고 있음을 확인했다. 이어령 씨는 돈이 생길 때마다 어머니 생각을 하는 것 같았고, 장관이 되었을 때도 승벽이 강한 어머니가 살아 계셨으면 얼마나 자랑스러워하셨을까 하는 말을 되풀이했었다.

다행히도 후일에 산 주인이 그 산을 팔겠다고 해서 이어령 씨는 어머니 무덤에 둘레석을 둘러드리는 일이 가능했고, 굴건제복이 논의될 필요도 없어졌다. 그 형제는 산소를 다듬어드린 후 어머니의 종교인 불교 양식으로 어머니를 위한 천도제를 진관사에서 열어드렸다. 맨드라미가 만발한 계절이었는데, 종일 가신 분의 성함을 부르며 목탁을 두드리니 독경 소리에 어머니의 영혼이 많이 위로받으실 것 같은 느낌이 들었다. 개신교 집안에서 자란 나는 처음 보는 불교의 천도제 의식이 아주 마음에 들었다. 사랑하던 유족이 한데 모여서, 종일 망인의 이름을 부르는 소리에 젖어 있는 것은, 가신 분에게 보내는 최고의 오마주hommage일 것이기 때문이다.

모든 책을 다 바치고 싶은

2001년에 우리 집 막내가 일본에서 학위논문을 보내왔다. 논문에는 그동안 자신을 돌본 아내에게 바친다는 헌사가 씌어 있었다. 그걸 보더니 이 선생이 갑자기 심기가 불편해졌다. 이상해서 무엇이 잘못되었느냐고 물었다. 그 애 아내는 자기 공부를 희생해가면서 객지에서 내조를 했으니 헌사를 받아 마땅하다는 생각이 들었기 때문이다. "아내에게"라고 쓴 것이 잘못된 거라고 이 선생이 말했다. 첫 책은 아내에게 바치는 것이 아니란다. 그건 어머니에게 바쳐야 한다는 것이다. 당사자인 나보다 더 흥분한 것은 '어머니'에 대한 그의 유별난 집착 때문이었을 것이다. 그에게 있어 모든 어머니는 그렇게 신성하다.

이 선생은 책에 헌사를 쓰지 않는 문인이다. 첫 번째 책을 바치고 싶은 어머니가 안 계셨기 때문이었는지도 모른다. 나도 첫 번째 책이 나왔을 때 어머니를 부르며 운 일이 있다. 그러나 만약 헌사를 썼다면 첫 책뿐 아니라 모든 책을 어머니에게 바쳤을지도 모른다. 그를 보고 있으면 아들이 사춘기를 겪기 전에 세상을 떠나는 것도 어머니로서는 괜찮은 일이 아닐까 하는 생각이 든다. 사춘기 이전의 남자아이에게 어머니는 삶의 전부이기 때문이다. 사춘기의 진땀 나는 실랑이를 겪고 나서야, 겨우 두 번째 젖떼기도 끝나서, 비로소 남자들은 누구의 아들이 아니라 한 남자로서 세상을 살아가게 되는 것이다. 그러면서 아들들은 딴 여자의 남편이 된다. 그러면 아들에게는 어머니의 존재가 불편해진다. 죄도 없는데 배신한 것만 같기 때문이다. 그게 자연의 순리다. 그런데 어릴 때 어머니를 잃으면 그 과정이 없어서 어머니의 상은 고착된다. 어머니를 잃은 아이는 대지를 잃은 아이이고, 그 상실감은 무엇으로도 채워지지 않기 때문이다.

1989년에 큰아들이 겨울방학에 결혼을 했다. 아버님이 "다음 해는 아이와 맞지 않으니 결혼을 하려면 그해 안에 하는 것이 좋겠다"라고 하셨기 때문이다. 동지가 지나면 다음 해로 치니 동지 전에 해야 한다는 전갈이 다시 왔다. 그래서 12월 21일로 날짜를 당겨 잡으니 아이의 학사 일정에 차질이 생겼다. 유학 첫 학기라 혼자 미국에 가 있던 아들은, 혼자 밥을 해 먹으며 외국어로 공부를 시작하느라고 무리를 해서 그때 건강이 좋지 않았다. 그런데 결혼식 날짜가 당겨지니 밤을 계속 새우며 텀 페이퍼를 당겨서 써놓고 오느라고 무리를 계속해서 건강이 더 나빠졌다. 그런대로 귀국해서 부랴부랴 식을 올리고 신혼여행을 갔더니, 신부에게 미안하지만 않으면 딱 길에 드러눕고 싶게 몸이 안 좋더란다. 그런데 다녀와서 신방을 차리던 날, 친구들이 신랑의 건강 상태를 잊고 축하주를 잔뜩 마시게 했다. 드디어 탈이 났다. 밤에 까무러친 것이다.

새며느리와 내가 환자를 부축해 근처의 병원에 가서 캄풀 주사를 맞혀서 돌아왔다. 그런데 와보니 이 선생이 없었다. 아래층에 내려가보니 그는 정강이를 크게 다쳐서 서재에서 신음하고 있었다. 아이가 죽을 것 같아 너무 급해서 아래층으로 뛰어 내려갔는데, 스위치를 찾느라고 허둥대다가 탁자 모서리에 다리를 다쳤다는 것이다. 졸지에 아버지와 아들이 환자가 되었으니 난리였다. 좀 가라앉은 다음에 아래층에는 왜 내려갔느냐고 물었더니, 어머니 사진을 보러 갔다는 것이다. 어머니에게 아들을 도와달라고 기도하러 간 모양이다.

세례를 받기 전의 이어령 씨에게 어머니는 그렇게 신성神性을 지닌 존재, 말하자면 조령신祖靈神 같은 존재였다. 그는 불행한 일이 생기면 사진 속의 어머니에게 달려갔다. 무언가를 맹세할 때도 어머니에게 걸었다. 금혼식이 지날 무렵에야 맹세의 대상이 겨우 나로 바뀌었을 뿐이다. 몸이 많이 아팠던 작년 겨울 어느 날, 그가 서재에 있는 어머니 사진 앞에 망연히 서 있는 것을 발견했다. 세례를 받았으니 어머니의 신격은 사라졌지만, 죽음이 바짝바짝 쫓아오는 그 암담한 시기에도 어머니는 여전히 그의 기댈 언덕이었던 모양이다. 아내도 자식도 도움이 되지 못하는, 그런 절박한 시간에 그는 어머니를 부르고 있었던 것이다. 『어머니를 위한 여섯 가지 은유』라는 그의 책은 어머니에게 바쳐진 한 편의 헌사다. 하지만 가엾게도 70년 전 그 옛날부터 어머니는 계속 부재중이시다. 거기에 비극이 있다. 그래서 받아도 받아도 다른 사람의 사랑으로는 성이 차지 않아서 공허를 안은 채 그는 세상을 떠났다.

전생에 무슨 인연으로 맺어지면 어머니와 아들이 되는가? 전생에 무슨 인연으로 맺어졌으면 70년 전에 몸이 사라졌는데 아직도 의지가 되는 기둥이 되는가? 1970년에 우리 어머니가 돌아가셨을 때, 내가 어느새 어머니를 잊어가는 자신을 한탄했더니 그이가 말했다. "걱정 마. 어머니는 다시 돌아와. 와서 영원히 안 떠나셔."

어머니는 자신의 일부여서 아들과 어머니는 헤어질 수 없는 사이다. 피와 살을 공유한 한 몸이었던 시기가 있기 때문이다. 자기애가 강한 사람일수록 피붙이에 대한 집착도 강하다. 그래서 예술가 중에는 어머니 숭배자가 많다. 프루스트 같은 극단적인 예가 아니더라도 예술가들이 어머니에게서 아니마적 영상을 추구하는 경우가 많은 것은 그 때문인 것 같다. 그건 프로이트가 찾아낸 오이디푸스 콤플렉스와는 차원이 다른 사랑의 세계이다. 그에게 어머니는 형체가 없는 영성 그 자체이기 때문이다.

아버지 이어령의 두 가지 소원

2020년 12월

이어령 선생은 어머니가 돌아가신 후 아버지가 파산을 해서 갑자기 나락에 떨어진 경험이 있다. 그의 아버지는 품위 있고 어진, 진짜 선비셨는데, 토지개혁으로 물려받은 땅을 잃자 생업을 찾지 못해서 자녀들의 학자금을 낼 능력이 없어졌다. 이어령 씨는 학교의 수업료를 못 내서 시험을 한 학기밖에 못 보았는데, 학교에서 그걸 이등분해 1년치 성적표를 만들어서 성적이 바닥권이 되는 수모도 당했고, 수업료를 못 내서 교실에서 쫓겨난 경험도 있다. 그러니 학교를 계속 다니다 말다 하게 되었다. 자존심이 강한 그는 그 과정에서 지울 수 없는 상처를 입었다. 그건 일종의 강박관념이 되었다. 경제적으로 안정을 찾은 후에도, 어쩌다가 집에 현금이 떨어지면 그는 금세 얼굴이 하얘졌다. 가난은 아버지가 그에게 남긴 가장 큰 상처였고 악몽이었다.

정서적으로도 안정이 되지 않았다. 안방에는 딴 여인이 앉아 있어 그는 고아 같은 마음으로 살았다. 넓은 천지에 다리 펴고 앉을 자리가 없었던 것이다. 그 기간이 자그마치 10년이 넘었다. 대학을 나와 자립할 때까지 그에게는 저녁때 돌아가 쉬고 싶은 집이 없었다. 그 일은 유난히 감성적인 그의 심장에 큰 칼자국을 남겨놓았다. 세상에 자기를 위해 울어줄 사람이 하나도 없다는 삭막함이 그의 고독을 심화시켰다.

아버지가 된 그는, 자기 아이들을 위해 꼭 이루고 싶은 두 가지 소원이 있었다. 그중 하나가 아이들이 수업료를 못 내서 성적이 반토막 나는 수모를 당하지 않게 하는 것이었다. 그래서 아이들이 생기자 그는 가능하면 두 직장을 가지려 했다. 젊어서는 직장에 적응하지 못해서 걸핏하면 보따리를 싸는 형편이었으니까, 한 직장이 없어져도 수입이 갑자기 없어지지 않게 하려고 제2방위선을 치고 산 것이다. 그래서 그는 늘 고달팠다. 두 직장을 가지는 방법은 실효를 거두었다. 서울대에 전임이 되는 일이 실패하여 시간강사만 하게 되자, 그는 이화여대 전임이 될 때까지 신문사 논설위원의 수입으로 몇 년 동안 가족을 부양했다.

다행히도 그는 일찍부터 이름이 알려져서, 가진 것이 하나도 없는 상태에서 결혼을 했지만 다음 해부터 경제 상태가 계속해서 상승세를 유지했다. 그래서 직장을 모두 그만둔 2015년까지 나는 경제적 난관을 겪은 일이 거의 없다. 그러니 아이들을 가난에서 지키려는 그의 첫 번째 소원은 이루어질 수 있었다. 아이들이 아버지 덕을 가장 크게 본 것은 대학을 나온 후에 원하는 공부를 더 할 수 있었던 일이다. 이어령 씨는 중학교 때부터 아버지의 보호를 받지 못했기 때문에, 그가 자녀들에게 지불한 학비는 부모에게서 받은 것을 자식에게 갚는 빚 갚기가 아니었다. 만약 그에게 자기 같은 아버지가 있었더라면, 그는 세계적인 학자가 될 수 있었을지도 모른다.

두 번째 소원은 자기 아이들이 엄마 밑에서 크게 하는 것이었다. 그의 아버지는 오랫동안 참 모범적인 좋은 가장이었는데, 40대에 느닷없이 딴 부인을 얻으셨다. 그건 아내뿐 아니라 자식들에게도 벼락 맞은 것 같은 재난이었다. 평화로웠던 한 가정이 삽시간에 박살이 나버렸기 때문이다. 가정의 평화를 잃은 지 3년이 지나자 어머니가 돌아가셨고, 아버지에게는 줄줄이 새 아들이 생겨났다. 그래서 열한 살 때부터 이어령 씨에게는 가정이 없었다. 부모도 없는 거나 마찬가지였다. 어머니는 돌아가셨고 아버지는 새 아이들의 부친이 되셨기 때문이다. 갑자기 돌보는 이가 없는 황량한 세상에 혼자 내던져진 것 같은 신세가 된 것이다.

그 모든 비극이 어머니가 없어지자 생긴 재앙이었다. 어머니가 사라지니 그의 삶은 지반부터 흔들렸다. 그는 사랑받던 발랄한 막내 도령에서 형님 댁의 군식구로 전락한 것이다. 그래서 그는 자기 아이들은 절대로 어머니 없이 자라게 하지 않겠다는 결심을 하게 된다. 64년을 나와 함께했는데, 그는 아무리 화가 나도 나보고 나가라는 말을 한 일이 없다. 30대에 담배를 끊고 나서 연재를 하던 시기였는데, 그가 너무 자주 신경질을 부려서 내가 못 살겠다고 손을 든 일이 있다. 내가 강하게 나오니까 그는 타협안을 내놓았다. 정 못 견디겠으면 자기가 나갈 테니, 당신은 아이들과 집에 남아서 예전처럼 평화롭게 살아달라는 것이다. 집도 돈도 다 줄 테니 내 아이들이 엄마 없는 아이가 되게만 하지 말아달라는 부탁이 너무 간절해서 나는 가슴이 철렁 내려앉았다. 그가 어머니 사후에 당한 불행의 깊이를 새삼스럽게 실감했기 때문이다. 돈도 집도 아이들도 다 주겠다니 그건 말이 안 된다. 그러면 자기는 어디에서 살아간다는 말인가?

어머니가 없던 그의 소년기는 그다지도 참담했다. 어머니가 인력거를 타고 나가 홀연히 사라지자, 그는 적군 사이에 혼자 남은 전쟁고아와 같은 신세가 되었다. 그래서 그에게는 모성 고착증이 있다. 그의 모성 존중은 아내의 모권도 강화시켜준다. 자기 아이들을 엄마가 있게 기르려면 아내가 꼭 있어야 하기 때문이다. 그래서 그런 터무니없는 조건을 내놓은 것이다. 그에게 있어서 아이들을 엄마 밑에서 자라게 하고 싶은 갈망은 그다지도 간절한 것이었다. 그건 자기가 얼마나 엄마를 필요로 하는가를 입증하는 것이었다.

그는 너무나 외로웠기 때문에, 사랑하는 사람이 생기고 셋방이라도 자기 집이 생기니 보통 사람들보다 더 많이 기뻐했다. 어머니를 잃은 후 14년 만에 처음으로 삶의 거점을 찾았기 때문이다. 그래서 그는 돈만 생기면 연인에게 줄 선물부터 샀다. 그가 처음 사 온 것은 블론디[1]가 입고 다니는 것 같은 핑크색 목욕 가운이었다. 그걸 입은 블론디의 가정이 평화로워 보였던 모양이다. 경기고등학교의 첫 월급을 타서 사준 것은 마름모꼴의 작은 황금 펜던트였고, 처음으로 논설위원이 되었을 때 사준 것은 검은 공단에 은빛 글자가 새겨진 두루마기였으며, 가장 최근에 준 것은 팔순 때 선물한 그네다.

그뿐 아니다. 그는 결혼하기 전부터 돈을 아내에게 다 맡겼다. 그에게는 원고료, 강연료 같은 과외의 수입이 많았는데, 그 모든 것을 40년 동안 봉투째 아내에게 갖다주었다. 마치 아내에게 돈

---

1 미국 중산층 가정의 일상을 보여주는 미국의 국민 만화 〈블론디〉의 주인공. 한국에서는 1954년부터 『한국일보』에서 연재되었다.

을 가져다가 주는 재미로 사는 사람 같았다. 그의 집에서 아내의 여성은 그렇게 대접이 융숭했다. 그는 게으른 사람이지만, 신혼 초에 아내가 연탄을 갈려고 하면 늘 그 일을 대신해주었고, 아내가 직접 밥상을 차리면 간단히 먹자는 말을 평생 되풀이했다. 모성에 대한 그의 그리움의 혜택을 아내가 받고 있는 셈이다. 그렇게 하여 그의 두 번째 소원도 이루어졌다. 그의 아이들의 엄마는 89세가 된 이날까지도 자식들 옆에 있기 때문이다.

이어령과의 만남

2021년 6월

신입생 환영회에서 만난 사람

까까머리를 막 기르고 있는 대학 신입생의 모습으로 그는 내 앞에 나타났다. 이름을 안 것은 신입생 환영회 자리였던 것 같다. 머리가 짧아 얼굴이 네모로 보였다. 무언가가 안에 꽉꽉 차서 터질 것 같은 느낌을 주는 모습……. 호기심에 빛나는 눈이 눈부셨다.

2학년(1953) 6월 16일 대학 신문에 그의 소설 「초상화」가 가작으로 당선되었다. 그 무렵에 교정에서 우연히 마주쳤더니, 자기네가 동인지를 만드는 데 동참하지 않겠느냐고 물으면서, 써 놓은 글이 있으면 좀 보여달라고 해서 시 한 편을 주었다. 그는 자신이 구상하고 있는 「칠성도」라는 소설 줄거리를 들려주었는데, 웬일인지 내용이 생각나지 않는다. 나는 늦되는 편이어서 서른 살까지는 글을 쓸 마음이 없으며, 가능하면 평생 딜레탕트로 있고 싶다고 말해, 동인지 건을 간접적으로 거절했다. 내게는 동년배 남자들에 대한 포비아가 있다. 나중에 보니 그 멤버들이 『문리대 학보』를 만든 겁나는 사람들이었다.

며칠 후에 만나자 그는 내 시에서 "나도 죽어 흙이 되어 밟힐 것을 생각하며/ 하야니 시드는 꽃잎을 밟는다"는 구절이 좋았다면서, 하지만 상태 서술에서 끝나고 있어 액티브한 면이 미흡하다는 평을 했다. 맞는 말이다. 나는 아무래도 시나 소설에는 적성이 안 맞는 것 같다. 어쩌다 써보면 모두 마음에 안 든다. 그 무렵에 나는 종이에다 이런 것을 써서 벽에 붙였다.

* 시에서 산문적 서술을 지울 것
* 방관자일 수 있다는 망상에서 벗어날 것
* 딜레탕티즘을 버리고 전문화를 지향할 것

그 무렵에 그는 학교보다는 도서관에서 많은 시간을 보낸다고 말해서 나를 놀라게 했다. 바라크로 된 산비탈의 허름한 가교사에 도서관도 있다는 것을 나는 모르고 있었기 때문이다. 알았다고 해도 그 무렵의 내게는 도서관에 갈 시간이 없었다. 나는 그때 언니네 아이들의 베이비시터를 하고 있었기 때문이다. 정신대 때문에 조혼을 해서 스물셋에 아이 둘 데리고 전쟁 미망인이 된 큰언니와 같이 살고 있었는데, 언니가 일을 해야 하니 내가 아이들을 돌볼 수밖에 없었다. 그래서 문을 잠가놓고, 여섯 살 난 여자애에게 밖에서 동생과 놀라고 말하고 학교에 갔다. 아이가 워낙 영특하고, 옆집 아줌마가 신경을 써주기는 했지만, 젖먹이들을 문밖에 두고 온 거나 다름이 없어서 강의 시간만 겨우 채우고 집으로 직행했다. 학교 안을 제대로 살필 경황도 없었고, 새 친구를 사귈 시간도 없었다. 고등학교에서 같이 온 친구는 아예 은행에 나가고 있어서 나보다 더 경황이 없었다. 그래서 우리는 도서관에 가보지도 못하고 부산 시대[1]를 마감했다. 그런데 이어령 씨는 구덕산 기슭에서 보낸 그 세 학기를 도서관에서 전문 서적을 마음껏 섭렵하면서 살았던 것이다. 도서관에 얼마나 자주 갔는지 사서가 집에 놀러 올 정도였다고 하니 너무 부러웠다. 같은 교정에 있어도 경험하는 것은 이렇게 격차가 날 수 있다는 사실이 놀라웠고, 그런 좋은 기회를 놓친 것이 속상했다.

---

1 한국전쟁 당시 서울대학교는 임시 수도 부산에 가교사를 세워 수업을 진행하였다.

1953년 7월 11일에 일석 선생 송별회 겸 국문과 친목회가 송도에서 열렸다. 그건 부산 시대를 마감하는 송별회이기도 했다. 이어령 씨는 소설 상금으로 하늘색 반소매 셔츠와 곤색 바지를 사 입고 나타났다. 머리가 자라 처음으로 이발관에 가서 올백을 한 모습이 어설퍼서 낯이 설었다. 아직 소년티를 벗어나지 못한, 수탉처럼 오만한 친구지만, 머리가 비상하고 창의적이어서 호감이 갔다.

부산에서 다닌 세 학기 동안에 내가 사적인 말을 나눈 남학생은 세 명밖에 없었다. 책을 빌려주던 진 선배와, 이어령 씨, 그리고 2년 동안 행방을 모르던 내 남자 친구의 소식을 알려준 정치과 학생이다. 그는 나를 처음 만났을 때 "she asked me so coldly but warmly"라는 재미있는 표현을 했다는 말을 나중에 전해 들었다. 단번에 내 양면성을 알아보아서 좀 놀랐던 생각이 난다. 우리 집에는 내 또래의 남자가 없어서 나는 동년배의 남자들과 쉽게 친해지지 못한다. 비사교적인 성격도 한몫을 했을 것이다. 여자 친구도 많이 사귀지 못했기 때문이다.

나는 그때 아직 열입곱 살 때 시작된 첫사랑의 남자와 편지를 주고받는 중이었다. 그런데 1953년 여름에 서울로 환도하면서 나는 그 대단한 첫사랑을 그만 접어야겠다는 결심을 하게 된다. 정열의 함량 부족을 그에게서 느꼈기 때문이다. 말은 5년이지만 군대에 가 있어서 우리는 그동안 만나기가 어려웠다. 1·4 후퇴 후 3년 동안에는 겨우 세 번 만났을 뿐이다. 그것도 고작 두세 시간밖에 주어지지 않는 감질나는 만남이었다. 1953년 1월에 그가 나를 찾아와 이틀을 같이 보낸 일이 있는데, 3월이 되니 홀연히 소식이 끊어졌다. 그러다가 7월 1일에 홀연히 다시 나타났다. 그동안 미국에 파견되었다가 부산 근처로 전역한 지 한 달이 지났다면서 그는 후방에 온 것을 기뻐했다. 앞으로는 자주 만날 수 있다는 것이다. 하지만 나는 폭발 직전이었다. 소식이 없던 세월이 내게는 지옥이었기 때문에 도저히 그의 무소식을 용서할 수 없었다.

문제는 만나지 못하는 여건에만 있는 것이 아니었다. 그 긴 세월 동안 그와 나는 서로 사랑한다는 말을 한 일이 없다. 그러면서 나는 그를 신줏단지처럼 높이면서 절대화시켜가는 베르테르식 사랑을 혼자 멋대로 키워갔고, 그는 만나면 너무 좋아하는데 헤어지는 세월에 대해서는 느긋한 어른스러운 사귐을 하고 있었기 때문에 어긋나기 시작한 것이다. 2년 만에 만나도 어제 만난 사람처럼 굴다가 내일 또 볼 사람처럼 가버리는 사람. 근본적으로 템포가 맞지 않았다. 넉 달씩 무소식이다가도 만나면 너무 반가워하니 갈피를 잡을 수 없어 오래 끈 것뿐이다.

2월 15일에 화폐개혁이 일어나고, 6월 16일에 반공 포로가 석

방되는 어수선한 1953년의 첫 학기를, 나는 그의 사랑의 함량을 가늠하느라고 완전히 안정을 잃은 세월을 보냈다. 문득 영원히 평행하는 철도의 두 가닥 레일이 우리의 관계와 같아 보였기 때문이다. 나는 곧 서울로 가야 한다. 그러면 우리는 또 싱거운 내용의 편지나 주고받으면서 1년에 두어 번 만나는 미지근한 감정놀이를 계속할 것이다. 그러다가 소식이 없는 세월이 또 몇 달씩 계속될지도 모른다. 더는 그러고 싶지 않았다.

나는 이미 열일곱 살이 아니어서, 맹목적으로 누군가를 혼자 사모하면서 자족하는 단계는 지나 있었다. 야박스럽게도 그때 나는 자신이 무언가를 그에게 더 많이 주고 있다는 생각에 억울해하고 있었는지도 모른다. 그것도 따지고 보면 타산이다. 준 만큼 받아내려 하는 것이 사랑의 속성이라면, 나는 그런 사랑은 하고 싶지 않았다. 나는 어쩌면 사람이 아니라 낭만적 사랑 자체를 5년 동안 혼자 사랑하고 있었는지도 모른다. 그건 사랑이 아니라 꿈이다. 깨어 보면 꿈처럼 허망한 것이 어디 있는가?

하지만 혼자서 열중한 세월이 너무 길어서 종지부를 찍는 일이 힘들었다. 만나면 너무 반가워하는 그 얼굴을 잊기 위해 나는 이를 악물고 부산을 떠났다. 그리고 그 사람에게서도 떠났다. 풍차와 싸우다 만신창이가 된 돈키호테 같은 모습이 되어 나는 서울역에 도착했다. 그건 나의 소녀 시절과의 결별을 의미했다. 맹

목적인 꿈에서 깨어 보니, 나는 어느새 대학교 2년생이 되어 있었다. 그런데 나쁜 후유증이 왔다. 다시는 어느 남자와도 사귀고 싶은 마음이 생길 것 같지 않은 것이다. 사랑이라는 이름으로 남자와 엮이는 것이 싫었다. 그동안 나는 정체도 알 수 없는 사랑이라는 것 때문에 혼자 너무 힘들었던 것이다.

동숭동 시대의 개막

용산에 있던 집이 폭격으로 타버려서 서울에 가는 것이 늦어졌다. 있을 곳이 없었기 때문이다. 9월이 되니 15일이면 미군들이 떠난다면서 먼저 간 친구가 편지를 보냈다.

* 등록 절차 미상
* 개강: 10월 1일
* 등록금: 만 원
* 기숙사: 남자가 많고, 비싸다니 하숙이 나을 듯

그런 정보 밑에, "너 안 와서 이어령이 안달을 한다"는 말이 덧붙여져 있었다. 돈암동에 있는 어머니 친구 집에 하숙을 정하고

9월 막바지에 상경했다. 3년 동안 기르던 머리를 자르고 파마를 했다. 까만 비로드 치마에 코발트빛 저고리를 입고, 처음으로 하이힐을 신고 나는 새 학교로 향했다. 갑자기 어른이 된 기분이 되었다.

친구와 약속한 장소에 가니, 거기 이어령 씨도 와 있었다. 석 달 만에 만나니 반가웠다. 우리는 그렇게 동숭동 캠퍼스에서 다시 만났다. 배경이 달라져서인가 만나는 느낌이 새로웠다. 전처럼 같이 강의를 듣고 허물없이 여럿이 어울려다니는 생활이 시작되었다. 양주동 선생에게서 고려가요와 두시언해를 배우고, 손우성 선생에게서 19세기 프랑스 시를 배우기 시작했다. 부산 시절보다 강의가 충실해져서 학교생활이 재미있었다. 이어령 씨와 나는 모두 불문학을 부전공으로 택하고, 대뜸 19세기 프랑스 시를 수강해서 불어 때문에 고전했다. 교재가 없어서 은행에 다니고 있던 친구가 영문 타이프로 교재를 만들어 와서 나눠 가졌다. 이어령 씨는 내가 읽고 싶어 하는 책을 잘 구해다 주는 좋은 친구였다. 공감대가 많아서 호흡이 잘 맞았다.

그해 11월 12일에 그가 과의 총무가 되었다. 현대문학 분과 위원장을 겸하는 자리였다. 교수가 없어서 현대문학 강의를 들을 수 없으니, 선배들 중에는 현대문학을 전공하는 사람이 없었다. 현대문학반 선배인 진 선생은 미국에 유학 간다고 했고, 김열규 선배도 민속학 쪽에 관심이 많았다. 바로 위인 3학년에는 현대문학을 하는 남학생이 없어서, 2학년인 이어령 씨가 현대문학반을 주도하게 된 것이다. 과 연구실이 배정되고, 도서관 책 나누기가 시작되었다. 책들이 방바닥에 마구 쌓여 있어서 그 건물 전체가 난장판이었다. 분류하는 데 시간이 많이 걸렸다. 분배하는 데는 더 많은 시간이 걸렸다. 적극적인 성격인 이어령 씨는 문학론 책들과 일역판 세계문학전집을 하나라도 더 국문과에 가져오려고 영문과의 김용권 씨와 실랑이를 벌였고, 우리는 그 책들을 날라다 국문과 연구실 책꽂이에 꽂느라고 바빴다.

11월 28일에 졸업생 환송회가 있었다. 이어령 씨가 사회를 보았다. 나무랄 데 없는 사회였다. 그는 나지막한 소리로 모든 것을 잘 어우르는 사회를 해서 사람들을 또 한 번 놀라게 했다. 질풍노도 같은 그의 내면 어딘가에 그런 정돈된 구석이 있었다는 게 신기했다. 술을 마시지 않는 사람인데 그날 그는 술도 마셨다. 그날 밤 그는 내게 첫 편지를 썼다. "작품을 돌려드립니다"라는 사무적인 말로 끝나는 평범한 글이었는데, 이상하게도 그건 아우성이고 함성이었다. 나는 그가 나를 좋아하고 있지 않나 하는 의심을 그때 비로소 하게 되었다. 나는 그의 삶에 대한 정열에 압도당하고 있었다. 내가 구하다 못 구한 것이 거기 있을지도 모른다는 생각을 했다. 그를 사랑하게 될 것 같은 예감이 들었다. “그가 마신 두 잔의 술에 나는 아직도 취해 있는 것 같다”라는 말을 일기에 쓴 기억이 있다.

그리고 사흘 후(11월 31일)에 우연히 과 연구실에 들렀더니 마침 이어령 씨가 혼자 있었다. 그는 주저주저하더니 큰 결심을 하듯 눈 딱 감고 내게 말을 걸었다. 그런데 내용이 좀 수상했다. 자기 친구가 나를 많이 좋아하니 한번 만나봐주지 않겠느냐는 부탁이었기 때문이다. 너무 놀라서 말이 나오지 않았다. 나는 5년 동안 한 남자와 사귀면서 끝내 그 말을 못 하고 말았는데, 그런 말이 그런 식으로 타인을 통해 전해지는 게 너무 이상했다. 같은 클래스메이트니까 나는 그 사람이 누군지 알았다. 조용하고 내성적인 친구다. 하지만 아무리 내성적이어도 그런 말을 남에게 시키는 건 아니다. 은밀하게 하는 것이 옳다는 게 내 상식이었다. 아니면 편지로 해도 될 일이 아닌가? 어쩌면 그 사람도 내가 남쪽에 두고 온 첫사랑의 남자처럼 열정의 함량에 이상이 있는 게 아닌가 하는 생각이 들었다. 먼저 사람은 너무 성숙해서 열정을 경시한 것 같은데, 이 사람은 너무 섬세해서 그것을 과대평가하고 있는 건지도 몰랐다.

그때 나는 너무 지쳐 있어서 누구와도 감정적으로 얽히고 싶은 마음이 없었다. 그 사람은 더 안 된다. 그 사람은 나보다 더 지쳐 보였기 때문이다. 거기 말려들고 싶지 않았다. 그런 식의 사랑의 과정과 결말을 알고 있었기 때문이다. 거절하기로 마음을 정했다. 그렇다고 내가 찾아가서 그런 말을 할 수는 없으니, 메신저인 이어령 씨에게 "유령과 싸우는 것 같은 사랑을 겨우 끝낸 참이어서, 다시 남자와 엮이는 일은 하고 싶지 않다"고 잘라서 말했다. 어쩌면 다시는 남자를 사랑할 수 없을지도 모른다는 말까지 덧붙였다.

그 만남에서 이어령 씨는 나의 이성 관계에 대해서 많은 정보를 알게 된다. 우선 그는 내가 현재 사귀고 있는 남자가 없다는 것을 확인했고, 그의 친구와 사귈 마음이 없다는 것도 알게 된 것이다. 한참 시간이 지나자 그는 조금씩 나와의 거리를 좁히기 시작했다. 그런데도 나는 이어령 씨가 여자로서 나에게 관심이 있을 거라는 생각을 하지 않았다. 그냥 친구로 사귀고 있는 줄로 안 것이다. 서울에 와서도 그는 스치고 지나가는 것 같은 여자와의 사귐을 계속하고 있었기 때문이다. 그래서 안심하고 안 해도 될 말까지 한 건데, 나중에 사귀게 되니 "다시는 남자를 사랑하지 못할 것 같다"라는 말은 안 할 걸 그랬다는 생각이 들었다.

그의 친구는 이어령 씨와 내가 가까워지자, 그가 자기 말을 전하지 않고 나를 가로챈 것으로 오해했다. 그래서 1년 가까이 지난 1954년 9월에 내 친구에게 다시 한번 그 말을 전해달라고 부탁했다. 그와 나는 성격이 비슷한 동류여서, 좋은 친구는 될 수 있어도 연인은 되기 어렵다고 분명히 알려주었다. 성격이 비슷한 사람은 이성으로 느껴지지 않기 때문이다. 남녀 관계에서 분명하게 의사 표시를 하는 것은, 줄 것이 없는 이성에게 해주는 나 나름의 친절이었다. 그걸 남자가 해주지 않아서 나는 첫사랑을 너무 오래 앓았기 때문이다. 하지만 다감한 사람이어서 그 말을 하면서 마음이 아팠다. 나도 그런 사랑을 해봤기 때문이다. 혼자 꿈속에서 제멋대로 상대방을 윤색하는 첫사랑 말이다. 그는 점잖은 사람이어서 다시는 그 문제로 우리를 불편하게 하지 않았다. 12월이 되니 학예부장이던 이어령 씨는 『문리대 학보』 원고들을 내게 보여주었다. 그의 「환幻」이라는 소설이 거기에 들어 있었다. 곧 겨울방학이 되어 나는 부모님이 계시는 부산으로 내려갔다.

1954년이 되었다. 가족이 상경해서 나는 삼각지로 이사를 했다. 전에 아버지가 하시던 회사에서 집 지을 땅을 제공해주었던 것이다. 종로 5가까지 전차를 타고 가서 거기서부터 학교까지 두 정거장을 걸어서 가야 하는 통학 거리가 생겨났다. 그때 동숭동 길에는 버스가 다니지 않았기 때문이다. 그 무렵에는 동숭동 길이 참 아름다웠다. 봄이면 잘 자란 풍성한 개나리들이 아직 복개하지 않은 개천 뚝에 길게 길게 늘어져 난만爛漫했고, 가을이면 은행나무와 플라타너스 가로수에 단풍이 들어 찬란했다. 정연하게 늘어서 있는 가로수들은 어수선한 폐허의 서울 속에 남아 있는 질서와 조화의 상징이었다. 그곳은 서울의 카르티에 라탱[2], 대학생들이 주로 다니는 젊음의 거리다. 거기에서 우리 세대는 전쟁이 시작되고 5년 만에 처음으로 작은 코스모스(질서가 있는 세계)를 발견했다. 9·28 때 서울 시내가 다 불타는 것처럼 보였는데, 다행스럽게도 동숭동 캠퍼스는 예전의 모습을 그대로 유지하고 있었다. 그 길을 걷는 시간이 즐거웠다.

언제부터인가 그 길을 내가 혼자 걷고 있으면 이어령 씨가 나타나기 시작했다. 1954년 새 학기의 일이다. 서너 달이 지나자 다방에 같이 앉아 있을 만큼 진도가 나갔다. 종로 5가의 기독교 방송국 안에 있던 다방 이름은 호산나였다. 늘 새로웠고, 항상 발랄했으며, 시도 때도 없이 장난을 쳐서, 그와 만나는 시간은 즐겁고 행복했다. 그의 화두는 언제나 새로워서 정신연령이 쑥쑥 자라는 느낌이 들어, 사는 일에 신명이 났다. 하지만 그때까지도 나는 새 사람과 이성으로 사귈 준비가 되어 있지 않았다. 4월이 되자 그는 나에게 사랑 비슷한 것을 고백했다. 깨끗하게 정리가

2 프랑스 파리의 학생가.

될 때까지 좀 더 시간이 필요했다. 결벽증이 있는 나는 두 다리를 걸치는 일을 하지 못한다. 그래서 지금처럼 그냥 친구만 하자고 사정했다. 그가 자기를 가지고 놀았다고 화를 냈다. 하지만 내가 주저하는 이유를 알고 있는 그는 나와의 거리를 좁히려 더 이상 무리를 하지 않았다. 그런데 기간이 길어지자 그 문제로 자주 다투게 되었다. 어느 날 그가 창경원 수정궁에서 점심을 샀다. 우리는 헤어지기로 합의했다. 그리고 한동안 그는 딴 여자와 같이 다녔다.

장난감 놀이

여름방학이 가까워오자 그가 데이트 신청을 했다. 서로 파트너가 없는 상태니 주말만 같이 지내는 친구가 되면 어떻겠느냐는 것이다. 심심할 때 주주joujou[3]를 가지고 놀듯이 가벼운 마음으로 만나다가, 어느 한쪽이 싫어지면 아무 때나 깨끗이 그만두자는 쿨한 조건이 붙어 있었다. 그렇게 가벼운 사귐이라면 무방

---

3 '장난감'이라는 뜻의 프랑스어.

하겠다 싶어서 동의했다. 하지만 어쩌면 그렇게는 안 될 걸 알면서 자신을 속이고 수락한 건지도 모른다. 그때 나는 이미 그에게 깊이 끌리고 있었기 때문이다.

둘 다 어중간한 것을 견디지 못하는 성격이었기 때문에 우리의 주주 놀이는 곧 파탄이 났다. 그가 "oui ou non"(yes or no)의 결단을 요구하며 요동을 치기 시작했기 때문이다. 석 달쯤 되던 무렵의 어느 날 그가 불쑥 나타나더니, 아무래도 자기가 날 사랑하게 된 것 같다면서 "큰일났네" 하고 가버린 일이 있다. 사랑의 고백이면서 동시에, 애초에 자기가 한 약속을 지키지 못한 데 대한 사과의 뜻도 함유되어 있는 것 같았다. 그 후 다시 그는 내게 사랑한다는 말을 하지 않았다. 그는 자존심이 강해서 여간해서는 그런 말을 입에 올리지 않는 남자다. 어쩌면 할 필요가 없었는지도 모른다. 나도 그를 사랑하게 되었기 때문이다. 그가 "보고 싶어 안 되겠다. 와라. 와라!" 하고 부르면, 나는 신이 나서 한 달 있으려고 잔뜩 싸 들고 갔던 책을 도로 싸 들고 전주에 있던 오빠 집에서 그를 향해 날아갔다. 가을이 되자 나는 그에게 무조건 항복을 했다. 그가 없이는 살 수 없다는 생각이 들었기 때문이다. 어느 날 그가 아프다는 소식을 듣자 나는 정신없이 그에게 달려가서, 다시는 헤어지지 않았다. 1년이라는 세월이 흘러가서 내 안이 드디어 깨끗이 비어, 그를 전부 받아들일 준비가 되어 있었던 것이다.

그때부터 내 세계에는 새로운 태양이 떴고, 나는 그를 향해서 도는 해바라기가 되었다. 평생을 같은 태양을 향해 도는 해바라기가 된 것이다. 하지만 그건 허황한 첫사랑은 아니었다. 우리는 둘 다 스물세 살이나 되어 있었다. 어른이다. 서로를 깊이 이해하고 그 장점과 단점을 다 받아들이는 성숙한 사랑, 검은 머리가 파뿌리가 되도록 지속될, 그런 사랑이었다.

하루도 보지 못하면 견디지 못하는 세월이 5년간 계속되었다. 연인이면서 팬이기도 했던 그 무렵의 나는 그의 말들을 황홀하게 경청했다. 그도 내 말을 신기해하며 들어주었다. 그리고 내가 원하는 책을 열심히 빌려다주었다. 그 학기에는 『시지프 신화』(카뮈), 『페스트』(카뮈), 『문학이란 무엇인가』(사르트르), 『인간의 조건』(말로) 같은 프랑스 실존주의 작가들의 책이 많았다. 그때 우리는 사르트르의 희곡 강독을 같이 듣고 있었기 때문이다.

졸업 후의 세월도 다방을 아지트로 한 점은 비슷했다. 하지만 만나는 시간대가 달라지고 장소도 바뀌었다. 그는 성북동에, 나는 용산에 학교가 있어서 퇴근 후 도심지에서 만나는 일이 잦았다. 그러다가 1958년부터는 내가 야간에 나가게 되어 밤중에만 만나게 되었다. 매일 밤 교문 앞에서 그가 기다려주었다. 직원 종례는 안 끝났는데 그의 그림자가 먼저 나타나면 나는 미안해서 진땀이 났다. 그가 제일 싫어하는 것이 기다리는 거라는 걸 알고 있었기 때문이다. 퇴근 시간이 일정하지 않은데 누군가를 기약 없이 문 앞에서 기다릴 만큼 느긋한 성격이 아닌 것을 잘 알고 있어서, 그 일을 소리 없이 감수하는 정성에 감동을 받았다. 학교가 밤 9시에 끝나니 만날 시간이 짧아서, 통행금지 직전까지 우리 집과 가까운 다방에 진을 치고 있다가 그는 돌아갈 시간을 놓치는 일이 많았다. 그런 날이면 그는 우리 이웃에 있는 친구 박맹호 씨(민음사 사장) 집에 가서 잤다.

날마다 만난다고 달콤한 사랑 이야기만 한 것은 아니다. 성격도 다르고, 기호식품도 다르고, 사는 법도 달라서 우리는 잘 다투는 커플이었다. 화제도 들쑥날쑥이었다. 부딪히는 화두는 시기별로 달랐다. 학생 시절에는 작가의 연대나 낱말 같은 지엽적인 것을 가지고 다투는 일이 잦았다. 작중인물의 이름 같은 것으로 실랑이를 벌이는 일도 많았다. 한번은 양말 이름을 가지고 다툰 일도 있다. 영소설 강독에 나온 'seamless stocking'이라는 단어 때문에 언쟁을 벌였다. 그가 그것을 새로운 종류의 양말이라고 우겼기 때문이다. 이상의 「날개」에 나오는 '진솔 버선'이라는 낱말 때문에 다툰 일도 있다.

여자용 의상에 관한 것도 여자들보다 더 잘 알고 싶은 것이 학생 이어령의 욕심이고 승벽勝癖이었다. 그는 지는 것을 참지 못한다. 젊었을 때는 더했다. 지는 것은 나도 좋아하지 않는다. 하지만 나는 경쟁의식이 적은 편이다. 자기가 원하는 일만 하고 싶어 할 뿐, 남이 무얼 해도 관심을 두지 않으니까, 내기만 하면 질 정도로 승부욕이 부실하다. 초등학교 때 동생을 잃으면서 경쟁의 무의미함을 너무 일찍 알아버린 탓이다. 그렇지만 맞는 것을 틀리다고 하면 참지 못하니 그런 시답지 않은 걸 가지고도 열심히 다투었다. 그렇게 토닥거리면서도 날마다 우리는 같이 있었다. 다른 친구들과 같이 만나기도 하고, 아르바이트를 같이 하기도 하면서, 다방 구석에 진을 치고 시간을 보냈다.

비상시의 놀이터

2023년 가을

텔레비전에서 요즘 젊은이들이 프로포즈를 요란하게 하는 걸 본 일이 있다. 전문가의 힘을 빌려서 홀 전체에 꽃과 촛불 장식을 하는 경우도 있었다. 그러지 않아도 요즘은 젊은이들이 즐길 곳이 너무 많다. 광화문 광장에만 가도 자전거를 타며 놀 수도 있고, 산책을 하면서 즐길 수도 있다. 미국에서 자란 외손자 말에 의하면, 젊은 애들이 놀기에는 압구정동처럼 신나는 곳이 세상에 다시는 없단다. 요즘은 늦게 결혼을 하니 남자가 경제적 여유가 있어서, 차로 한강 둔치에 모셔다가 강물과 숲을 함께 배경으로 하기도 하고, 해운대 같은 곳에 원정을 가서 바닷속으로 뻗어 있는 선룸에서 오붓하게 청혼하는 일도 가능할 것이다.

우리가 데이트를 하던 1950년대는 "벽이 피를 흘리던"(폴 엘뤼아르) 전시여서 그런 건 상상도 할 수 없었다. 아름다운 궁전이나 변두리의 숲은 모두 군인들이 점령해서, 조용히 산책할 오솔길 하나 변변한 것이 없던 살벌한 시기였다. 폐허 위를 대충 덮어 만들어놓은 다방밖에는 같이 앉아 있을 장소조차 없던 시절이었다. 하지만 데이트 장소가 다방밖에 없다는 것은 우리에게 별 지장이 되지 않았다. 그이는 원래 운전 같은 건 하지 못하는 타입인 데다가, 둘 다 게을러서, 2천년대에 다시 환생했다 해도 프로포즈를 하기 위해 교외로 원정을 가는 것 같은 짓은 하지 않았을 것 같다. 고은 씨의 「닭띠 동갑내기」(『64가지 만남의 방식』)라는 글에 보면, 이어령은 주변이 좋아서 결혼 전에 여자 친구를 청평에 데리고 가서 놀았다는 구절이 나오는데, 그건 정말 오보다. 이어령 씨는 그런 면에서는 전혀 약삭빠르지 못하고, 부지런하지도 않다. 우리는 자전거를 타며 논 일도 없고, 스케이트장에 가서 시간을 보낸 일도 없다. 둘 다 그런 것은 좋아하지 않기 때문이다. 그는 여행도 좋아하지 않으며, 나다니는 것 자체를 즐기지 않는다.

그가 좋아하는 것은 고대 그리스인들이 아고라의 열주 아래에서 종일 하던 것 같은 '대화 모임'이다. 그는 바깥보다는 안을 선호하니, 『문학사상』 주간실 같은 조용하고 편안한 방만 있으면 된다. 그런 곳에서 마음에 맞는 사람들과 마주 앉아 종일 이야기를 하는 것, 그것이 그의 이상적인 소견법消遣法[4]이다. 데이트를 할 때도 마찬가지였다. 그때는 『문학사상』 주간실 같은 곳이 있을 리 없으니까, 우리는 줄창 조용한 다방의 구석 자리만 찾아다녔다. 종로 5가의 호산나 다방, 명동 뒷길에 있던 토향 다방, 종로의 복지 다방, 광화문의 시네마코리아같이, 아는 사람들이 잘 오지 않는 다방이 우리의 고정 아지트였다.

청평에 있는 이양구 회장 별장에 이따금 놀러 가기 시작한 것은 셋째 아이를 낳은 후인 1960년대 말부터다. 이 회장이 강원용 목사 친구여서 이따금 따라간 것이다. 그런데 막상 그런 거룩한 곳에 가도, 그는 이 회장이나 강 목사와 동양철학이나 종교 이야기 같은 추상적인 담론에 젖어 있어서, 가족과 호반의 미학을 즐길 시간이 별로 없었다. 고은 선생도 거기 한 번 같이 간 일이 있는데, 그걸 대학 시절부터 시작된 것으로 착각하신 모양

4 시간 보내는 법.

이다.

다방 다음으로 자주 간 곳은 영화관이다. 둘 다 영화광이어서 휴일에는 하루에 두 편을 본 일도 있다. 그건 평생 지속된 우리의 공동 취미였다. 1950년대는 시네마스코프가 처음 나오던 시기였다. 컬러 영화가 많았지만, 흑백 영화도 좋은 것이 많았다. 그래서 돈이 있으면 단성사에, 돈이 없으면 변두리 극장을 훑고 다녔다. 르네 클레망이나 비토리오 데시카, 쥘리앵 뒤비비에, 엘리아 카잔 등의 영화를 닥치는 대로 보았다. 〈무도회의 수첩〉, 〈나의 청춘 마리안느〉 같은 것도 보고 다녔지만, 그중에서도 우리가 즐긴 것은 〈안나 카레리나〉, 〈목로주점〉, 〈혈血과 사砂〉, 〈카라마조프가의 형제들〉같이 문학 작품을 각색한 영화였다. 책을 읽고 상상했던 인물의 이미지와 영화에 나오는 인물의 영상이 맞아떨어질 때에 느끼는 희열은 무엇으로도 바꿀 수 없었다. 하지만 마리암 브루가 분한 카추샤처럼 상상을 뒤엎는 캐스팅도 많았다. 여자가 너무 체구가 크고 건장해서, 책에서 받은 카추샤의 희생양적 이미지와 거리가 있어 보였기 때문이다.

학교에서 가까우니 동도 극장에도 더러 갔다. 거기에서 어느 저녁때 장 가뱅이 나오는 〈말라파가의 성벽〉이라는 영화를 보고 너무 감동해서, 손을 잡고 혜화동까지 걸어온 일도 있다. 그런데 후일에 다시 보니 영화가 별로였다. 무얼 보고 그렇게 감동했는지 이해가 되지 않아서 마주 보며 웃었다. 〈길〉, 〈남과 여〉, 〈나자리노〉, 〈닥터 지바고〉 같은 영화의 주제곡을 지금도 이따금 흥얼거리는 때가 있다.

지난주에 텔레비전에서 아누크 에메가 나오는 〈남과 여〉를 다시 보았다. 오랜 시간이 흘렀는데도 얼마나 영화가 좋은지, 둘이 그걸 보고 감동했던 시간들이 생각나서 눈시울이 뜨거워졌다. 치매에 걸려 사랑하는 여자를 알아보지도 못하는 늙은 남자의 이야기를, 젊은 날에 왜 그렇게 감동하면서 보았는지 모를 일이다. 장 루이 바로가 나오는 〈Les Enfants du Paradis〉는 이어령 씨가 좋아하던 영화였다. 팬터마임으로 표현하는 장 루이 바로의 감정 표현에 반한 것이다. 그 영화의 한글 이름이 생각나지 않아서 그에게 물으러 2층으로 가다가, 그가 없다는 걸 깨닫고 운 일도 있다.

그 무렵에는 극장에서 작은 포스터를 팔았다. 색상도 시원찮은 그 조잡한 포스터가 그 시기의 유물처럼 내게 남아 있다. 잠이 안 올 때 나는 그때 보았던 흘러간 배우들의 이름 외우기를 한다. 장 가뱅, 장 루이 바로, 장 마레, 장 폴 벨몽도…… 하며 알파벳 순으로 배우 이름을 외우고 있으면 심심해서 잠이 온다. 어느 날 작은며느리가 그 배우들 이름을 알려달라고 해서 말해주었더니, 아는 배우가 하나도 없어서 너무 놀랐다. 영화에는 시대를 초월하여 살아남는 고전이 없는가 보다. 세대가 다르면 삶이 달라진다. 삶이 달라지면 예전의 배우들은 매력을 상실한다. 배우들은 그렇게 망각 속에 묻히기 쉬운 예술가들이다. 그래서 순간에 혼신의 힘을 몰입해 그런 좋은 연기를 하는 것 같다. 내밀하게, 열정적으로 그 연기들을 함께 받아들이는 시간이 즐거웠다.

졸업한 후에 주로 간 영화관은 옛날 조선일보 건물 꼭대기에 있던 '시네마 코리아'였다. 이 선생이 오후에 나가는 신문사가 그 근처에 있었기 때문에 자주 갔는데, 거기에 가면 다방과 극장이 같이 있어서 편했다. 어느 날 그는 가지고 있던 시집에 "숙아! 심심하면 시네마 코리아에 가자"라는 낙서를 하고 삽화까지 그려 넣어서 내게 준 일이 있다. 둘이서만 줄창 만나니 심심한 때도 많았던 모양이다. 그때 다방에 앉아서 낙서처럼 그려준 시와 그림을 이따금 들여다본다. 거기에는 젊은 날의 날씬했던 두 남녀가 있다. "아아! 재들은 참 젊구나!" 하면서 남의 일처럼 그것들을 들여다본다.

21세기가 되니 디스크 때문에 극장에 가는 일이 어려워져서, 누워서 영화를 감상하기 시작했다. 긴 소파 양 끝에 머리를 두고 마주 누워서 영화와 책을 얼마나 많이 보았는지, 소파의 어깨 부분이 양쪽으로 우묵하게 패어 있다. 우리는 거기에서 텔레비전이나 비디오도 같이 보았다. 어느 주말에는 NHK의 별로 좋지도 않은 연속극을 6회분이나 한꺼번에 보고 뻗은 일도 있다. 그래서 중독성이 있는 비디오보다는 1회용 연속극을 보기로 방향을 바꿨다. 식후의 휴식 시간에 드라마 한 편을 보고 나면 일하기 좋은 컨디션이 되기 때문이다. 예전에는 재치 있는 대화가 매력적인 김수현의 드라마 같은 것을 즐겨 보았는데, 그다음부터는 그때그때 제일 나은 작품을 선택한다. 어차피 쉬기 위해 보는 것이기 때문에 작품이 좋지 않아도 무방했다.

그런데 마지막 해에 그 풍속이 끝났다. 내가 터키 연속극 〈위대한 세기〉를 보기 시작했는데, 그가 동행하기를 거부했기 때문이다. 나는 한번 시작하면 끝장을 보는 성격인데, 그는 아무리 잘 찍은 영화라도 궁중의 권력 다툼을 그린 것은 보지 않는다. 권력 다툼은 추악할 뿐 아니라 어느 나라 것이나 패턴이 같기 때문에 지겨웠던 것이다. 그는 되풀이되는 것을 아주 싫어한다. 학생 시절에 그가 어느 여자 친구에게 요구했다는 항목도 "시계추처럼 같은 말을 되풀이하지 말 것" "계림 극장의 배우처럼 연극하지 말 것"이라는 두 항목이었다고 한다. 결론이 빤히 내다보이는 것도 안 되니 그 연속극은 같이 볼 수 없었다. 그런 데다가 그 드라마는 그가 손님을 만나는 오후 3시에 시작했다. 그래서 연속극을 같이 보던 풍속도 막을 내렸다.

남남북녀

그는 남쪽에서 태어났고, 나는 북쪽에서 태어났다. 우리는 남남북녀 커플이다. 함경도와 충청도는 고구려와 백제만큼이나 문화와 생활 의식이 다르다. 기마민족의 기상이 남아 있는 함경도 남자들은 진취적이고, 이성적인 기풍이 강한 대신 저돌적이고, 사회성은 강한데 가정적이지는 않다. 귀양을 가던 변방이기 때문에 전통문화가 제대로 남아 있지 않았다. 생활 기반이 없는 세월이 몇 세기씩 지속되었기 때문이다. 그 대신 신사조에 대한 개안이 남쪽보다 앞서 있다. 우리 고을은 한국에서 제일 작은 고을이고, 1920년대에도 호랑이가 드나드는 벽촌이었는데, 1930년대에 경성제대 출신이 여러 명 있을 정도로 교육열이 강했다. 우리 집은 가난했는데도 춘원보다 한 살 위인 작은할아버지가 와세다 대학 정법과를 졸업하셨고, 큰고모와 큰언니가 동덕여고에 다녔다. 조동식 씨에게서 배워야 사람이 된다는 할아버지의 주장 때문이다. 같은 이유로 남자는 모두 보성이다.

함경도와는 달리 충청도는 양반 문화의 전통이 그대로 남아 있는 지역이니까 이어령 씨네는 전통적인 선비 교육을 철저히 시킨 집안이다. 친가가 대대로 벼슬살이를 하던 문반文班인 데다가 외가도 맹사성이 살던 집 이웃에 있었다. 충청도에서도 급수가 높은 전통문화의 본고장에서 자란 것이다. 우리 시댁에서는 예의범절이 놀라울 정도로 세분화되어 있고 엄격하다. 1970년대여서 대부분의 자녀들이 아파트에 살 때에도 그 집에서는 아버님이 상경하시면 애 어른이 모두 엎드려 큰절을 했다. 의관을 정제하던 습성이 남아 있어서 아무리 더워도 집 안에서 반바지 같은 것은 입고 다니는 사람이 없다. 그런 엄격한 집안인데, 이어령 씨 같은 파격적인 인물이 나온 것이 신기하다. 이 선생뿐이 아니다. 윤봉길 의사와 김옥균도 같은 지역 출신이다. 극은 극과 통하는 모양이다.

그렇게 보수적인 고장이지만 이 선생 부모님은 신식 교육을 받은 인텔리였다. 여권女權도 약한 편이 아니었다. 층층시하의 대가족이었는데도 그의 어머니는 남편을 데리고 친정 마을에 가서 정착했다. 서울에서 숙명여고에 다니다가 결혼을 하셨고, 결혼 후에 남편을 서울에 보내 배재학당에 다니게 한 것도 어머니였다. 아이들이 7남매나 있는 어머니가 집에서 책을 들고 사셨다니 모던하다. 어머니는 월간지인 『문예춘추』도 구독하셨다는 것이다.

그런데도 함경도에 비하면 많이 보수적이었다. 그의 어머니는 남편을 '나으리'라고 불렀다는데, 우리 부모는 서로를 '궐해'[5]라고 불렀다. 2인칭 대명사로 부르는 대등한 관계였던 것이다. 충청도에서는 개화기에도 어지간한 양반집에서는 딸을 고등교육을 시키지 않았다. 인권 문제에도 시차가 있다. 부부 관계에서 파생된 품사品詞도 다른 것이 많다. 그쪽에는 '시앗' '소박' '서모' 같은 말들이 있는데, 우리 고향에는 그런 어휘가 없다. 북쪽에서는 혼외정사로 사귀는 여자는 그냥 '작은댁'이라 불렀고, 같은 집에 처첩이 같이 사는 일은 우리 마을에는 없었다. 여자들의 주권 의식이 강하기 때문일 것이다. 그런 가풍은 기독교의 영향으로 생겨난 것 같다. 인간 평등사상 같은 것도 일찍 도입되어서, 함경도에는 계급에 대한 차별의식이 희박하다. 평야가 적으니 지주계급이 생겨나지 않았고, 5세기 동안 벼슬을 못 하게 했으니 양반계급이 없어서, 사람을 층하를 둘 필요가 적었던 모양이다. 우리 어머니는 "행신行身이 양반"이라고 생각하셨으니, 양반은 계급이 아니라 교양을 의미했던 것 같기도 하다.

결혼을 하고 보니 이질성이 피부로 느껴졌다. 제일 큰 차이는 남자분들이 감성적이고 섬세하다는 점이었다. 이씨 댁은 그렇게 남자분들이 정감적이고 섬세해서 무어든지 크게 받아들이신

---

5 한자로는 궐하厥下일 듯하다. 궐厥은 '그'라는 뜻이다. 이 시기에는 3인칭 대명사가 궐자厥者, 궐녀厥女였는데, 우리 고장에서는 부부가 서로를 궐해라고 했다. 그대라는 뜻일 것 같다.

다. 그래서 페시미스트가 많다. 나도 애초에는 페시미스트였다. 우리 집에서는 나만 페시미스트였다. 그런데 그쪽이 워낙 페시미스틱하니까 내가 차츰 낙천적으로 변해가는 이화 작용이 일어났다. 노년의 미당 선생처럼 "괜찮다" "괜찮다" 하고 있는 나를 보면 타인같이 느껴진다. 하지만 하나는 그래야 균형이 맞는가 보다. 우리 친정에는 그런 섬세한 남자가 없다. 그리고 그렇게 가족적이고 정감적인 남자도 없다. 북쪽 남자들은 가족에 대한 책임감보다는 사회성이 앞선다. 우리 아버지는 독립운동으로 옥살이를 한 후 해방될 때까지 형사가 쫓아다녀서 집에 오지 못하셨다. 그래서 가족은 어머니가 부양했다. 그뿐 아니다. 그곳 사람들은 참을성이 적고 성급하다. 역사학자인 오빠 말에 의하면 함경도 남자는 외교관이 되면 안 된다고 한다. 바다를 보며 눈을 흘기는 타입이어서 아무 데서나 이준 열사식 자해 행위를 할 확률이 높다는 것이다.

그다음 문제는 대가족 제도 속의 경제 관계이다. 이어령 씨 집에서는 형제가 파산을 하면 여유가 있는 다른 형제가 그 빚을 갚아준다. 그리고 형제에게는 돈을 꿔주는 것이 아니라 그냥 주는 것이니 갚지 않아도 된다는 규범도 있단다. 그렇게 이질적인 것이 많기 때문에 매사에 낯이 선 데다가 가족이 너무 많았다. 아버님이 11남매를 두셨으니 아버님 백수白壽 때에는 직계가

120명이 넘었다. 우리뿐 아니라 친척들도 집집마다 그렇게 다산이어서 관혼상제 때 4촌 이상은 알리지 못한다. 나는 그 엄청난 대가족에도 겁을 먹고 있었다. 혼자 조용히 있는 일이 어려울 것 같아서였다.

여자가 결혼을 할 결심을 하는 것은 그런 이질적인 세계를 모두 받아들여야 하는 것을 의미한다. 그러니 결혼을 앞둘 무렵에는 페미니즘이나 가족제도에 대하여 토의를 하지 않을 수 없었다. 방원[6]이 아내를 때리는 것은 "손으로 하는 농담"이라고 이효석이 말했다. 데이트를 할 무렵의 우리의 말다툼은 심심해서 "입으로 하는 농담"이었는지도 모른다. 결혼을 앞두니, 농담이 진담으로 변해가서 진지해지기 시작했다.

하지만 남쪽 남자와 북쪽 여자의 콤비는 균형 맞추기가 쉬웠다는 생각이 든다. 상견례 때 아버님이 "'남남북녀'가 이상적이라는데 며느리가 북쪽 출신이어서 기쁘다"라는 환영사를 하셨다. 나도 거기에 찬성표를 던진다. 남쪽 남자와 북쪽 여자가 만나는 것은 괜찮은 배합인 것 같다는 생각을 여러 번 했기 때문이다. 남쪽의 풍요로운 감성과 유서 깊은 전통문화를 결혼을 통해

---

6 나도향의 단편소설 「물레방아」의 주인공.

내 것으로 만들었으니, 그 혼사는 내게 좋은 것이었다. 나는 한국의 전통문화를 좋아하기 때문이다. 하지만 그에게는 더 해롭지 않았다. 의존적이지 않은, 나같이 손이 안 가는 아내가 그에게는 정말로 필요했으니, 잘된 만남이었다는 생각이 든다.

양보의 마지노선

나는 딸 많은 집 셋째 딸이어서인지, 천성은 까다로운데도 양보를 잘하는 편이다. 내성적이어서 사람 사귀는 일이 어렵지만, 일단 사귀기로 작정하면 양보를 할 각오부터 한다. 사람은 누구나 완벽하지 않은데 시비를 따지면서 사귀는 것은 피곤해서, 일찌감치 어지간한 것은 양보하기로 작정을 해버리기 때문이다. 그걸 나는 '무조건 항복'이라고 부른다. 그래서 한번 사귄 사람과는 어긋나는 일이 많지 않다. 다른 사람에게도 양보를 많이 하지만, 남편에게는 더 잘 양보한다. 확실히 나는 다른 여자들보다 좀 더 많은 것을 양보하는 편이다. 아무리 다급한 경우에도 그에게 아이를 봐달라거나 가사를 도와달라고 한 적이 없다. 내 일을 도와달라고 부탁한 적은 더욱 없다. 그러면서 다른 여자들이 하지 않는 집짓기나 산소 고치기 같은 것을 소리 없이 해준다. 우리 집에서는 집을 짓는 일도 내 몫이다.

하지만 그렇다고 전부 양보하는 것은 물론 아니다. 많이 양보하고 나서 남는 부분은 절대로 양보하지 않는다. 그건 내 삶의 기본항이기 때문이다. 자신이 살고 싶은 기본 방향만은 결혼 때문에 수정하고 싶지 않았다. 나는 자기 일을 가진 커리어 우먼으로 살고 싶었는데, 그건 절대로 바꾸고 싶지 않은 항목이었다. 그래서 직장을 가진 채 결혼을 했다. 신혼 초에 라디오에서 부부가 같이 인터뷰를 한 일이 있다. 그런데 인터뷰어가 대뜸 "직장을 가지는 것을 남편이 어떻게 허락했느냐"라고 물었다. 내가 놀라서 그건 자기가 결정할 사항이 아니냐고 반문했더니, 그녀가 이상한 표정을 지었다. 우리는 가난해서 맞벌이를 하지 않을 수 없는 처지였다. 하지만 어렵지 않아도 나는 계속 일을 가질 작정을 하고 있었다. 그에게 자기 일이 필요하듯이 내게도 내 일이 필요한 것이 당연하다고 생각했기 때문이다. 물론 그건 남편의 동의를 얻어야 할 사항이다. 하지만 허락을 받을 일은 아니다. 허락을 받지 않으면 안 될 만큼 이상한 일이 아니기 때문이다. 직장을 가지고 아이를 낳는다고 남편에게 육아나 살림을 분담시킬 것은 아니니, 그건 본인에게 물어야 할 사항이 맞다. 자신에게 미안해야 할 힘든 선택이기 때문이다. 부부는 혈육이 아니니까 상대방을 선택할 수 있는 자유도 있다. 그러니 그런 조건이 맞지 않을 상대하고는 결혼을 하지 않으면 된다. 싫으면 안 해도 된다는 점이 남자와 여자의 관계 중에서 제일 좋은 측면이다. 요즘 아이들은 그런 데 신경을 쓰는 게 싫어서 결혼을 거부하고 있는 것 같다.

대학원 진학 문제도 자신이 먼저 결정할 사항이라고 생각한다. 우선 시험에 합격할 만큼 실력을 쌓아야 하고, 등록금도 자기가 준비하는 것이 옳다고 보기 때문이다. 하지만 나는 공부를 안 한 지 6년이나 된 후에 갑자기 대학원에 들어가고 싶어져서, 붙을 자신이 없었다. 그래서 몰래 시험을 보았다. 그런데 규정이 합격 당일에 등록하는 것으로 되어 있어서 할 수 없이 사후 결재를 급하게 받으면서 많이 미안했다. 너무 큰일을 혼자 결정했기 때문이다. 삶의 방향에 대한 결정권은 진학이 싫은 경우에도 해당된다. 직장 생활이 싫어서 결혼했다는 박경리 선생은, 자신을 억지로 대학에 보낸 것 때문에 남편에게 앙심을 품고 있었다. 대학을 졸업한 아내가 필요했는지 싫다는 걸 억지로 대학에 보냈다고 지영[7]은 생각한다. 그것도 해서는 안 되는 일이다. 사람은 누구나 원하는 일을 하면서 살 권리가 있기 때문이다.

---

7 박경리의 장편소설 『시장과 전장』의 주인공.

종교를 선택하는 일은 더하다고 생각한다. 그거야말로 자신이 결정해야 할 사항이다. 이어령 선생이 세례를 받자 따라 하지 않았다고 비난하는 동창생이 나타났다. 친하지도 않은데…… 월권 행위다. 세례를 어떻게 친구가 받으란다고 따라 할 수 있는가? 이어령 선생은 내 방의 에어컨 켜는 법까지 신경을 쓰는 까다로운 남편이지만, 자기 일을 가진다거나 대학원에 가는 것은 당연시하고 있어서, 양보할 수 없는 것을 강요받은 기억은 없다. 그는 아내의 의견을 존중하는 집안에서 자란 데다가 우리는 클래스메이트였다. 클래스메이트와 결혼하면 그런 좋은 점이 있다. 4년 내내 평등하게 지냈는데, 결혼을 했다고 갑자기 대학원 가는 것을 막을 수는 없기 때문이다. 내가 대학원에 다닌다고 자기가 아이를 대신 길러줄 것도 아니니 사실 참견할 이유가 없기도 하다. 나는 자신의 적성에 맞는 일을 하면서 조용히 자신의 목소리를 내며 살고 싶지만, 그 일로 남편에게 폐를 끼칠 마음은 전혀 없었다. 그래서 직장에 나가지 않는 주부들이 하는 일을 다 책임지려고 안간힘을 썼다. 내가 선택한 일이기 때문이다. 사는 일이 버거웠던 것은 그 때문이다.

연인의 자리, 아내의 자리

그렇게 극장과 다방을 돌면서 5년이라는 밀착된 세월을 공유했는데, 내가 야간에 나가고 있어서 밤에만 같이 있으면서 신혼생활이 시작되었다. 이 선생은 주말에도 원고가 밀려서 느긋하게 쉴 시간도 많지 않았다. 바빠서 밤에 나를 데리러 오는 일도 할 수 없게 되었다. 자기도 나도 생활인이 된 것이어서, 바쁜 것은 당연했다. 놀 시간이 주는 것도 당연했다. 우리는 이제 한 가정을 끌고 나갈 어른이기 때문이다. 그러다가 나는 곧 임신을 했고, 현대평론가협회가 활성화되어 그는 강연과 미팅을 하느라고 늦게 들어오는 일이 많아졌다. 드디어 혼자 나다니는 '바깥사람' 다워진 것이다.

이어령 씨는 본래 추상적인 이야기를 좋아하는 사람이라, 그게 안 되는 사람을 만나면 입을 봉해버리는 버릇이 있다. 결혼을 하니 나와의 대화에서도 같은 증세가 나타나기 시작했다. 일상적인 이야기가 나오면 입을 다물어버리는 것이다. 그러다가 나는 곧 임신을 했고, 그는 차차 혼자 나다녔다. 그러면서 임신한 아내를 위해 네이블오렌지 같은 것을 사 나르는 소시민적 남편이 되어갔고, 나는 서투른 솜씨로 김치를 담그는 초보 주부가 되어갔으니, 우리의 대화에는 지상적 요소가 늘어갈 수밖에 없었다. 가정은 일상적인 장소여서 거기에서는 아이의 배탈, 지붕의 누수, 집안의 경조사 같은 것들이 대화의 주류를 이룰 수밖에 없다. 그래서 그는 내 지상적 이야기들을 좋아하지 않게 됐다. 그런 이야기를 듣는 것을 그는 장난으로 '인생고'라고 이름 지었다.

하지만 "새것 주고받기" 부분은 그때도 남아 있었다. 새 책을 읽을 때라든가 새 영화를 볼 때면 우리는 다시 토향 다방 시절처럼 긴 대화를 나눌 수 있었다. 그는 문화의 모든 분야에 관심이 많아서 다른 사람은 도저히 할 수 없는 이야기들을 많이 들려주었다. 괴테의 광물학이나 색채학에 대한 관심이 깊은가 하면, 최근에는 『파이 이야기』(얀 마텔) 같은 것에도 흥미가 많았으며, 공자님의 노년에도 관심이 많아서, 화제의 폭이 엄청나게 넓다. 그런 이야기들은 귀가 번쩍 뜨이고 경이롭다. 그중에는 내가 흥미롭게 들을 화두가 많아서, 그로 인해 내 세계가 침체되는 것이 방지된다. 그건 내가 결혼해서 무상으로 얻은 가장 큰 보너스다.

문제는 결혼을 하니 내가 책을 읽을 시간이 거의 없어진 데 있었다. 그대로 가다가는 배운 것도 다 잊어버리고 말 것 같았다. 아이를 기르면서 고등학교 전임으로 일하는 그 소용돌이 속에서 대학원 원서를 쓰게 만든 원동력은 그런 조바심과 지적 갈증이었다. 자신의 지적 영토가 자꾸 주니까, 그에게서 영향을 받아 자기 목소리를 상실하게 될 것 같아 두려워졌다. 동일 업종이니

귀동냥한 새 지식을 내 것인 양 떠들고 다니면, 나는 별수 없이 그의 아류가 될 수밖에 없다. 그건 하고 싶지 않았다. 작아도 좋으니 나 자신의 목소리를 지키고 싶었다. 자신의 세계가 흔들릴까 봐 그에게서 영감을 얻는 것도 피하면서, 가사의 틈바구니에서 나는 도둑질하듯이 자신의 세계를 조금씩 조금씩 구축하느라고 늘 바둥거렸다. 그래서 그의 이야기들을 경청하지 못해서 미안한 때가 많았다.

인간은 누구나 자기 말을 귀담아들어주는 사람이 적은 세상에서 살고 있다. 그것은 즐거운 일이 아니니, 인간은 근본적으로 외로울 수밖에 없다. 상대방이 공감하면서, 경탄하면서 자기 이야기만 들어주었으면 하는 것이 모든 사람의 소원인데, 상대방도 똑같은 걸 원하니 차질이 생기는 것이다. 그래서 이오네스코의 희곡처럼 마주 앉아 모놀로그를 교환하는 비극이 생겨난다.

우리 부부도 마찬가지였다. 서로 상대방의 이야기를 흘려들으니 외로움의 폭이 그만큼 커져갔다. 누군가가 "그대가 옆에 있어도 나는 그대가 그리워" 하는 시를 쓴 것은 그 때문이다. 그런 데다가 5인 가족이 되니 가정은 대가족에 얽혀 도는 현실의 소용돌이가 되었다. 그 속에서 일어나는 비본질적인 문제들이 그와 나를 갈라놓고, 둘 다 외롭게 만들어갔다. 부부는 찻값을 치르고 나면 끝나는 단출한 양성 관계가 아닌 것이다. 에밀 아자르의 말을 빌리자면 "습관화된 일상quotidien familier"이 삶의 "진정성 authenticité"을 덮어버리는 세계다.

하지만 이 선생에게는 그가 전하는 새롭고 기발한 담론에 목말라 있는 팬들이 많다. 팬들은 지적인 관심으로 연결된 관계니까 관심은 강렬하고 집중적이다. 우리 집에도 그런 팬이 하나 있었다. 딸이다. 그 애는 아버지를 닮아 초등수학보다는 미적분을 잘하는 추상 사고형이어서, 그 부녀는 지적인 대화를 나누는 일이 많았다. 딸의 마지막 해였던 2011년에는 더했다. 그 애는 30년의 미국 생활을 접고 암 말기 환자가 되어 우리에게 돌아왔다. 동생들은 다 따로 사니 부모와 단독으로 만날 시간이 많았던 것이다. 결혼 전에는 대부분이 아버지의 '단독 강의'였는데, 마지막 해에는 대화의 패턴이 달라졌다. 둘 중의 하나가 계속 상대방의 이야기를 듣고 있는 것이다. 그 애가 시한부 인생이어서 봐주나 보다고 생각했는데, 그게 아니었다. 그들이 긴 대화가 가능했던 것은, 그 애가 집을 떠난 후에 배운 이질적인 지식들 때문이라는 것을 알게 되었다. 미국에 가서 그 애는 법률을 공부했고, 21세기가 되자 이번에는 목사가 되어 돌아왔다. 눈이 너무 나빠서 신학교를 못 다닌 채 목사로 인정을 받은 그 애의 기독교는, '자기 나름대로' 독학한 것이어서 남과 다른 견해가 많았다. 신출내기 독학자니까 딸은 혼자서는 풀 수 없는 어려운 과제에 휩

싸여 있었고, 아버지는 아버지대로 새내기 교인이어서 서로 상대방에게서 들을 이야기가 많았던 것이다. 거기에 법률이 가산된다. 변호사의 생활은 이 선생이 전혀 모르는 세계여서 딸의 재판에서 문제 되는 화두들에 관해서도 들을 말이 많았다. 이어령 씨에게 그 애는 딸이면서 동시에 제자였고, 팬이면서 동시에 토론 대상이어서 그 죽음이 준 충격이 더 컸다.

동시대인

2022년 12월

금년(2022)에 일본 학자들이 채록한 그의 오럴 히스토리(구술전기)를 교정보다가 나는 그의 삶과 내 삶이 너무나 겹치는 부분이 많다는 사실에 놀랐다. 그래서 따져보니 동갑내기라는 사실이 부각됐다.

우리는 태어나던 해부터 조짐이 좋지 않았다. 우리가 태어난 1933년은 히틀러가 등장한 해다. 곧 만주사변이 일어나고 2차대전이 뒤따른다. 그리고 6·25의 참극이 온다. 17년 사는 동안에 세 번의 전쟁을 겪은 것이다. 노일전쟁과 청일전쟁까지 겪은 아버지의 세대는 계속해서 전쟁 속에서 살았다고 해도 과언이 아니다. 한국의 20세기는 환란의 연속이었다.

그런 비극적인 상황이었는데도 소비문화는 여전히 진행되었다. 식민지 조선은 지배국의 소비 시장이 되어 있어서, 국권이 없어졌는데도 식민지의 안방에는 박래품들이 늘어갔다. 새로 나오는 물건들이 사람들을 현혹시켰기 때문이다. 우리의 부모들은 불어로 비누를 '사븐savon'이라 불렀고, 모자를 '사포chapeau'라고 부른, 박래품에 홀린 세대였다. 산업의 발달로 구미 여러 나라에서는 나날이 편하고 신기한 물건들이 생산되었기 때문이다. 시골에서도 마을의 한두 집은 세발자전거를 가지고 있었고, 오빠들은 철없이 세고비아 기타를 들고 있었으며, 엄마들은 싱거 미싱에 올라앉기 시작했다. 석유 등잔, 알루미늄 밥솥, 하얀 여자 고무신, 양말 같은 생활용품에도 수입품이 많았다. 식민지의 안방은 일본을 통해 들어오는 물품들을 소비해주는 경제적 침탈의 최전선이기도 했던 것이다. 그 시기에 그와 나의 집에는 비슷한 박래품들이 놓여 있었다. 일본의 소비 정책에 휩쓸리며 근대화되어 가던, 중산층의 대가족 속에서 우리는 자란 것이다.

학교생활은 더 비슷했다. 자그마치 16년간을 우리는 같은 교재로 공부를 했다. 국사 시간에는 일본 왕들의 이름 외우기 경쟁을 했으며, 아침마다 궁성요배를 했고, 황국신민서사를 외웠다. 솔뿌리를 캐고 모심기를 하는 근로에도 동원되었다. 읽은 동화책도 비슷해서, 초등학교 부분이 거의 비슷한 경험 속에서 지나갔다. 해방 후에도 별로 다를 것이 없었다. 군정청에서 낸 마분지 교과서에서 월북 작가들의 시까지 배우던 중고등 과정도 흡사했다. 우리 학년까지는 "달뜨걸랑 나는 가련다" 같은 월북 시인의 시를 배웠는데, 1년 후배인 유종호 선생네는 배우지 못했다는 글을 읽은 일이 있다.

그리고 비가 오면 바닥에 물꼬가 생기는 산비탈에 세워진 천막 교실에서 대학 생활을 같이 시작한다. 대학에서는 아예 같은 과에 다니는 동급생이었다. 선택과목도 같은 걸 들어서, 외국 시나 소설도 같은 것을 알고 있는 일이 많았다. 랭보도 두보도 같이 배웠고, 국어학과 국문학 개론도 동문수학했다. 같은 시대를 숨 쉬며 한 세기 가까이 살아온, 우리는 동갑내기 부부다.

가정환경에도 비슷한 점이 많았다. 열하나를 낳았는데 일곱만 남은 형제의 수도 같았고, 아버지 옆에 여자가 하나씩 딸려 있는 조건도 같았다. 두 집 모두 큰딸은 정신대 때문에 조혼을 해서 6·25 때는 남매를 가진 청상이 되었고, 아들들은 학도병에 징집되지 않으면 학도 징용에 끌려갔다. 전쟁의 체험을 공유했지만 휴전의 체험도 같이했다. 독서 체험도 유사하다. 그 집 형님들도 우리 오빠처럼 세계문학전집을 들고 다니던 문학도였고, 그 집 아버지도 우리 아버지도 사업이 서툰 사업가여서 우리는 둘 다 중고등학교 때 고생을 많이 했다.

전시는 오래고 긴 물자 결핍 시대였다. 돈을 줘도 쌀을 살 수 없으며, 돈을 줘도 옷을 살 수 없는 시대. 아이들은 문방구의 결핍 속에서 살아서, 우리 부부는 한때는 외국에 가면 문방구만 사오던 시기가 있었다. 그래서 해방된 지 오래되었는데도 1981년에 일본에 있던 이 선생 방에는 문방구가 쌓여 있었다. 외국에 가면 매번 연필이나 카타 포스트잇 같은 것을 사다가 서랍에 가득가득 채우던 시기가 길었던 것이다.

해방이 되자 우리는 테러라는 말부터 배웠다. 등화관제, 계엄령, 국대안, 신탁통치 같은 낱말을 우리는 같이 터득했고, 사사오입이라는 말을 남긴 이상한 선거도 겪었으며, 4·19와 5·16의 총소리도 갓난아기의 부모로서 함께 들었다.

정서적인 발달 과정도 유사한 점이 많다. 문학을 하게 된 동기가 죽음과 연결되어 있는 점은 너무 비슷해서 놀랄 지경이다. 어머니가 돌아가실까 봐 밤중에 기어가서 죽지 말라고 부탁하는 장면도 흡사하다. 그도 나도 아버지가 없는 안방에서 자란 것이다. 거기에 같이 살아온 64년의 연륜이 겹쳐진다. 다른 부부들보다는 공감대가 넓지 않을 수 없다. 해방 후에 이북에서 전기를 끊어 전차가 아무 데서나 서서 학교에 걸어가던 이야기를 글로 썼더니, 2년 선배인 박완서 선생만 무슨 말인지 알아주시던 생각이 난다. 그게 동시대인이다. 1970년대도 마찬가지였다. 아이들과 을지로 입구에 갔더니 새 건물이 보였다. 동생이 그걸 필통 같다고 했더니 형이 아니라고 했다. 자기 유년기에는 그런 스마트한 필통이 나오지 않았다는 것이다. 1963년생과 1966년생 사이에도 그런 세대차가 나타나니, 동시대인이라는 것은 대단한 관계라 할 수 있다. 동갑은 더하다. 우리 어머니는 동갑 친구를 그냥 '동갭이'라고 불렀다. 공감의 밀도가 다른 것이다.

내가 요즘 남편의 부재를 가장 크게 실감하는 때는, 그가 아니면 이해할 수 없는 말이 있을 때다. 그가 아니면 알아듣지 못할 말이 생기면, 그 말을 들어줄 귀가 없어진 것에 매번 아연해진다. 그건 절박한 영혼의 갈증을 불러온다. 새 책을 읽을 때는 더 그렇다. 작년에 정명숙 선생이 일본의 문고판을 잔뜩 기증했는데, 우리는 그 책을 쌓아놓고 주전부리를 하듯이 돌려가면서 읽었다. 그중에 이저벨라 비숍의 한국 기행도 있었다. 국가가 간섭하지 않는 러시아의 프리모르스키 자치구에 가보니 한국인들이 너무나 우수한 공동체를 만들었더라는 대목이 있었다. 그 말을 하니 그이는 자기 책에 그 부분이 인용되고 있다는 것을 알려주었다. 산간 오지를 남자들만 데리고 여행하는데 따라다니는 사람들이 자신을 해치지 않은 걸 비숍이 높이 평가하는 부분도 있었는데, 그 부분은 이 선생이 잊고 있어서 재미있게 들어주었다. 나는 그에게서 그런 깨우침을 아주 많이 받았다. 똑같이 스테판

츠바이크의 『발자크 평전』을 읽었는데, 그의 입에서 내가 기억 못 하는 대목이 새록새록 나오기 때문이다. 그는 기억력이 비상한 인물이다. 그래서 내게는 살아 있는 사전이다. 지금도 관성이 남아 있어서 모르는 것이 있으면 그를 찾다가 그의 부재에 넋이 나가는 일이 많다.

그다음에 느끼는 상실감은 영화나 공연을 보는 때에 온다. 그가 장관이었을 때 나는 전임 교수여서, 일주일에 하루 적십자사 봉사가 있고, 밤마다 일정이 있는 장관 부인의 일과가 버거웠다. 하지만 좋은 공연이나 전시를 볼 기회가 많은 점은 참 좋았다. 돌아오면서 그의 보충 설명을 들으면 방금 본 연극의 전후 맥락이 환히 보여서 눈앞이 밝아진다. 부부는 너무 감동을 받으면 입을 다물고 있는 일도 가능한 관계이기도 해서 좋다. 에피다우로스의 고대 극장에서 밤 9시에 시작되는 〈엘렉트라〉를 보았을 때가 그랬다. 달밤이었는데, 11시에 떠나 피레우스의 호텔로 가는 세 시간의 밤 여행에서 우리는 말을 잊고 조용한 감동에 젖어 있었다. 코린트만을 지나 살라미스 해협이 보이는 그림 같은 달밤의 에게해를 보면서, 같은 감동을 가슴에 안고 있는 남편과 같이 돌아오던 시간은 내가 누린 지복至福의 시간들이었다.

같이 읽은 책이 많으니 디테일이 생각나지 않을 때 서로 보완이 가능한 것도 좋았다. 아흔이 가까워서 명사를 잊는 일이 많아 그런 일이 자주 있었다. 그러면 서로 깨우쳐준다. 가장 좋은 점은 책을 두 배로 살 수 있는 것이다. 전공이 같으니 같은 책을 읽을 일이 많기 때문이다. 신혼 초에는 가난해서 그 점이 너무 고마웠다. 그가 『문학사상』을 하다가 외국에 가서 장기 체류하면 내가 대신 잡지 만드는 일을 돌봐줄 수 있고, 손자를 잃어 갑자기 내가 영인문학관 오프닝에 참석하지 못하게 되면 이 선생이 개막 행사를 대행해주니, 동창생 부부는 도움이 되는 일이 많았다.

우리는 성격이 너무 달라서 반대되는 면이 많다. 그래도 동갑이어서 공감대는 이렇게 넓으니 이색 조화를 이루는 부부였다고 할 수 있다. 그 이질성이 상호 보완을 하는 경우가 많기 때문에 나쁘지 않았다. 늙어가는 이어령 씨를 맨날 "너어 새서방"이라고 부르는 강원용 목사님(내 재당숙)은 우리를 보고 "재들은 화가 나면 하나는 기가 올라가고 하나는 기가 내려가서 부딪히지 않는다"라고 평한 일이 있다. 그것도 일종의 궁합이리라. 나의 지저분한 일상적 이야기들은 그를 지루하게 만들지만, 그건 그를 지상에 얽어매는 귀한 유대가 된다. 그의 삶의 지상적 과제를 내가 대신 짊어지는 일이 많아서 그는 글 쓰는 시간을 벌 수 있었다. 하지만 경제권도 나에게 일임했으니 남자가 할 일을 다른 이에게 대행시킬 동력이 있어, 나는 그다지 힘들지 않게 지상적 과제를 전담할 수 있었다. 나는 여자 가장 밑에서 자라서, 그가 이웃집 하숙생처럼 살아도 별 지장이 없었다. 남자의 도움 없이 집안을 꾸려나가는 훈련을 받으며 자랐기 때문이다.

하지만 세상에는 공짜가 없다. 집안일을 하지 않으면 가족들과의 거리가 멀어지기 때문이다. 그래서 그는 억울한 일이 많았을 것이다. 아이들에게 무얼 직접 사줄 시간이 없으니 아이들은 물건을 사 받으면 엄마에게만 감사하게 되고, 아플 때 간호해주지 못하니 친근감이 삭감된다. 딸이 죽을병에 걸려서 돌아오니 그에게는 패닉이 왔다. 글을 쓰느라고 아이를 돌보지 못한 삶을 봉창할 시간이 없었기 때문이다. 시댁 식구들에게서도 같은 문제가 생겨난다. 우리 집에서 시댁 식구를 도우면, 그분들은 모두 내게 감사한다. 꼭 필요한 부분은 알아서 도움을 주고, 받는 사람이 불편하지 않게 집행하는 것은 내 공덕이 될 수 있다. 하지만 그의 돈으로 하는 것이니 감사는 그가 받는 게 옳다. 그래도 내가 움직이지 않으면 집행이 되지 않는 걸 알고 있으니 가족들이 내게 감사하는 것도 일리가 있다. 아내에게 모든 것을 맡기면 자기 일을 할 시간이 많아지고 덜 고단한 삶을 살 수 있는 대신에, 그런 억울한 경우도 자주 생긴다. 두 가지를 다 가질 수는 없는 것이다.

그가 늘 서재에 박혀 있는 것도 내게 나쁘지 않은 조건이었다.

아이들이 떠난 후에는 내가 그 시간을 자유롭게 쓸 수 있었기 때문이다. 아이들이 모두 떠나 우리가 다시 둘만 남았을 때, 나는 되도록 사람을 덜 만나면서 시간을 아껴서 책을 쓸 수 있었고, 집안일을 간소화해서 충분한 휴식을 취할 수 있었다. 육아 부담이 없어진 노년의 시간들이 내게는 너무 소중했다. 둘 다 시간에 덜 쫓기면서 맡은 일을 할 수 있었기 때문에 정신적으로 여유가 있었다.

자기 일 자기가 하기

1963년에 내가 만삭이어서 이 선생이 혼자 집수리와 이사를 주관한 일이 있다. 그때 고맙다고 치하하고, 아무것도 못하는 척하고 그냥 주저앉아버렸으면, 나는 안목이 높은 남편이 멋있게 수리해주는 집에서 평생을 편하게 살 수 있었을지도 모른다. 그런데 그렇게 하지 않았다. 그의 시간이 아까워서 그리할 수 없었다. 집수리 같은 일을 계속하면 글을 쓸 시간이 줄어들기 때문이다. 문틀을 고치거나 물탱크를 청소하는 것 같은 일은 다른 사람이 대신해줄 수 있다. 하지만 창조하는 일은 남이 대신해줄 수 없다. 그래서 되도록 그를 일상사에서 멀리해주자는 것이 그 무렵의 나의 사랑법이었다.

그래서 돈 관리에서부터 아이들 기르기, 친척 돌보기, 경조사 챙기기, 집수리하기까지 대부분의 일을 내가 다 맡았다. 그는 글 쓰는 시간을 좀 더 많이 가질 수 있었고, 나의 삶은 당연하게도 더 고달파졌다. 하지만 알면서 시작한 일이라 놀라지 않았다. 고달플 줄 알면서, 그를 돕고 싶어서 한 선택이어서 후회하지 않은 것이다. 여자 가장 밑에서 자라서 나는 혼자 집안을 꾸려나가는 것이 그다지 힘들지 않았다. 어머니가 했던 것처럼 혼자 심상하게 그런 일을 자처하면서 반세기가 지나갔다.

내가 그의 몫까지 집안일을 다 처리한 것은 물론 그에게 무익하지 않았다. 하지만 역기능도 있었다. 나는 당연하게 생각하고 그 일들을 했지만, 사람들 눈에 내가 고달파 보이는 모양이어서, 그들이 나를 동정하는 발언을 그에게 자주 하기 때문이었다. 그런 일이 잦아지니 이 선생은 자신이 마치 가해자가 된 것 같은 죄의식을 가지게 되었다. 하지만 그는 그럴 정도로 나쁜 남편은 아니었다. 그는 책임감이 강한 가장이어서 식구들을 경제적으로 힘들게 한 일이 없다. 술도 마시지 않고, 늦게 돌아오지도 않고, 돈을 낭비하는 타입도 아니다. 그러니까 평균치로 보더라도 나쁜 남편은 절대 아니다. 아무리 바쁜 시기에도 주말은 꼭 아이들과 같이 놀러다녔으니, 자신은 혼신의 노력을 하고 있었던 것이다. 다만 집안일을 하지 않은 것뿐인데, 그에게는 그럴 시간이 정말로 없다는 것을 나는 잘 알고 있다. 그래서 그걸 문제 삼은 일은 없다.

그런데 남들이 자꾸 그러니까 그는 억울한 생각이 들기 시작했고, 그 일은 우리 사이를 불편하게 만들어갔다. 더 나빴던 것은 그가 모든 수입을 내게 다 갖다준 기간이 너무 길었다는 데도 있었다. 몽땅 다 줄 필요는 없는데 그는 시작을 잘못했다. 가난해서 줄 것이 너무 없는 신랑이었으니까, 그 대신 있는 것을 다 주고 싶었던 모양이다. 주면서 그게 자신의 사랑이라고 말한 것은 더 큰 실수였다. 그 말을 거둬들이기가 어려워서, 내가 별산제別産制를 하자고 해도 찬성할 수 없었을 것이다. 내가 그러지 말라고 해도 반세기 가까이 그렇게 한 것은 자신이 한 말 때문이었는지도 모른다. 그 밑바닥에 흐르는 것은 서로를 아끼고 존중하는 마음이다. 그것을 사람들은 사랑이라고 부른다. 우리는 상대방이 건강이 나빠 비틀거리면 아무리 화가 나도 조건 없이 휴전한다. 서로가 없어서는 안 되는 소중한 존재임을 알고 있기 때문이다.

내 일을 그에게 부탁하지 않은 것도 그를 돕기 위해서였다. 하지만 지나고 보니 그것도 잘한 일만은 아니었다는 생각이 드는 때가 있다. "애완견은 귀찮게 구는 재미로 기른다"는 말을 그의 글에서 보았기 때문이다. 성가시게 굴지 않으면 관심이 흐려진다는 뜻이 아니겠는가? 그 말은 맞다. 자주 무언가를 부탁했으면 그는 내 일에 관심이 좀 더 있었을 것이다. 그래서 만년에는 시간이 덜 걸리는 일은 도움을 받았다. 책 이름을 짓는다거나 영인문학관의 전시 제목 짓기 같은 것을 그에게 부탁했다. 그를 좋아하는 사람들이 영인문학관을 사랑해주는 것도 그의 음덕陰德이고, 그의 친지들이 나의 친지가 되는 건 또 얼마나 큰 특혜인가?

하지만 가장 큰 도움은 내가 모르는 세계를 그에게서 계발받는 것이다. 그는 문학이나 예술뿐 아니라 경제에도 정치에도 박학하니, 그에게 물으면 모든 문제의 답이 저절로 나온다. 그런 다양성이 외곬으로 파고들어 편협해지기 쉬운 나의 세계에 융통성을 보태주어, 침체되는 것을 막아주었다. 건성으로 얻어듣는 지식이 내 문학의 보폭을 넓혀주는 것도 감사해야 할 일이다. 나의 고지식함이 그에게 안정을 준다면, 그의 역동적인 삶은 나의 침체를 막아준다. 그런 이색 조화가 우리를 회혼回婚이 넘도록 같이 살게 만드는 원동력이 된 것 같다.

하지만 늙어갈수록 그가 내게서 무언가를 해 받는 것을 자꾸 불편해해서, 정년 퇴임을 할 무렵에 나는 생활 패턴을 바꾸어보기로 했다. 그도 시간 여유가 생겼으니 이제부터는 자기 일만이라도 직접 하게 하여, 나에 대한 미안한 마음을 덜게 하고 싶었다. 수입도 직접 챙기게 하여 원하는 대로 살게 하려고 했다. 언니와 여행을 한 일이 있는데 그 여행이 그런 결심을 할 계기를 제공했다. 엄마같이 우리를 돌보던 큰언니는, 어른이 되었는데도 여행지에서 모든 일을 자기가 전담해서 처리하려 했다. 열쇠 챙기기부터 빨래까지 다 해주어서, 나는 세상에 나서 가장 편한 여행을 했다. 그런데 여행을 하는 열흘 동안에, 멀쩡한 생활인이던 내가 자기 방 번호도 모르는 바보로 퇴화되어 있는 것을 발견하고 아연해졌다. 편하다고 다 좋은 것은 아니라는 깨달음이 왔다. 그러자 남편에게 내가 한 봉사가, 언니가 내게 한 일처럼 상대를 바보로 만드는 짓이었는지도 모른다는 생각이 들었다. 어쩌면 나의 도움이 그를 삶에서 소외시키고 있었는지도 모르겠다는 생각까지 들었다. 정신이 번쩍 났다. 내가 남편을 돕는답시고 한 일들이, 어쩌면 그의 몫의 삶을 침해하는 행동이었을 수도 있었겠다는 생각까지 들었던 것이다. 아이가 아플 때 수건을 적셔 이마를 식혀주면서 같이 있어주고, 아버지에게 보내는 생활비를 자기가 직접 전달하는 수고만이라도 하게 했더라면, 그는 가족들과 좀 더 긴밀한 관계를 지니게 되어 덜 외롭게 살았을지도 모르지 않는가. 아이들이 놀고 싶을 때 같이 놀아만 주었어도, 딸이 세상을 떠났을 때 그는 좀 더 편한 마음으로 그 애를 보낼 수 있지 않았을까.

이제부터라도 고치는 게 좋을 것 같았다. 글을 좀 덜 쓰더라도 자기가 할 일은 자기가 하면서 살아야 마음이 편한 노년을 보낼 수 있을 것 같아서였다. 마침 정년 퇴임을 해서 시간 여유가 생기고 비서가 있는 직장으로 옮겨가자, 자기 일 자기가 하기는 자연스럽게 풀려나갔다. 그동안 내가 한 일은 비서가 하는 일과 겹치는 부분이 많았으니, 우선 경조사를 챙기는 일을 자기가 하도록 유도했다. 훈련이 된 전문 비서가 하니 나보다 훨씬 잘했다. 선물 선택까지 완벽하게 해결해주는 유능한 사람이었으니 이 선생은 전보다 더 편해지고 자유로워졌다. 그녀는 가족들의 생일을 기억하는 일도 잘해서, 내 생일에도 어김없이 제시간에 근사한 꽃바구니가 배달되기 시작했다.

다음은 재산 관리다. 그때까지 우리 집 수입은 내가 혼자 관리하고 있었다. 그는 작은 수입도 모두 내게 털어주고 돈에서 자유로운 삶을 살았다. 하지만 자유라고 다 좋은 것은 아니다. 주머닛돈과 쌈짓돈의 거리는 생각보다 멀기 때문에 불편한 경우가 많았을 것이다. 친분 관계에도 농담濃淡이 있는데, 내가 선물 같은 것을 객관적으로 처리해버리면, 더 친한 사람에게 마음대로 뭔가를 더 베풀지 못하는 경우도 있었을 것이다. 그래서 그것도 반환하기로 결심했다.

나는 나이를 먹어가면서 사람이 자기가 가진 모든 것을 전부 누군가에게 맡긴다는 것이 얼마나 대단한 믿음인지 실감하고 있었다. 주변을 둘러보니 나의 남편처럼 가진 것을 다 주는 사람이 많지 않았다. 그는 내게 돈 주는 재미로 사는 사람 같아 보여서 늘 감동하고 있었다. 그건 절대적인 신뢰를 의미하기 때문이다. 그 믿음이 너무 소중했다. 그 신뢰에 답하기 위해 나는 회계사처럼 그의 돈을 관리했다. 되도록 그의 가족을 위해 쓰고, 여윳돈은 충실하게 저축한 것이다. 앞으로 치러야 할 큰일들이 많았기 때문이다.

그러다가 내가 문학 박물관을 한다고 하자 그가 불안해하기 시작했다. 문학관은 우리가 하기에는 너무 벅찬 사업이었기 때문에, 자칫하면 가정경제를 불안하게 만들 위험이 있었기 때문이다. 그는 자기식으로 하는 최고의 문학관을 생각하고 있었을 것이니 더 불안할 수밖에 없었을 것이다. 아버지가 사업을 하다 망한 기억이 트라우마가 되어 있어서 그는 재정적 불안정을 견디지 못한다. 내가 자기 아버지 같은 일을 할까 봐 편치 못했던 것이다. 2007년에 지금의 문학관을 새로 지을 때는 그 불안이 절정에 달했다. 건축비가 모자라서 빚을 져야 했기 때문이다.

그래서 결단을 내렸다. 그 집만 지으면 우리는 이제 목돈이 필요 없는 자유로운 신세가 된다. 그때 우리는 일흔이 넘었으니 우리가 담당했던 큰일들은 거의 다 끝난 뒤였다. 공부가 끝나서 아이들이 자립해 나갔고, 어른들 병치레도 끝났으며, 더는 집을 늘릴 필요도 없어서, 나의 긴축정책이 지속될 이유가 없었다. 그래서 내게는 생활비만 주고 나머지는 자신이 직접 관리하도록 결단을 내려버렸다. 어차피 그때까지 모은 재산은 문학관 짓는 데 다 들어갔으니, 새로 경제계획을 짜야 할 형편이어서 기회도 좋았다.

재산 관리권을 가지는 것은 물론 신나는 일이다. 우리 집처럼 계속 상승세를 타고 있는 경우는 더 그렇다. 어제보다 오늘이 나아지고, 어제보다 오늘이 편해지니, 살기가 나날이 좋아지기 때문이다. 돈보다도 한 사람이 자기 소유를 전부 맡기고 있다는 신뢰감이 더 달가워서 여러 가지로 그에게 고마웠다. 하지만 그건 내게만 해당되는 일이다. 주는 쪽은 늘 손에 남는 것이 없으니 허망했을 것 아닌가. 그뿐 아니다. 나이가 들어 운전이 어려워지니 나도 자산 관리가 힘들어졌다. 그에게는 자잘한 수입이 많다. 잠깐 코멘트를 해도 몇 푼의 사례금은 나오는데, 그런 영수증까지 다 챙겨서 세무 보고를 하는 것 같은 일은 재미없고 버거웠다. 노상 은행에 들락거리며 살아야 하는 것도 더는 하고 싶지 않았다. 소비 지수가 낮고 몸도 약한 내가 그런 일을 하면서 살아야 할 이유가 이제는 없었다.

그뿐 아니다. 생각해보면 경조사 관리, 가족 관리, 재산 관리 같은 것은 귀찮고 번거로운 일이긴 하지만, 만약 그런 고달픔과 번거로움이 삶의 본질과 유착되어 있는 것이라면, 그것을 감당하는 것이 자기 몫의 삶을 제대로 사는 방법일 것 같기도 했다. 그래서 마지막 남은 시기만이라도 자신의 수입을 자기가 관리하며 살게 하려 했다. 거기 수반되는 번거로움까지 감당하면서, 소유가 주는 긍정적인 점도 직접 누리는 것이 합당할 것 같았다. 그래서 나는 가이사의 것을 가이사에게 돌려주었다. 2008년의 일이다. 월급만 내게 주기로 했는데, 신문사 상임 고문은 월급이 많아서 나는 그거면 충분했다.

그는 내게 돈 주는 것을 좋아하니까 신문사를 그만둔 후에도 같은 액수를 보내주겠다고 고집해서, 나는 부족함이 없는 한가한 주부가 되었다. 덤으로 시간이 많이 남았다. 그래서 밀려 있던 글쓰기를 시작했다. 책을 쓸 수 있게 되니 사는 것이 즐거웠다. 읽고 쓰는 것만 하며 단순하게 살고 싶던 꿈이 드디어 이루어진 것이다.

2015년 암에 걸린 후에는 그가 건강 문제도 자신이 직접 챙기겠다고 선언했다. 내가 자주 앓아서 병에 대해 무신경해져서 새로운 정보 같은 것을 잘 챙기지 못하는 편이니까, 자기가 직접 관리하는 것도 괜찮을 것 같았다. 그는 철저한 성격이어서 암에 걸리더니 어느새 암 전문가가 되어 있어, 모든 섭생과 치료법에 통달해 있었다. 다행히도 그는 바탕이 건강해서 식욕도 나보다 못하지 않은 세월이 상당히 길었고, 병원 치료를 안 받는 대신 몸 관리는 철저히 했다. 나는 그가 잠 잘 오는 매트나 환자용 특수 잠옷 같은 것에 대한 새 정보를 찾아내면 구해다 주기만 하면 되었다. 그러면서 나는 나대로 그의 병의 진행을 신중하게 점검했다. 아침에는 입술 색을 살피고, 저녁에는 걸음걸이를 체크해서 건강 지수를 알아냈고, 그의 상태를 주시하면서 부족한 부분을 메꾸어갔다. 그는 기력이 줄어들어가서 복잡한 것을 힘들어하니까, 가능하면 그가 원하는 일을 조건 없이 받아들여주려는 결정도 내렸다. 아플 때는 의견을 바꿀 힘도 없다는 것을 알고 있었기 때문이다.

문제는 음식이었다. 체중이 나날이 줄어가니 싫다고 안 먹으면 당장 티가 난다. 그러니 그 문제는 복종만 하고 있을 수 없다. 그런데 음식을 권하는 걸 환자들은 마치 자기를 해치는 일처럼 끔찍해하니, 그 일로 자꾸 부딪히게 된다. 하지만 먹지 않으면 죽으니 가만히 보고 있을 수 없어서 나중에는 "안 먹으면 죽어요, 죽는다구요!" 하고 비명을 지르게 된다. 하지만 "안 먹는 게 아니야. 못 먹는 거야" 하고 조용히 말하면 할 말이 없다. 그 말이 사실임을 알기 때문이다. 음식으로 인해 나는 미운털이 크게 박혔다. 자신의 의견을 거역하는 것으로 받아들인 모양이다. 하지만 그가 너무 완강하게 거부하니까 마지막에는 손을 들 수밖에 없었다. 주사도 안 맞으면서 음식을 거부하니 손쓸 방법이 없었다. 말기 환자여서 영양 주사를 맞는 시간이 열 시간이나 걸리는데, 두 대를 맞으며 살펴보니까, 한 번 맞으면 겨우 3일을 연장하더란다. 그런 시간이 무슨 의미가 있느냐면서 주사를 가지고 온 사람을 방에 들여놓지 않았다. 그렇다고 보고만 있을 수도 없으니 미칠 지경이다. 얼마 남지 않은 생명이니, 가능하면 당신이 원하는 대로 해드리고 싶은데, 음식만은 방치할 수 없으니 그게 제일 힘들었다.

그러니 무언가 수를 써야 했다. 식사를 혼자 하지 않게 하는 것도 방법 중의 하나였다. 가뜩이나 식욕이 없는데 혼자 식탁에 앉으면 식사량이 더 준다. 위가 나빠서 평생 맛있게 음식을 먹어 본 일이 없는 편인 나는, 그가 한 숟갈이라도 영양을 더 섭취하게 하려고 음식을 맛있게 먹는 체하는 연기까지 한다. 내가 무언가를 열심히 먹고 있으면 그의 수저도 따라오기 때문이다. 식단을 바꾸고 그릇을 바꾸는 것도 눈치 안 채게 하는 식욕 증진책의 하나였다. 양을 적게 보이게 하는 작은 그릇에 담는 것도 방법 중의 하나였다. 작은 커피 잔에 잣죽을 담아 드리면 남기지 않는다는 것을 알아냈기 때문이다. 도둑질하듯이 그런 소극적인 방법을 몰래 쓰면서, 나는 표면적으로는 그에게 간섭을 하지 않는 훈련을 해나갔다.

그렇게 해서 그는 처음으로 내 간섭에서 벗어난 완전한 자유인이 되었다. 자유는 고독을 수반하니 외로움은 배가될 것이지만, 혼자 있는 시간을 너무나 간절하게 갈망하니 그것도 감수했다. 그러면서 나는 되도록 생활을 단순화하고, 집 안에 있는 시간을 늘리려고 애를 썼다. 정말로 간절하게 만나고 싶은 사람이 아니면 손을 끊었고, 식품 이외에는 물건 사기를 그만두었으며, 건강검진도 그만두고 병이 있는 부분만 체크하면서 나들이를 최대한으로 줄였다. 세상을 떠나기 1년 전까지 그는 정상인처럼 사람도 만나고 글도 썼으니 그가 외출하는 시간에만 바깥일을 조금씩 처리하면서, 우리 집은 심해深海처럼 조용해졌다. 아픈 노인 둘이 종일 90년 살아온 자취를 정리하고 책 읽고 글 쓰는 일만 하면서 사는 단조로운 생활이 계속된 것이다.

모든 일을 자기 위주로만 처리하려 하고 되도록 혼자 있고 싶어 하는 그런 남편은 이웃집 하숙생 같아서 생소하게 느껴졌지만, 남은 시간이 얼마 없으니 모두 양보하기로 했다. 무조건 복종을 하니 의견 충돌이 생길 기회가 줄어서 우리는 한동안 평화롭게 공존했다. 그건 외로운 시간이 많아진다는 뜻도 된다. 혼자 있고 싶으면 외로운 것은 당연한 일이기 때문이다. 그런데도 그는 그 고독을 잘 견뎌냈다. 글을 쓰기 위해서였다.

살아온 자취를 정리하는 일도 어렵기는 마찬가지였다. 제가끔 자기 일을 해가면서 7년을 그 작업을 계속했는데도 할 일이 '하고 하고'[8] '많고 많고'다. 그는 암이지만 나는 잔병이 많아 종합병원형인 데다가 잘 넘어지는 타입이니 누가 먼저 갈지는 예측할 수 없었다. 하지만 언제 죽을지는 알 수 없어도, 확실한 것이 있다. 머지않아 우리는 둘 다 눈과 귀가 어두워질 것이고, 걷는 일도 불가능해지리라는 사실이다. 나이가 아흔이 가까워오기 때문이다. 그러니 죽음에 대한 예습이 필요하다. 자기 일을 자기가 정리하는 마지막 작업을 통해서, 어쩌면 우리는 지금 이별에 대한 예행연습을 하고 있는 건지도 모른다.

어차피 우리가 앞으로 가야 할 길은 배우자의 손을 잡고 같이 갈 수 있는 곳이 아니다. 옆에서 누군가가 무얼 챙겨줄 수 있는 여행길도 역시 아니다. 그건 누구의 도움을 받을 수 없는 절대고독의 행로여서, 누구도 도움을 주기 어렵다. 이집트의 저승 그림을 보면 사후에 가는 여정은 험난하고 멀던데, 그 먼 길을 혼자 갈 일이 숙제처럼 우리 앞을 가로막고 있다. 죽음은 체험할 수 없는 영원한 미지수여서 예측이 어렵다. 하지만 확실한 것이

---

8 '하고'는 '많고'의 고어이다.

있다. 먼저 가는 사람이 복이 있다는 것이다.

우리의 가장 나종 지니인 것[9]

2021년 8월

아이들은 때가 되면 떠나고, 부부는 다시 둘만의 세계로 돌아간다. 은퇴를 하니 시간에 쫓기지 않아도 되는 데다가 아이들에게 방해받는 일도 없어져서, 우리는 노년에 자기가 원하는 일을 하면서 하고 싶은 말을 주고받는 신혼기의 패턴으로 환원되었다. 그렇게 20여 년을 둘이서만 살았다. 그 기간이 좋았다.

문제는 건강이다. 나는 혈압이 높아져서 2003년부터는 고혈압 환자가 되어 있었다. 이어령 씨는 듣는 사람이 하나밖에 없을 때도 '큰 소리로, 오랫동안, 열정적으로' 말하는 습관이 있다. 그는 자신의 담론에 몰두하는 형이기 때문에, 아무 때나 소리가 커지고 진지하다. 우리는 앞산을 보기 위해 나란히 앉아 밥을 먹는데, 바로 옆에 상대가 있어도 그의 성량은 줄지 않으니 오래 듣고 있으면 나는 머리가 울리기 시작한다. 혈압이 높아지기 때문

---

9 박완서의 소설 『나의 가장 나종 지니인 것』에서 따온 것으로, '우리가 가진 가장 소중한 것'이라는 뜻이다.

이다. 그래도 정말로 마지막이라는 느낌이 드는 날들이 다가오니, 나는 그의 말들을 명심해서 열심히 경청했다. 그와의 대화가 너무 소중하게 생각되었기 때문이다. 마지막 시기에는 늙어서 들은 말을 잊어버리는 일이 잦으니까 노트를 놓고 메모를 하면서 들었다. 아무리 아프거나 기력이 없을 때도 그는 말을 할 때는 언제나 진지하게, 열정적으로 하니 활기차 보인다. 많이 아플 때도 마찬가지다. 그러니까 마지막 시기에도 문병객들은 그가 혼신의 힘을 짜내서 말하는 것을 보고 아직 정정하다고 안심한다. 보내고 나면 탈진해서 쓰러지는 걸 모르는 것이다. 그래도 말하는 시간만은 생기가 돌아오니, 나는 그가 떠나기 전날까지 사람들을 만나는 것을 말리지 않았다.

마지막 무렵에 그는 살이 빠져서 눈이 아주 커졌다. 많이 쉬니 눈의 흰자위는 갓난애같이 맑아지고, 눈빛은 형형하게 빛나며 빛을 뿜어서, 하얀 명주옷을 입고 있으면 영혼만 있는 사람같이 맑아 보였다. 그 모습이 특이한 아름다움으로 다가왔다. 김용호 선생이 마지막 사진을 찍던 무렵의 일이다. 그 무렵에는 하는 말에도 범상한 것이 없었다. 죽음을 생각하는 깊은 곳에서 스며 나온 영혼의 소리였기 때문이다.

고맙게도 그는 마지막에 가서 삶을 바라보는 눈이 많이 낙관적이 되었다. 가족과 친지들, 자신이 소유한 재능과 물질들이 모두 신이 준 선물처럼 귀하게 받아들여지고 있었고, 인간의 선함에 대한 믿음도 짙어갔다. 누구에게 무언가를 주는 것을 좋아해서, 손님들에게 선물을 주려고 인삼 캔디를 잔뜩 사다 놓고 살았으며, 갓을 쓰던 시절의 할아버지들처럼 덕담도 자주 했다. 그가 제일 섭섭해하는 것은 죽어가는 사람을 보고 정정하다고 하는 말이었다. 사실 손님들은 그와는 너무 먼 곳에 서 있었다. 가족도 마찬가지다. 그들은 모두 내일이 있는 사람들이다. 삶을 보는 눈에 격차가 있다. 내일이 확보된 사람들을 보내고 나면, 내일이 있을 것을 믿기 어려워진 환자는 더 깊은 외로움에 자지러진다. 하지만 그는 끝까지 사람들이 오는 것을 많이 반가워했다. 고마워해야 할 일이다.

내가 가진 가장 좋은 것을 다 주고 싶었던 그 사람이, 지금 많이 아프다. 암이 복막 전체에 퍼져 있다고 한다. 체중이 20킬로나 줄고, 종아리가 돌처럼 부어 있으며, 오후에는 미열이 난다. 변비와 불면증과 식욕부진……. 손이 시려서 손담요까지 필요하고, 몸의 지방은 거의 모두 사위어서 얼굴은 정말로 뼈만 남아 있다. 누가 말끔하게 살을 발라낸 것처럼 뼈만 남은 것을 지켜보는 세월은 지옥이다. 7년이나 약을 쓰지 않고 길러놓은 암이 드디어 마지막 횡포를 부릴 모양이다. 요즘은 너무 여위고 너무 아파해서 붙잡고 우는 꿈을 자주 꾼다. 체중이 20킬로나 주는 길고 긴 암과의 싸움이 종막에 가까워오는 모양이다. 몸이 부한 편이었던 그는 그 긴 세월 동안 나날이 몸이 줄어들어갔다. 자신의 몸에 있는 지방과 영양을 다 소모시켜가면서 인간은 마지막 날들을 견딘다. 몸이 미니멈으로 줄어든다. 살집과 함께, 근육과 함께, 목숨이 줄어들어가는 것이 환히 보이는 세월이다.

의사가 수술을 권한다. 마지막 기회란다. 그냥 두면 아무 부위에서나 장폐색이 일어날 가능성이 많고, 끔찍한 고통이 수반되리라는 예언이다. 암이 넓은 복막에 다 퍼져 있어서 언제 어디를 공격할지 모르니 수술은 불가피하다는 것이다. 하지만 수술한다고 나을 병이 아닌데 리스크가 너무 크니 판단이 서지 않는다. 이미 그는 수술을 감당할 체력이 없어 보이기 때문이다. 하지만 안 했다가 장폐색이 당장 오면 그때는 어떻게 하느냐 말이다. 그도 나도 결정을 못 내려 날마다 가슴이 무너진다.

우리는 지금 날마다 조금씩 이별 앞으로 다가가고 있다. 그래서 저녁때마다 "오늘도 살아 있어 고마워요" 하고 감사 기도를 하면서 하루치씩 견딘다. 그가 아직 살아서 걸어다니는 것이 특혜나 받은 것처럼 진심으로 감사하다. 지금 내가 그에게 바라는 것은 계단을 오르내릴 만한 다리의 힘과, 누워서라도 책을 읽으면서 지적 활동을 계속할 수 있는 인식 능력이다. 걸을 수 없으면 인간은 이미 호모 에렉투스(직립 인간)일 수가 없다. 사고 능력을 잃으면 인간은 이미 호모 사피엔스(생각하는 인간)일 수도 없다. 호모 사피엔스가 아니라면 이어령은 없는 것과 마찬가지다. 그는 호모 사피엔스이기 위해 험난한 창조의 길을 힘든 줄 모르고 걸어왔다. 그래서 나중에 그가 더 이상 걸을 수 없게 되던 날, 우리는 마주 잡고 큰 소리로 통곡했다. 섬망증이 올 것 같은 예감이 들던 날도 마찬가지다. 그는 머리에 무게가 다 실려 있는 사색인인데, 그 아까운 머리가, 그 아까운 머리가 분해되려 말랑거리고 있었던 것이다.

요즈음은 그가 계단을 걸어서 내려오면 나는 매번 신에게 감사한다. 우여곡절을 겪기도 했지만, 그가 마지막까지 헛소리를 하지 않고 맑은 정신으로 있는 것도 신에게 감사를 드려야 할 항목이다. 우리의 가장 나종 지니인 것, 그것은 박완서 씨 말대로 결국은 육체다. 육체가 없으면 정신은 머물 곳을 상실하기 때문에, 인간이 인간이 되려면 다리와 머리가 모두 필요하다. 그 다리와 머리를 위해, 영혼을 다 바쳐 날마다 기도를 드린다.

유목민들은 밝게 갠 날 고통이 가장 적은 방법으로 사랑하던 가축을 죽인다고 한다. 인간에게도 그런 마지막을 배려해줄 자비로운 신이 있었으면 좋겠다.

나에게 그대는

2021년 8월

결벽증이 심한 나는 그의 결벽증이 좋아서 그와 결혼을 했다. 내가 싫어하는 지저분한 짓을 하지 않을 것 같아서였다.

예민한 나는 그의 민감함이 좋아서 그와 결혼을 했다. 내 감정의 흐름을 즉각 감지하는 그 예민함이, 손뼉이 마주칠 때처럼 공감대를 만들어주기 때문이다.

거짓말을 싫어하는 나는 그의 솔직함이 좋아서 그와 결혼을 했다. 그와 나 사이에 비밀이 없을 것 같아서였다. 그는 자기 안에 있는 감정을 감출 줄 몰라서 자신에게 불리한 정보도 다 털어놓는 사람이다. 밖에서는 그 점이 약점이 될 수도 있다. 그 정보를 악용할 사람이 있을 수 있기 때문이다. 하지만 나는 그 점을 높이 샀다. 속이지 않는다는 것은 인간관계의 기반이기 때문이다.

그의 균형 잡힌 얼굴이 좋아서 나는 그와 결혼했다. 평생 그의 아름다운 눈과 코를 볼 수 있는 복을 누리기 위해서였다. 하지만 제일 좋아하는 것은 그의 빛나는 눈빛과 지칠 줄 모르는 호기심, 그리고 미래를 예시하는 투시력이다. 그는 마를 줄 모르는 정열을 가진 타고난 창조자이다. 우리 어머니는 그것을 박력이라고 불렀다. "한 대 맞더라도 박력 있는 남자를 골라라" 하던 어머니는 이어령 씨의 박력을 아주 높이 평가했다. 나도 그랬다.

하지만 가장 중요했던 것은 역시 사랑에 대한 확신이다. 어느 날 자다가 벌떡 일어나더니 그가 다급하게 나를 부르면서 화장실로 달려갔다. 위가 약해서 화장실에서 위경련을 자주 일으켰더니 그게 옵세션이 되어서 꿈에까지 나타난 모양이다. 그때 그 목소리의 절박함이 나를 감동시켰다. 한때는 내가 죽으면 세상이 없어지는 줄 알던 사람……. 그는 나를 편하게 하지 않는 까다로운 남편이고, 과민하며, 늘 비관적인 사람이다. 그는 내가 힘들 때 현실적인 도움을 줄 줄 모르는 서툰 남편이기도 하고, 글이 써지지 않으면 아무 때나 소리를 지르는 신경질형 신랑이기도 했다. 하지만 그의 내면에는 나의 소멸에 대한 공포가 늘 자리 잡고 있었다. 그건 사랑이다. 그는 내게 성실한 남편이었고, 책임감 있는 가장이었다. 나를 기쁘게 하기 위해서 돈이 필요했던 사람. 언제 어디서나 내가 사라지는 것을 많이 두려워하던 사람. 여자가 "길쌈 베 버리고"(서경별곡) 따라나서게 만드는 원동력은 결국은 사랑이다.

2 마지막 무렵에도 그는 여전히 누군가와 이야기하는 것을 좋아했다. 컴퓨터의 더블클릭이 안 돼서 글을 못 쓰게 되니까, 전문적으로 인터뷰를 해서 대담집을 만들기도 하고, 손님들이 오시면 예전처럼 '단독 과외'를 하기도 했다. 현기증이 나서 어지러워하다가도 대화 상대가 나타나면 생기가 살아나니, 나도 그가 손님들과 만나는 것을 좋아했다.

모놀로그와 다이얼로그

2024년 1월

다변증

「소설가 구보 씨의 일일」을 보면, 웨이트리스들과 카페에 앉아 수다를 떨고 있던 구보가 갑자기 주변에 있는 사람들을 모두 정신병자로 모는 장면이 나온다. 언어도착증, 과대망상증, 여급음란증, 지리멸렬증, 질투망상증, 병적기행증, 병적낭비증……. 그가 주변 사람들이 걸린 정신병의 이름을 막 주워섬기자, 여자 하나가 "그럼 세상에서 정신병자 아닌 사람은 선생님 한 사람뿐이겠네"라며 끼어든다. 구보는 고개를 흔든다. 자신도 정신병자라면서, 자기 병명은 '다변증多辯症'이라고 대답한다. 종일 아무나 붙잡고 끝없이 떠드는 것이 자신의 정신병이라는 것이다.

자신을 다변증 환자라고 생각하는 사람은 구보만이 아닌 것 같다. 어떤 사람은 그것을 '건담가健談家'라는 점잖은 이름으로 불렀고, 내 친구들은 그것을 '수다'라고 규정했다. 어찌 그들뿐이겠는가? 사람은 누구나 다변증 증세를 조금씩은 가지고 있다. 말소리가 울려 시끄럽게 들리는 목욕탕에서도 줄기차게 말을 계속하는 여인들도 있고, 머리를 풀어헤친 채 말 상대를 찾아 거리로 뛰쳐나가는 망령 난 노인도 있다. 미국에 있는 시인에게 원고 청탁 전화를 건 어느 기자는, 집을 혼자 지키던 그분 어머니에게 붙잡혀 곤욕을 치렀다는 말을 들었다. 그분이 혼자 말을 하는 일을 좀처럼 끝내지 않아서 엄청난 전화비를 물었다는 것이다. 고대 그리스 남자들은 더했다. 일은 노예와 여자에게 맡기고 종일 아고라에 나가 토론을 하면서 시간을 보냈다 하니, 사람은 거의 다 다변증 환자라고 할 수 있다.

하지만 말이라고 해서 다 같은 것은 아니다. 목욕탕에서 떠드는 말은 일상적인 잡담이다. 하지만 아고라에서 토론하는 것은 삶의 본질에 관한 지적, 추상적 담론이다. 구보의 다변증은 후자에 속한다. 문인들 중에는 다변증 환자가 더 많다. 생각이 머릿속에서 들끓고 있을 것이니, 그걸 말이나 글자로 배설하고 싶은 욕망이 남들보다 강한 모양이다. 그래서 일제시대에 일본 작가들은 가루이자와 같은 휴양지에 별장을 짓고 말이 통하는 사람끼리 모여서 아예 한철을 같이 보냈다고 한다. 프랑스에서도 문인들은 살롱의 단골 화자話者였으며, 에밀 졸라 같은 작가는 메단에 있는 별장에서 아예 주기적으로 제자들과 담화를 주고받는 모임까지 가졌다 한다.

이어령 선생도 예외가 아니다. 그는 말 많이 하는 것으로 이름이 나 있다. 그의 병도 구보나 졸라처럼 다변증이다. 그가 세상에서 가장 즐거워하는 일이 누군가와 이야기를 나누는 것이다. 혼자 말하는 강의를 수십 년 동안 해오면서, 혼자 하는 강연도 그렇게 많이 하고 있으면서, 그래도 하고 싶은 말이 계속 남아서 그는 허기진 사람처럼 자기 말을 들어줄 사람이 필요하다. 대화의 패턴은 다양하다. 어떤 때는 대화가 되지만 어떤 때는 단독 강의가 되기 때문이다. 일대일의 경우에는 대화가 되기 쉽다. 하지만 청중이 여럿이면 사정이 달라진다. 처음에는 물론 대화 형태로 담론이 시작된다. 하지만 잡담을 하는 것이 아니니까 자기가 하던 말을 마무리 지어야 해서, 하다 보면 어느새 혼자 하는 말이 길어진다. 그래서 '단독 강의'로 변한다는 것이 동참자들의 증언이다. 그는 언제나 진지하게 이야기를 하기 때문에 듣는 이가 하나밖에 없을 때도 '큰 소리로, 온 힘을 다해, 열정적으로' 자신의 생각을 열어 보인다. 그런 때가 그의 모습이 가장 빛나는 시간이다. 그가 선호하는 화두는 지적이고 추상적인 것이다. 다행히도 그것은 항상 참신하다. 다른 데서는 듣기 어려운 토픽도 많다. 그러니까 듣는 사람이 "주옥같은 말씀을 들었다"든가, "독과외를 받았다"면서 좋게 받아들이는 경우가 많다.

나는 아직까지 대한민국에서 그만치 담소를 즐기고 사랑하는 이를 보지 못했다. 그의 담론은 동서고금을 종횡무진 막힘이 없이 해박하고, 신랄하고, 반짝이고, 자신만만하고, 팔팔 생동감이 넘쳤다. 그러나 그 모든 것보다 값진 그의 담론의 미덕은, 듣는 이를 싫증이 안 나게 하는 데 있다.[1]

선생님의 시선이 빛을 발하면서 빠른 손가락이 허공을 찌르고 입이 열리면, 사방에 어지럽게 흐트러져 있던 사람, 사물, 현상, 관념, 흐름, 엉킴…… 이런 모든 것이 돌연 사령관의 신호나 구령에 따르듯이 두 줄로 재빨리 제자리를 찾아 도열하는 느낌이 든다. (……) 관념과 관념이 대립하고 관념과 현상이 조응한다. 추상화를 위하여 다양한 우화와 일화가 동원된다. 폭넓은 교양과 기발한 착상과 신기한 기억력이 압권이다. 글의 제목만 보아도 그 수사의

---

1 박완서, 「물 만난 물고기」, 『64가지 만남의 방식』, p. 330.

틀이 엿보인다.[2]

이 글들은 선배와 제자가 그의 담화를 긍정적으로 본 경우를 대표한다. 그분들의 말씀대로 이어령은 담화를 즐기는 사람이고, 그의 담화는 새롭고 재미가 있으며, 논리가 정연하다. 그는 어렵고 복잡한 이야기도 쉽고 재미있게 말하는 비법을 가지고 있다. 같은 말을 되풀이하는 일도 드물다. 날마다 만나도 새로운 화두로 이야기하는 것도 그의 매력 중의 하나로 꼽힌다.

하지만 문제가 있다. 처음에는 대화로 시작되는 담화가 곧 그의 단독 과외가 되어 길어지는 점이다. 사람은 누구나 하고 싶은 말이 많기 때문에, 혼자 길게 말하는 사람을 좋아하지 않는다. 사람들은 누구나 말하고 싶은 욕망에 시달리고 있다. 낮에 하고 싶은 말을 못 하면, 잠꼬대로라도 해야 하는 것이 인간이다. 박경리 선생 어머니처럼 말할 사람이 없으면 개나 고양이라도 붙잡고 이야기를 해야 한다.[3] 그러니 혼자만 길게 말하는 것은 인기가 없다. 앞에서 예찬론을 편 제자가 이 선생의 독과외에 대하

---

2 김화영, 「화전민의 달변과 침묵」, 같은 책, p. 366.

3 박경리, 『Q씨에게』.

여 불평하는 소리를 낸 건 그 때문이다.

그러나 달변이나 수사의 탁월한 자질은 함정이 될 수도 있다. 나처럼 이미 이심전심이 되어 공감하고 감탄하는 사람에게도 때로는 적절한 침묵의 기다림이 더 감동적일 것 같다고 느껴지는 때가 있는 것이다. 또 대화가 이루어지려면 때로는 경청하기만 하던 이쪽의 어눌하고 수줍은 목소리도 들려주고 싶을 때가 있는 법이다.[4]

자신도 그것을 알고 있어서, 조심하려고 하는데 잘 컨트롤이 안 되는 것 같다. 달변과 독과외는 서로 유착되어 있기 때문이다. 그래서 밤이 되면 자기 성찰의 시간이 필요해진다. 그래서 제자는 "그 달변의 선생님은 늦은 밤 불빛 아래서 홀로 얼마나 많은 침묵과 마음의 흔들림의 시간을 보내겠는가"라고 스승의 심중을 헤아려드린다. 그리고 그 "고독과 침묵과 마음의 흔들림을 우리 앞에서의 달변으로 가리는 것이 선생님 특유의 '수줍음'의 표시인지도 모르겠다"는 결론을 내린다.[5]

---

4 김화영, 같은 책, p. 367~368.

5 김화영, 같은 책, p. 368.

혼자 길게 떠드는 문제점이 있는데도 불구하고 그의 '단독 과외'는 인기가 있어서 『문학사상』 주간실에는 그의 말을 들으러 오는 손님이 많았다. 그런 손님 중의 한 분이 어느 날 그때 이 선생 말씀들을 녹음해서 책으로 남길걸 하고 애석해하셨다. 그것들을 남겨놓을걸 하는 생각은 나도 몇 번 했다. 1970~1980년대의 『문학사상』 주간실은 그가 방문객을 상대로 하는 특강실이나 다름없었는데, 그 희귀한 담화들이 기록이 전혀 없이 사라져버렸기 때문이다. 그는 아고라에 나가서 종일 토론으로 시간을 보내던 그리스 남자들처럼 항상 누구와 대화를 하고 싶어 했다. 담론의 자료는 '샘이 깊은 물'처럼 수량이 풍부하다. 말을 하면서 그는 자신의 사고를 정비하고, 말을 하면서 그는 날마다 자신의 머리를 새롭게 만들어가고 있었는지도 모른다.

마지막 무렵에도 그는 여전히 누군가와 이야기하는 것을 좋아했다. 컴퓨터의 더블클릭이 안 돼서 글을 못 쓰게 되니까, 전문적으로 인터뷰를 해서 대담집을 만들기도 하고, 손님들이 오시면 예전처럼 '단독 과외'를 하기도 했다. 병들어 자제력이 약해지니 독과외 시간이 길어져갔다. 하지만 현기증이 나서 어지러워하다가도 대화 상대가 나타나면 생기가 살아나니, 나도 그가 손님들과 만나는 것을 좋아했다. 사람에게는 빨리 늙는 부분과 늦게 늙는 부분이 있다고 한다. 머릿속의 지적 영역만은 마지막 날까지 사위지 않고 살아 있었던 것이 이 선생의 케이스였던 것 같다. 하지만 체중이 20킬로나 줄었으니 '크게, 오래, 열정적으로' 말하고 나면 당연하게도 몸이 까부라진다. 체력이 막 줄어갈 시기의 말기 환자는, 한번 까부라진 부분이 다시는 복원되지 못한다. 그래서 할 수 없이 손님들에게 면담 시간을 단축해주십사고 부탁을 한 일도 있다. 그래도 돌아가시기 이틀 전까지 그는 사람들을 만나 담소했다.

하지만 그렇다고 아무하고나 담소하기를 즐기는 것은 아니다. 이어령 선생처럼 이야기를 잘하고 즐기는 사람은 드문 것 같다고들 말하지만, 그건 지적이고 추상적인 이야기를 할 수 있는 대상에 국한된다. 그게 안 될 사람이 나타나면 그는 입을 다물고 열 생각을 하지 않는다. 보통 때도 그는 누구를 만나도 일상적인 이야기를 잘 하지 않는다. 잡담도 즐기지 않는다. 가십도 마찬가지다. 그가 몇 시간이라도 지치지 않고 계속하고 싶은 건 오직 지적 담화뿐이다. 그걸 그는 전력을 다해서 진지하게 추구한다. 그래서 말이 통하는 사람을 만나면 시간을 잊는다. 그가 원하는 것은 '새말 하기'와 '새말 주고받기'이다. 전자에 무게가 주어지면 그건 별수 없이 '단독 과외'가 된다. 하지만 후자에 무게가 주어지면 바람직한 대화가 된다. 그리고 생각보다는 '새말 주고받기'의 비중이 크다. 그런 대화는 둘만 만나거나 마음 맞는 사람

두세 명만 만나는 자리에서만 이루어지기 때문에 덜 알려져 있을 뿐이다.

그런데 옛날의 한국 선비들은 형이상학적 이야기나 진지한 토론을 하는 것을 별로 좋아하지 않았던 것 같다. 깊이 있는 토론은 더 즐기지 않은 것 같기도 하다. 왕조시대의 선비들은 관리가 되기 위해 공부한 사람들이니까, 정치에 대한 관심이 많아서, 삶의 본질이나 형이상학에는 관심이 적었는지도 모른다. 장유유서의 질서도 엄격했으니 재하자在下者는 토론자가 되기 어려워서, 동갑끼리가 아니면 어차피 진지한 토론은 하기 어려운 여건이기도 했다. 그러니 여럿이 모이는 자리에서는 되도록 깊이 있는 말을 하려 하지 않았다. 그 집 술맛을 칭찬하거나 정원을 예찬하는 것 같은 인사치레의 말이 아니면 덕담이나 주고받고 마니, 지적인 이야기는 하지 않게 되는 것이다. 우리나라에서는 내면적 이야기나 추상적 담론을 펼칠 자리가 마땅치 않았다. 말을 적게 하는 것을 미덕으로 생각하는 경향까지 있었기 때문이다. 그런데 이어령 선생은 진지하고 추상적인 이야기를 길게 하는 것을 좋아했으니, 그 점에서도 그는 덜 전통적이었다고 할 수 있다.

다행히도 이 선생에게는 그가 전하는 새롭고 기발한 담론에 목말라 있는 팬들이 많다. 그들은 부부처럼 오래 같이 있지 않으니 화제가 매너리즘에 빠지지 않는다. 가족이나 형제보다 훨씬 농도가 짙고 순수한 관계라고 할 수 있다. 나보다 연상인 어느 음악가는, 1950년대 초에 동방 살롱에서 이어령 씨가 친구들과 떠드는 말에 자극을 받아서, 파리에 유학을 가게 되었다고 한다. 옆자리에서 떠든 모르는 남학생의 담론이 그녀의 삶의 방향을 바꾼 것이다. 이화여대 제자 하나는 "소질이 있어 보이니 소설을 써보라"고 한 이 선생의 말 때문에 작가가 될 결심을 굳혔다고 했으며, 대학에 들어와 처음으로 그의 특강을 들은 어떤 여학생은, 2월의 추위 속에서 떨며 그가 강연을 끝내고 나오기를 기다렸다가 "선생님은 죽지 마세요!" 하고 절규했다는 감동적인 일화도 있다. 그건 지적 공감대로 연결되는 절실한 관계여서, 그런 사람들은 종일 이 선생이 혼자 이야기를 해도 자세도 흐트러뜨리지 않고 경청할 것 같다. 그의 모놀로그가 빛을 발할 자리다. 창조자와 향수자 사이의 공감대는 그렇게 넓고도 단단해서, 작가 중에는 팬과 결혼한 분들도 많다.

하지만 비슷한 생활을 수십 년 같이 하면 누구나 매너리즘에 빠지기 쉽다. 팬이라고 해도 다를 것이 없다. 그래서 열심히 들어줄 새로운 리스너를 갈망하게 된다. 아내와 남편은 세속적이며 습관화된 일상을 공유하는 관계여서, 추상적인 화두에는 적합하지 않은 파트너인 것 같다. 눈앞에 열을 내며 앓고 있는 아이가 있는데…… 지붕에서는 비가 새고 있는데…… 추상적인 이야기를 경청할 여유가 있을 리 없기 때문이다.

다이얼로그의 씨앗

하지만 독과외를 한다고 소문이 나 있는 이어령 선생도 만나서 긴 대화를 나누는 분들이 꽤 있었다. 대화를 나누는 대상에는 종교 전문가, 철학자, 과학자, 예술가와 같이 자신과는 전공이 다른, 이질적인 세계의 인물들이 많았다. 그리고 대부분 단둘이 오랜 시간 말하기 위해서 만나는 케이스였다. 이어령 선생은 원래 종교에 대한 관심이 많아서, 시간이 가는 줄 모르고 긴 대화를 나누는 대상에는 종교인들이 많았다. 그러니 그분들과는 '새말 주고받기'의 패턴이 생겨난다. 그중에서도 가장 많은 대화를 나눈 분은 강원용 목사였다. 목사님과 이야기할 때 이어령 씨는 아무리 상대방의 말이 길어도 끼어드는 법이 없었다. 재미있으니까 열심히 경청하는 좋은 리스너가 되는 것이다. 목사님도 마찬가지였다. 거의 예외 없이 목사님은 이어령 씨의 긴 담화를 끝까지 조용히 들으신다. 호기심을 가지고 즐겁게 끝까지 들어주는 것이다. 목사님과 이어령 씨는 모두 독과외를 잘하는 다변증 환자들인데, 서로가 상대방의 담론을 끝까지 다 들어주면서, 자기 말도 하고 싶은 걸 다 하며 주고받는 것이 아주 많은 특별한 파트너였다. 지명관 선생이나 이양구 사장도 마찬가지였다. 동양철학을 좋아하는 이양구 사장과 그분의 별장에 주말이면 모여서 밤을 새우며 대화를 주고받던 날들이 생각난다.

화가 중에도 대화 파트너인 친구가 많았다. 이우환, 변종하, 이종상, 김병종 같은 분들이다. 문인들 중에서 단독으로 만나 긴 이야기를 누는 상대는 김승옥, 최인훈, 고은, 최인호, 유현종, 이광훈 같은 사람들이었다. 최인훈 씨와 말이 잘 맞아서 한때는 휴가 올 때마다 주말을 같이 보내던 생각이 난다. 김남조, 김승희, 최윤, 서영은, 이명자 등 여성 문인들과, 『문학사상』의 해외 특파원들과도 '새말 주고받기식' 대화가 잦았다. 재학 중에는 타과 학생 중에 같이 자며 떠드는 친구들이 많았다. 걸핏하면 같이 밤을 새우면서 그들은 긴 토론으로 그 시간을 채웠다. 수학과, 철학과, 생물학과, 불문과에는 내가 아는 분들도 있다. 국문과에서 교류가 잦았던 그룹은 대학 1, 2년 후배들이었다. 교류가 길어 노년에도 자주 어울렸다.

그런가 하면 때로는 목수나 컴퓨터 수리공과도 긴 대화를 나누기를 잘한다. 이어령 씨는 전문가를 좋아했기 때문에 어느 분야든 일인자를 만나면 대화가 길어졌다. 네오필리아인 그는 새로운 세계를 아는 것을 좋아해서, 새로운 말을 해주는 사람이나 생각과 사물을 보는 시각이 다른 예술가들과 만나면 행복해했다. 자신이 혼자 터득한 견해가 전문가의 견해와 부합하는 부분이 있으면 희열을 느끼는 이어령 씨는, 새로운 토픽을 탐색하는 일을 즐겼기 때문에, 먼 분야의 전문가를 좋아한 것이다. 제자들도 마찬가지다. 그들의 젊은 목소리는 많은 것을 그에게 계시했다. 문리대 강사로 나가던 1960년대에는 이 선생이 비교적 한가한 때여서 강의실보다 다방에서 제자들과 담론하는 시간이 더 많았다고 한다. 축복받은 시기이다.

'새말 하고 새말 듣는' 대상을 만나는 시간은, 날마다 조금씩 자신을 키워가는, 창조의 원동력이 될 수 있는 자양분을 얻는 시간이었던 것 같다. 구보나 상허[6]가 과학도인 이상과 궁합이 잘 맞은 이유도 같은 곳에 있었을 것 같다. 대화는 살아 있는 대상과 함께 진리를 탐색하는 길이라 할 수 있다.

---

6 이태준의 호.

장관 이어령의 희한한 이벤트들

2023년 12월

이벤트의 신선도

원래 문화부는 행사가 많은 부서인데, 이어령 장관 때는 행사가 더 많았다. 장관이 방송사에 아이디어를 빌려주어 예산 외의 행사를 계속 만들어냈기 때문이다. 그래서 이벤트 장관이라는 말을 듣기도 했다. 확실히 이벤트는 많았다. 이어령 씨는 일 욕심이 많은 인물이다. 하지만 과보다는 공이 컸다고 본다. 그건 이어령 씨가 아니면 생각해낼 수 없는 독창적인 이벤트들이었고, 한국 문화의 본질에 뿌리가 닿아 있는 것들이었기 때문이다.

이어령 씨는 운이 좋게도 삼국의 문화가 뒤섞여 있던 중부지방에서 자라서, 한국 문화에 대한 조예가 깊다. 한국의 기층 문화가 가장 많이 남아 있던 고장이 중부지방이었기 때문이다. 그런데다가 그는 한국문학을 전공한 국문학자다. 그래서 일반인들이 잘 모르는 한국 문화의 진수를 알고 있었고, 그것을 가장 모던한 방법으로 창출할 감수성을 가지고 있었다. 그는 네오필리아여서 1990년대인데도 취임하자마자 직원들에게 컴퓨터를 사용하도록 권장했으며, 올림픽에서도 30여 개 국어로 동시통역이 되는 보도 방법을 창출해냈다. 네오필리아 성향과 전통이 합작해서 새로운 이벤트를 계속 만들어낼 원천을 형성시킨 것이다.

사실 이 장관은 이벤트를 기획하는 측면에서도 남과 다른 감각을 가지고 있어서, 올림픽 이후에는 큰 국제적인 행사에 그의 입김이 닿지 않은 곳이 없을 정도였다. 올림픽 때만 해도 그렇다. 사람들은 굴렁쇠 소년 하나만 기억하고 있지만, 올림픽 구석구석에 그의 새로운 아이디어가 배어 있다. 그래서 알려지지 않은 에피소드가 많다. 이어령 씨는 그 큰 행사를 용의 이미지를 완전히 걷어내는 데서부터 시작했다. 부채도 마찬가지다. 중국과 일본을 상징하는 그 두 가지를 배제해서 그는 구석구석에 스며 있던 중국 냄새와 일본 냄새를 걷어내는 데 성공했다. 그리고 가장 한국적인 것들을 발굴해냈다. 한국 사람도 잊고 있던 우리 문화의 진수들을 찾아내서 그 자리에 대체시킨 것이다. 폐회식에 나오는 '돌아가는 배'의 일렁이는 풍류, 고 놀이의 역동성을 부각시키면서 그 평화적인 놀이 정신을 보여준 것, 매스게임의 동선을 나선형으로 만들어서 자유로운 분위기를 창출한 것, '벽을 넘어서'라는 주제를 선정한 것 등은 그가 우리 문화의 진수를 알고 있어서 가능한 선택들이었다. 그중에서도 '벽을 넘어서'라는 주제는 빛을 발했다. 온 세계에서 좌익과 우익이 피투성이가 되어 싸우던 시기에, 그는 이념의 벽을 넘어서, 빈부의 벽도 넘어서, 애초에 올림픽 정신이 지향했던 평등과 화합의 자리를 만들고 싶어한 것이다. 그래서 공산국가의 선수들도 동참하게 만드는 성과를 거두었다. 동서독이 벽을 허무는 극적인 자리에서 사람들이 우리의 올림픽 노래 〈벽을 넘어서〉를 합창하게 만들어서 우리 올림픽이 세계의 이목을 끌게 만든 것도 기억할 만한 일들이다.

영상의 시각화

그가 장관이었을 때 나는 학교에 나가고 있어서, 낮에 하는 행사에는 참석할 수 없었다. 그래서 꼭 보고 싶은 행사들을 놓친 것이 많다. 그중에서도 가장 애석했던 것은 문화 열차를 놓친 것이다. 그건 전국을 망라하는 큰 행사였고, 국내에서 처음으로 열차를 이용한 퍼포먼스였다. 문화인들이 기차를 타고 내려가면서 정거할 때마다 그 지역 문화인들과 어울리는, 범국민적 문화 축제였다.

다음으로 참여 못 해서 아쉬웠던 큰 행사는 새 천 년 때 인천공항의 비행기 매스게임이다. 운이 좋게도 새 천 년이 열릴 무렵 인천공항이 새로 오픈할 준비가 완성되어 있었다. 그 빈, 광활한 활주로에 이 장관이 패러슈트 천으로 만든 하얀 날개옷을 입은 무용수들을 맥시멈으로 풀어놓았다. 하얀 새 떼 같은 무용수들이 부리를 하늘로 치켜들고 역동적으로 비상하려 하는 것 같은 분위기를 창출한 희한稀罕한 퍼포먼스였다. 그건 어느 나라의 예술가도 기획하기 어려운 이벤트다. 새로 만든 빈 공항의 빈 활주로가 있는 짧은 기간에, 밀레니엄 같은 엄청난 사건이 벌어져야만 가능하기 때문이다. 새들의 집단 비상을 재현한 그 역동적인 게임은, 새 같은 옷을 입은 백의의 무용수들이 비행기처럼 천공을 향해 기수를 치켜들고 날아오를 것 같은 느낌을 주는 환상적인 퍼포먼스였다. 새 공항이 완성된 상태였고, 그러면서 그곳이 비어 있는데, 새로운 세기가 열리고 있었으니 타이밍이 절묘했다. 이어령 장관은 천혜의 기회를 얻은 셈이고, 그것을 최상의 방법으로 연출해 보인 것이다.

그다음에 보고 싶었던 것은 그가 만든 해외 출연용 국악 공연이다. '노래여 천연의 노래여'라는 제목이 붙어 있었다. 첫머리에 무대가 지하에서 솟아오르면서 황병기 선생이 신선 같은 흰 옷을 입고 하는 가야금 연주가 나온다. 시간은 딱 3분이다. 그 뒤를 이매방 선생님의 학 같은 춤사위가 펼쳐진다. 시간은 역시 3분이다. 공연의 하이라이트는 이준아 명창의 창이다. 같은 소리를 가능한 한 길게 뽑아 보이는 것이 매력 포인트였다. 외국 관객들이 지루해할까 봐 염려하시는 분들이 많았는데 이준아 씨는 그 일을 성공적으로 해냈고, 미국의 신문들은 톱기사로 그 공연을 대서특필했다. 거기에는 "Sound of Millenium"이라는 캡션이 붙어 있었다. 황병기, 이매방 같은 명인들이 그 짧은 출연을 수락해주신 것, "세상에서 가장 긴 소리를 내보라"는 이 장관의 말을 이준아 씨가 효과 있게 소화해준 것 등이 시너지 효과를 낸 것이다.

문화부는 예산이 적으니까 이 장관은 이벤트를 할 때 자신의 아이디어를 방송국이나 비행장 같은 곳에 제공해서, 그쪽 예산으로 퍼포먼스를 함께 하는 경우가 많았다. 그의 재임 기간에 한 많은 행사들이 그런 식으로 예산 밖에서 이루어진 것이어서, 이 장관은 다른 장관들보다 많이 바빴다. 그리고 많이 행복했다. 머릿속에 갇혀 있던 그런 기막힌 영상들을 원하던 대로 비주얼라이즈하는 천혜의 기회를 얻었기 때문이다. 그것은 개인은 절대로 할 수 없는 일이다. 이어령 씨는 어쩌면 머릿속에 갇혀 있던 기막힌 영상들을 비주얼라이즈하고 싶어서 장관직을 수락한 건지도 모른다.

'돌아오지 않는 다리'의 살풀이춤

내가 본 그의 문화부 행사 중에는 30년이 지나도 잊히지 않는 좋은 것들이 많다. 그중에서도 가장 감동적이었던 것은 대보름 밤에 한 살풀이춤 행사였다. 그건 이어령 장관이 부임 후에 한 첫 행사다. 일본에 장기 체류하고 있던 때였는데, 아들 결혼식에 왔다가 갑자기 장관이 되어서 그는 준비가 없이 그 자리에 올랐다. 그런데 부임한 지 한 달 반 후에 행사를 하게 되니 나는 속으로 걱정을 많이 했다. 한데 첫 행사가 놀라웠다. 비무장지대에 있는 '돌아오지 않는 다리The Bridge of No Return'에서 역사의 핏자국을 해원解冤하는 살풀이춤을 추는 것이었기 때문이다. '돌아오지 않는 다리'를 흰 천으로 둘러싸고, 북쪽 끝에서 남쪽 끝까지 흰옷 입은 무용수가 가위로 피륙을 가르면서 추는 살풀이춤은 놀랍게도 독무獨舞로 기획되어 있었다. 한 무용수의 어깨에 행사의 모든 무게가 실리는 기획이어서 리스크가 컸다. 그래서 이 장관은 며칠 동안 잠을 못 자면서 전국의 살풀이춤 비디오를 모두 보았다. 그러고 나서 무용수를 결정했다. 혼자서도 무대를 가득 채울 수 있는 한영숙 명인이 선정되었다. 호돌이의 굴렁쇠 굴리기가 김영태 씨의 말대로 "풀밭에 그린 이어령의 1행시"였다면, 대보름밤의 살풀이춤은 비무장지대의 다리라는 특이한 무대 위에서 한 시간 동안 펼쳐진 우리 민족의 해원굿이었다.

장식도 아무것도 없는 그 낡은 다리는 남한과 북한을 가르는 분단의 상징물이었다. 한번 건너면 돌아오는 것이 불가능해서 '돌아오지 않는 다리'이다. 해방되던 해부터 동란이 일어나던 그 날까지, 모든 것을 버리고 자유를 찾아 남한으로 내려오던 피난민들이 울며 건너던 통한의 다리였던 것이다. 한번 건너면 다시는 지척에 있는 고향으로 돌아가는 일이 불가능해지는 민족 분단의 한이 서린 다리, 부부를 갈라놓고 부모와 자식을 갈라놓는 '돌아오지 않는 다리'라는 이름의 다리가 지금도 비무장지대에 있을 것이다. 그 다리 위에서 살풀이춤을 솔로로 추게 하는 것은 극적인 아이디어였다. 1년 중에서 달이 제일 크다는 대보름 밤에 말이다. 분단으로 인한 민족적 비극을 살풀이하는 해원의 춤 무대로서는 그 이상의 장소가 있을 것 같지 않다. 그 다리를 달밤에 가위로 피륙을 가르며 살풀이춤을 추면서 건너온다는 것은 역사적 상징성으로 보나 무용 미학으로 보나 피난민들의 해원 차원에서 보나 실로 의미가 깊은 기획이었다.

그런데 하늘이 돕지 않았다. 달을 가리고 진눈깨비가 내리기 시작한 것이다. 사실 진눈깨비 자체는 살풀이춤과 잘 어울리는 분위기를 만드는 데 도움을 주는 장치라 할 수 있다. 어스름 녘 이어서 모든 것이 얼비치는 풍경 속에 진눈깨비가 몰아치니, 이승인지 저승인지 몰라볼 비현실적 분위기가 조성되었기 때문이다. 살풀이를 하기에는 아주 적절한 배경이었다. 달이 없는 대보름 밤의 진눈깨비 속을 한영숙 명인이 신들린 것처럼 추는 춤이 한 시간이나 계속되었다. 박명薄明의 천지에서 조명을 받으며 혼자 베를 가르는 무용수는, 때로는 귀신처럼, 때로는 신선처럼, 초자연적인 카리스마를 발산하고 있었다. 보는 이들의 몸이 빨려 들어갈 것 같은 처연한 아름다움이었다. 민족 분단의 슬픔과 통한을 살풀이춤의 처연한 춤사위로 풀어가는 놀라운 퍼포먼스를 한 명인은 완벽하게 창출해낸 것이다. 그건 내가 본 가장 아름다운 살풀이춤이었다.

그런데 방송의 측면에서 보면 진눈깨비는 심술궂은 훼방꾼이었다. 피해가 너무 심각했다. 화면이 흐릿해서 무용수의 동작이 시청자에게 제대로 전달이 되지 못하기 때문이다. 그 행사는 문화부가 방송사와 제휴해서 치른 첫 행사였다. 문화부에는 방송사 같은 특수 조명 장치가 없었기 때문이다. 다른 방송사들도 마찬가지여서 모든 보도 기관이 KBS의 조명에 목을 매달고 있는 형편인데, 진눈깨비가 그 귀한 조명을 가려버리는 것이다. 사람과 풍경의 경계가 애매해져서 극적 효과가 나타나지 못하는 안타까움……. 텔레비전에서 보면 한영숙 명인은 잘 보이지도 않을 지경이었다. 가까운 곳에 있는 사람들에게는 그렇게 신비하게 보이는 귀기 어린 배경이 텔레비전에서는 잘 보이지 않으니 가슴을 칠 노릇이다. 거기에 또 하나의 훼방꾼이 나타났다. 그 다리가 안보 관계상 난간에 사람이 올라서는 것이 금지되어 있다는 안보 수칙이다. 그러니 무용수에게 다리 위 가까운 곳에서 조명을 비추는 일도 불가능해졌다. 결국 진눈깨비와 안보 문제에 치어서 그날의 방영은 성과 없이 막을 내렸다. 춤이 너무 아까웠다.

진눈깨비는 참가자들도 괴롭혀서 주최 측을 난처하게 만들었다. 연만하신 원로분들을 추위에 떨게 만들었고, 무용수의 하얀 옷을 적셔 더럽혔다. 차일 하나 의지해서 앉아 있는 귀빈들도 반신은 진눈깨비에 노출되었다. 옷에 습기가 배어드니 한기가 엄습해왔다. 문화부 장관 부인은 행사장에서 한복을 입어야 하던 시절이어서 한복을 입은 나도, 두루마기를 입지 않아서 줄창 덜덜 떨었다.

다시는 볼 수 없는, 귀신 나오게 아름다운 춤을, 제대로 조명해서 국민에게 보여드리지 못해 장관 이어령은 그날 많이 불행했다. 모처럼의 퍼포먼스는 효과를 거두지 못했고, 방영이 제대로 되지 못해 속이 상하는데, 장관은 또 그곳에 온 모든 사람에게 미안해해야 할 처지에 서 있었다. 방송국에도 미안하고, 내빈들에게도 미안하고, 무용하신 분에게도 죄송하고 송구스러워서 그는 그날 밤에 웃음을 잃었다.

그네 매스게임

다음으로 기억에 남는 퍼포먼스는 1991년 단오절에 한강 둔치에서 열린 그네 매스게임이다. 이 장관은 광진대교 남쪽의 비어 있는 한강 둔치를 무대로 해서 그네 매스게임을 할 계획을 세웠다. 브리콜라주[1]의 명수인 이 장관은 그네 틀로 한전 공사장에서 전신주를 빌려 쓸 생각을 해냈다. 소형 전신주를 빌려다 쓰기로 해서 대규모 매스게임이 적은 비용으로 가능해진 것이다. 쪽 고른, 키가 엄청나게 크고 날씬한 그네 틀이 풍성하게 마련되어서, 대형 퍼포먼스를 여유 있게 할 수 있었다. 콘크리트 전신주

1 '손으로 하는 수리'를 뜻하는 프랑스어로서, 여러 가지 자료를 변용하거나 재조립하여 구축하는 문화적 전술을 의미한다.

그네 틀을 한강 둔치에 즐비하게 세워놓으니, 두물머리의 광활한 북한강을 배경으로 한 공연장은 그 집합미集合美만으로도 이목을 끌 만했다.

그 큰 그네 틀에서 길이가 긴 다홍치마를 입은 무용수들이 그네를 타는 매스게임을 하게 되는 것이다. 압도적인 다수여서 다홍치마의 펄럭이는 선들이 수많은 애드벌룬을 띄운 것처럼 하늘을 화려하게 수놓았다. 다홍치마 밑에는 남치마가 있었다. 치마를 청색과 홍색 두 벌씩 준비해서 겉치마에 찍찍이를 붙여 입게 한 것이다. 그날의 절정은 그 다홍치마를 정상에 올라가면서 풀어서 공중에 날려버리는 장면이었다. 다홍의 홑치마들이 일제히 깃발처럼 펄럭이기 시작하면서 치마의 공중 퍼레이드가 벌어지고 있었다. 강바람이 치맛자락을 희롱하며 신비로운 다홍색 상형문자들을 만들고 있는데, 마이크에서는 서정주의 아름다운 시 「추천사」가 들려오기 시작한다.

향단아, 그넷줄을 밀어라.

머언 바다로

배를 내어밀듯이,

향단아.

다소곳이 흔들리는 수양버들나무와
베갯모에 놓이듯한 풀꽃더미로부터,
자잘한 나비 새끼 꾀꼬리들로부터,
아주 내어밀듯이, 향단아.

산호도 섬도 없는 저 하늘로
나를 밀어 올려다오.
채색한 구름같이 나를 밀어 올려다오.
이 울렁이는 가슴을 밀어 올려다오!

서西으로 가는 달같이는
나는 아무래도 갈 수가 없다.

바람이 파도를 밀어 올리듯이,
그렇게 나를 밀어 올려다오,
향단아.

그날은 구름 한 점 없이 하늘이 맑았고, 5월의 강바람이 알맞게 불어서 자연이 장단을 잘 맞춰주었다. 단오절의 청명한 하늘에서 다홍치마들은 연처럼, 구름처럼 날아다니며 춤을 추고 있었고, 무용수들은 남색으로 치마를 갈아입어 세상을 청홍으로 물들이고 있는데, 「추천사」는 관중의 시계視界를 제한 없이 넓혀 주면서 저 먼 구천으로 흘러가고 있었다.

그리고 그 옆에 강이 있었다. 끝없이 출렁이는 염보현 시장의, 수량이 풍성한 한강이다. 보로 물을 가두어 풍성해진 물이 기슭까지 가득 채운 한강, 양수리가 올려다보이는 아득한 두물머리가 시원始原의 풍경 같은 배경이 되어 그날의 그네 매스게임을 완성시키고 있었다. 관중석은 강 건너편 둔치에 있으니 한없이 넓었다. 좌석에 제한이 없으니 미사리 쪽까지 시민들이 모여들어, 역사상 가장 관람객이 많은 매스게임이었지 싶다. 굴렁쇠 퍼포먼스가 푸른 잔디에 쓴 1행시라면, 서정주의 시를 곁들인 그네 매스게임은 하늘에 그린 찬란한 채색화였다.

하지만 그날도 장관 이어령은 행복하지 못했다. 남녀 연예인이 돌려가면서 낭송한 「추천사」의 낭송이 기대에 미치지 못했던 것이다. 완벽주의자인 이어령 장관은 한구석이라도 미흡하면 참지 못한다. 그래서 행사를 하고 나면 늘 불행하다. 예술가들은 불완전한 인간을 가지고 완성을 지향하려 애를 쓰니 그렇게 자주 좌절을 맛보고 상처를 입는가 보다. 하지만 그 좌절 속에서 다음 퍼포먼스의 아이디어가 싹튼다. 그게 완벽을 지향하는 예술가들의 업보이고 축복이다.

이어령과 골프

2021월 12월

1970년대 말에 이어령 선생은 병명을 알 수 없는 병에 걸려서 고전하고 있었다. 식욕이 없어지고 심한 피로감을 느끼며 시신경이 옥죄어 글도 못 쓰고 책도 못 읽었다. 잠도 안 와서 종일 시달리며 나날이 시들어가고 있는데, 어떤 최신 의술로도 병명을 찾아내지 못했다. 그러니 약을 쓸 수 없었다. 몸은 나날이 쇠약해지는데, 병명을 못 찾으니 우리는 비탄에 젖어 있었다.

내 생각에는 운동을 하지 않고 너무 긴 세월을 글만 쓰며 산 데서 온 병 같았다. 1959년에 『저항의 문학』을 낸 후 1968년에 『전집』 12권을, 1978년에 『신작집』 10권을 냈으니, 해마다 한 권씩 책을 내면서 산 셈이다. 전임 교수직과 신문사 논설위원 일을 겸하면서 말이다. 그래서 그에게는 휴식이 필요했다. 그런데 일

욕심이 많기 때문에 그의 삶에는 휴일이 없었다. 그는 한가하면 오히려 글이 안 써지는 타입이었다. 여러 가지가 얽혀서 소용돌이치고, 사방에서 독촉하는 소리가 쏟아지는 그런 절박한 분위기 속에서 오히려 좋은 글이 나오는 이상한 체질이다. 그래서 그에게는 쉬는 날이 없었다. 공휴일도 주말도 모두 글 쓰는 날이 되어버리기 때문이다. 방학도 마찬가지다. 그는 수리하는 집 속에서도 글을 썼고, 이사 가던 날도 글을 썼으며, 아기가 태어나던 날도 글을 썼고, 아내가 큰 수술을 받는 날도 글을 썼다. 교수직과 논설위원직을 겸업하면서 연재를 계속했으니, 출창 시간 외 노동을 계속한 중노동자나 다름이 없었다. 그 결과가 이름도 모를 병으로 나타난 것이다.

손으로 쓰는 원고는 사람을 잡는다. 글 쓰는 일은 힘 드는 중노동이기 때문이다. 그런데 항상 두 직장에 나가면서 연재를 했으니, 그 지나친 글쓰기가 그의 생명을 축내고 있었던 것이다. 그런 생활을 20년간 쉬지 않고 계속하더니 결국 이름도 모르는 병에 걸려 허덕이게 된 것이다. 밤새 못 자고 실랑이를 하고 나면 아침이면 눈 밑이 꺼멓게 죽어 있고, 40대인데 눈 밑에 다크서클이 생겨났다.

그러니 글 쓰는 일이 불가능해졌다. 그 병이 특히 싫어하는 것이 글쓰기이기 때문이다. 글 쓰는 일을 몇 달 동안 중단했다. 그러면 좀 호전되는데, 다시 붓을 들면 원상태로 돌아가서 글을 못 쓰고 사는 기간이 길어졌다. 글을 안 써도 병은 낫지 않았다. 몇 달을 쉬어도 다시 글만 쓰면 옛 증세가 고스란히 재생되었기 때문이다. 1년이 넘게 글쓰기를 중단하고 물귀신 같이 엉겨 붙는 이름 없는 질병과 싸우며 살았다.

모든 검사가 끝난 반년 뒤에야 심한 자율신경 부조증이라는 판정이 내려졌다. 부정맥, 불면증, 시신경 옥죄이기 등은 자율신경이 리듬을 잃은 데서 왔다는 것이다. 몸이 더 이상 글을 쓰지 못하겠다고 파업을 하는 것이니 백약이 무효했다. 1979~1980년의 2년여 동안을 그는 글을 거의 쓰지 못하면서 앓았다. 나았다가도 글만 쓰면 원상으로 돌아가는 일이 되풀이되어 사태가 심각했다. 다시는 글을 쓰지 못할지도 모른다는 절망적인 생각이 들 정도였다.

그 병에는 운동을 하는 것밖에 치료법이 없다고 주치의인 강형룡 박사가 판정을 내렸다. 정구는 체력을 소모시키는 격렬한 운동이어서 이미 때를 놓쳤고, 등산이나 골프를 해야 나을 거라고 했다. 자신은 골프를 권하고 싶다고 했다. 골프가 좋은 것은 체력 소모가 적어서 약해진 사람도 할 수 있다는 점이고, 일정한 시간 푸른 풀밭을 걸어야 하니 시신경 안정과 불면증에 특효가 있다는 것이다. 결국 걸어야 낫는다는 이야기인데, 그냥은 걸어지지 않으니까 공을 치는 데 재미를 붙이고, 하루를 운동에 바치라는 뜻이다. 비용이 많이 드는게 문제지만, 일주일에 한 번 정도 치면 병원비도 그만큼은 드니 시도해보라고 다시 한번 의사가 권했다. 풀밭에서 18홀을 도는 동안에 많이 걷게 되니, 밤에 잠이 저절로 오면서 자율신경이 차차 안정되어 갈 거라는 것이 의사 선생님의 견해였다.

"한데 그 움직이기 싫어하는 사람을 무슨 재주로 골프장에 끌어내나?" 강 박사가 나를 보며 한숨을 쉬셨다. 내게도 그 일은 가망이 없어 보였다. 그는 동네를 산보하는 일도 잘 하지 않는 타입이기 때문이다. 그 고집을 누가 꺾어 하루 종일 풀밭에서 노는 놀이를 하게 한다는 말인가? 시간이 아까워서 아이들과도 놀아주지 못하는데……. 나도 의사 선생님처럼 탄식만 하고 있었다. 아니나 다를까 그 말을 듣자 이어령 씨는 펄쩍 뛰었다. 자기가 칼럼에 골프 망국론을 썼고, 사석에서도 골프를 "골을 퍼내는 운동"[1]이라고 한 사람인데, 말도 안 된다는 것이다.

그런데 뜻하지 않은 곳에서 구원투수가 나타났다. 그 말을 이웃에 사는 J 선생이 들은 것이다. 적극적인 성격의 J 선생은 치료

1 이어령, 「한국의 편작 강박사」, 『강형용 칠순 문집』.

차 하라는데 무슨 말이 필요하냐면서 당장 데리고 나가 골프채와 옷, 신발 같은 것을 몽땅 사게 하고 연습장에 석 달 치 연습료까지 선불하게 했다. 투자한 돈이 아까워서라도 치지 않을 수 없게 만든 것이다. 그리고 엄격한 가정교사처럼 아침마다 정해진 시간에 거르지 않고 데리러 오셨다. 골프 연습장으로 가기 위해서다. 아침에 그분이 부르러 오면 이어령 씨는 꾀가 나서 비명을 지른다. "어이구! 저 양반 또 왔다. 어쩌지! 나 오늘 영 하고 싶지 않은데……."

마음이 약한 그는 그렇게 이웃에게 끌려다니면서 약을 먹듯이 골프를 배우기 시작했다. 그러더니 실력이 느니까 재미가 생겨서 J 선생과 함께 필드에도 가끔 나갔다. 승벽이 강한 그는 이기는 확률이 조금씩 늘어가자 점점 골프에 재미를 붙였다. 그래서 금쪽같이 아끼는 시간을 바쳐서 골프를 치는 일을 나중에는 즐기게 되었다. 그 소식을 들은 친구들이 그를 자주 초대했다. 집에 와서 억지로라도 데리고 가는 것이다. 그런 생활을 반년 정도 계속했더니 확실히 병에 차도가 생겼다. 부정맥도 없어졌고, 시신경의 흥분 상태도 가라앉았으며, 식욕도 회복되어 갔다. 하지만 글을 쓰면 도로 옛날 증세가 나타날까 봐 우리는 벌벌 떨었다.

그리고 몇 달 후에 일본에 1년간 가 있을 기회가 왔다. 『축소지향의 일본인』을 쓰기 위해서다. 우리는 예전의 증세가 되돌아올까 봐 조마조마해하면서 하회를 기다렸다. 다행히도 병은 다시는 돌아오지 않았다. 일본에서 손수 장을 봐다가 밥을 해 먹고, 청소도 하고 하면서 몸을 많이 움직인 것이 도움이 된 것 같았다. 그래도 조심스러워서 인편에 골프채를 보냈다. 다다미방 바닥에 책상을 놓고 앉아서 일주일 내내 글만 쓰니까 오금이 붙어서 일어나기가 어렵다는 말을 들었기 때문이다. 일본에서 자리 잡고 사는 친구들이 그가 걱정이 돼서, 주말이면 골프를 치자고 유혹했다. 그러면 차가 없는 그는 골프채를 들고 전철역까지 걸어가서 전철을 타고 골프장에 가야 했다. 드디어 그도 엿새 동안 일을 하면 하루는 쉬어주어야 몸이 견뎌낸다는 것을 인정한 것이다. 그렇게 자타가 성의를 다한 덕에 무사히 그 책을 끝낼 수 있었다. 『축소지향의 일본인』의 출판은, 우리 부부에게는 자율신경 부조증의 완치를 의미하기도 해서, 여러 가지로 감회가 깊었다.

학위논문을 쓰던 1986년에도 친구분들은 주기적으로 그를 골프장에 불러내서 건강을 보살펴주셨다. 그러는 사이에 이 선생은 골프를 좋아하게 되어서, 미국에 가면 사위와 함께 매일 새벽 퍼블릭 코스를 한 바퀴씩 돌고 나서 일과를 시작했다. 등산도 시도해보았다. 대학 선후배들이랑 모임을 만들어서 한 달에 한 번씩 마을 뒷산에 오른 것이다. 그렇게 해서 다시는 자율신경이 흔들리는 일이 없어졌다.

이 선생뿐 아니라 주변에 있는 전업 작가나 화가 중에 같은 병에 걸리는 예술가들이 더러 나타났다. 대체로 베스트셀러 작가들이었다. 인기 때문에 청탁이 끊어지지 않아서 강행군을 몇십 년 계속하면 어김없이 그런 증세가 나타나는 것이다. 좀 젊은 분들은 정구나 자전거 타기로 그걸 극복하고, 중년층은 골프장이나 산에서 치료를 받았다. 푸른 잔디밭과 걷는 일이 신경통에 그렇게 많은 치유력을 가지고 있다는 것을 나도 그때 처음 배웠다.

3 그 책이 끝나자 이 선생은 너무 가슴이 벅차서 한밤중에 집에 전화를 걸었다. "여보! 끝났어! 끝났다고!" 하는 소리를 자다 깬 몽롱한 상태에서 듣고 잠이 싹 달아나던 일이 생각난다. 빈방에서 혼자 그 성취감을 감당해야 할 그를 생각하니 눈물겨웠다.

1955년과 「이상론李箱論」

2024년 1월

1955년 9월 26일에 「이상론李箱論」이 실린 『문리대 학보』가 나왔다. 우리나라에는 그 무렵에 평론가가 아주 적었다. 일본 통치 36년간의 한국문학과의 부재가 평론 분야에 끼친 해독이 그만큼 컸던 것이다. 해방될 때까지 30년 동안에 평론집을 낸 평자가 많지 않은 이유가 거기에 있다. 시와 소설은 문학 이론을 몰라도 쓸 수 있지만, 평론은 기초 이론에 통달해야 쓸 수 있으니 전문교육을 받아야 하는데, 해방될 때까지 그런 걸 가르치는 대학이 없었던 것이다. 경성제대에 조선어문학부가 있어서 고전문학은 별문제가 없었다. 일본 학자들이 자기네 글자와 관련이 있는 이두에 관심을 가져 열심히 연구했고, 양주동 선생도 이두 연구를 시작해서 신라, 고려의 문학까지 활발하게 연구되고 있었기 때문이다.

현대문학이 문제였다. 평론은 더 문제였다. 참고 서적도 거의 없고, 외국의 신간을 살 서점도 없을 때였다. 독학을 하려고 해도 비평론을 배울 교재가 없었다. 그래서 시나 소설보다 평론은 더 불모 상태였다. 개화기 이후로 이어령의 「이상론」이 나온 1955년까지 출판된 평론집은 다음의 10여 권 밖에 없을 정도다.

박영희	『소설 · 평론집』	1930년	민중서원
최재서	『문학과 지성』	1938년	인문사
김문집	『비평문학』	1938년	청색지사
홍효민	『문학과 자유』	1939년	광한서림
서인식	『역사와 문화』	1939년	학예사
임 화	『문학의 논리』	1940년	학예사

▲ 해방 전

▼ 해방 후

김기림	『시론』	1947년	백양당
김동석	『예술과 생활』	1948년	박문출판사
백 철	『조선신문학사조사』	1948년	수선사
김동리	『문학과 인간』	1948년	백민문화사
조연현	『문학과 사상』	1949년	세계문학사
곽종원	『신인간형의 탐구』	1955년	동서문화사

그 기간에 저서를 아직 안 낸 문인 중에도 김팔봉, 이헌구, 김환대, 이원조 등이 있고, 작가 비평가로는 정지용, 이태준 등이 있었는데, 우리가 대학에 들어갈 1952년 무렵에는 전쟁으로 인해 돌아가시거나, 납치를 당하거나, 월북을 해서 대부분이 사라지고 없었다. 프로문학 쪽에서는 임화, 김동석, 이원조 등이 월북했고, 웬일인지 반이데올로기를 구호로 삼던 구인회에서도 이태준이 월북하고 김기림, 정지용 등도 납치되거나 사망했다. 그래서 전후에는 최재서와 백철, 김팔봉, 조연현 정도밖에 남은 평론가가 없다고 해도 과언이 아니었다. 그중에서 최재서와 이헌구는 학교에서 잘 나오지 않았고, 팔봉은 6·25 때의 고문 후유증으로 강의가 불가능한 상태였으며, 조연현은 대학에 출강하지 않아서 백철만 남았다. 그래서 우리는 백철의 『조선신문학사조사』 이외에는 현대문학 전공과목을 전혀 듣지 못한 채 졸업을 했다.

작가에 대한 개별 연구는 더 부실했다. 김동인의 「춘원 연구」(1937년 『삼천리』 연재)를 제외하면 개별 작가를 연구한 평론가가 거의 없었다. 김윤식이 작가론을 본격적으로 쓰기 시작할 때까지 작가론이나 본격적인 작품론이 거의 없었다고 해도 과언이 아니다. 이상에 관한 것은 더 적었다. 최재서의 「리얼리즘의 심화」가 있었고, 김기림의 단편적인 글들이 1930년대와 1940년대에 쓰였지만 본격적인 작가론은 아니었다. 이상에 대해 부정적 입장에 서 있던 조연현, 김문집이 쓴 글이 있었을 뿐이다.

그런 시기에 난해한 작가로 정평이 나 있던 이상의 작품을 분석하는 임종국과 이어령의 이상론이 나타난 것이다. 임종국은 문학 전공이 아니어서, 이어령보다 한 해 전에 이상론을 한 편 쓰고 이어령의 이상론이 나온 지 석 달 후에 이상론을 한 편 더 써서 주목을 받더니, 1956년에 『이상 전집』을 내고 나서는 문학평론을 계속하지 않았다. 그래서 이어령만 남았다. 1955년에 이어령은 아직 학생이었는데, 재래에는 없던 분석적인 방법으로 이상의 난해시를 해독하려 하였고, 그 후 계속해서 2, 3년 동안 이상론을 썼다.[1] 그러니 글의 깊이나 완성도와는 무관하게 주목

---

1 1940~1950년대의 이상론
- 김기림: 「故 이상의 추억」, 『조광』, 1937년 6월
  「이상의 모습과 예술」, 『이상선집』, 1949년
  「이상 문학의 한 모」. 『태양신문』, 1949년 4월 26~27일
- 조연현: 「근대정신의 해체—고 이상의 문학사적 의의」, 『문예』, 1949년 5월
- 김문집: 「날개의 詩學的 재비평」, 『비평문학』, 1938년
- 임종국: 「날개에 대한 試論」, 『고대신보』 1954년 10월 21일
  「이상론」, 『고대문화』, 1집, 1955년 12월
- 이어령: 「이상론—순수의식의 牢城과 그 破壁」, 『문리대 학보』, 1955년 9월
  「나르시스의 학살—이상의 시와 그 난해성」, 『신세계』, 1956년 10월, 1957년 1월
  「나르시스의 학살(中)—이상의 시와 그 난해성」, 『신세계』, 1957년 7월
  「속 나르시스의 학살—이상의 시 그 난해성」, 『자유문학』, 1957년 7월
  「묘비 없는 무덤 앞에서—추모 이상 20주기」, 『경향신문』, 1957년 4월 17일

을 받을 위치에 있었다. 학생이 쓴 별로 길지도 않은 한 편의 평론이 사람들의 이목을 끌 만큼 1955년의 평론계는 황폐한 상태였던 것이다. 몇십 년 동안 대학에서 국문학을 가르치지 못하게 한 식민지의 여건과, 전쟁으로 인해 평론가들이 집단으로 사라진 시대적 공백 때문이었다.

이어령뿐 아니다. 그해 『문리대 학보』에는 교수들의 논문을 능가할 정도로 전문적인 학생 논문이 많이 실려 있었다. 해방되고 10년이 되어가니 새로운 비평가군이 태동하고 있었던 것이다. 키르케고르 연구가 이교창에 의해 매호 연재되고 있었고, 이태주, 최승묵 등에 의해 엘리엇의 『황무지』가 완역되어 나왔으며, 송영택의 릴케론, 신동욱의 서정주론, 박진권의 노먼 메일러론 같은 묵직한 평론들이 즐비했다. 대학의 학보가 문단의 화제를 모은 이유가 거기에 있다. 그 뉴제네레이션의 선두에 이어령이 서 있었다. 국문과였기 때문이었을 것이다. 다른 사람들은 모두 외국 문학 전공이어서 한국문학에 관심이 적었다. 외국 문학은 참고 서적이 있었고 강의도 제대로 하고 있었는데, 일제의 강

「이상의 문학—20주기에」, 『연합신문』, 1957년 4월 18일
「이상의 소설과 기교」, 『문예』, 1959년 10월
• 김우종: 「TABU 이상론」, 『조선일보』, 1957년 4월 29일
「이상론」, 『현대문학』, 1957년 5월호

점 때문에 한국의 현대문학만 공백 상태였던 것이다. 1956년까지는 서울대 국문과 출신 평론가는 이어령밖에 없었다. 1950년대에 지속적으로 이상론을 쓴 평론가도 이어령밖에 없었다. 김우종은 1957년에 등단했지만, 반대하는 입장에서 이상론을 두 편 쓰고 더 이상 쓰지 않았다. 동년배의 고석규가 이상에 관해 1957년에 평론을 발표했는데, 지방에 있어서 서울 문단에는 잘 알려지지 않았으며 그나마 곧 요절해서 계속되지 못했다.

『문리대 학보』에 작가론을 쓴 분들도 모두 외국 문학 전공이어서, 이따금 한국문학에 대해 평론을 쓰기는 했지만 지속적으로 쓴 평론가는 많지 않았다. 이어령 씨가 1950년대 비평의 기수가 된 것은 그런 시대적 여건에 기인하는 바가 크다. 그가 석사를 끝내고 곧바로 서울대에서 '비평론'이나 '시 연구 방법론' 같은 전공 강의를 하게 된 이유가 거기에 있다. 1960년대에 권영민 교수가 재학 중에 등단하고 현대문학 담당 교수님을 찾아뵈었더니, 선생님이 다음과 같은 말씀을 하시더란다.

> 그래, 자네하고 똑같은 나이에 이어령 군이 평론가가 되었다. 근데 그때는 아무도 없었다, 평론가가. 이어령 군을 막을 사람도 없고, 당할 사람도 없었다. 그렇기 때문에 주변의 친구고 동료고 스승이고 누구도 그가 쓰는 글발을 감당하기 어려웠다. 그런데 지금

은 그런 시대가 아니다.[2]

그 교수님 말씀대로 1950년대의 고비만 넘기면 비평계는 활성화된다. 비평의 전문화가 진행되어 쟁쟁한 학자 평론가들이 몰려나왔고, 일반 평론가들도 대거 출현했으며, 4·19 세대의 젊은 평론가들도 본격적으로 비평 활동을 시작했기 때문이다. 해방이 되고 이미 20년이라는 세월이 지나, 한국 비평계도 자리를 잡아갔던 것이다.

---

2 권영민, 「이어령과 저항의 문학」, 영인문학관 '동행전' 도록, 2014년 5월.

『문학사상』

2020년 8월

『문학사상』의 탄생

1972년 10월에 이어령 씨는 『조선일보』를 그만두고 『문학사상』이라는 문예지를 창간한다. 그해에 『독서신문』 김봉규 회장이 이어령 씨와 안병욱, 이주홍 씨 3인을 모시고 전국 규모의 교양 강좌를 기획했는데, 첫 도시인 부산에서 청중이 5천 명이나 모이는 이변이 일어났다. 그 청중을 보면서 이어령 씨는 그들의 지적 갈증을 메워줄 잡지를 내야겠다는 생각을 하게 된 것이다. 그 아이디어는 김봉규 회장의 동의를 얻어 곧 현실화되었다. 새 문예지 『문학사상』 출간이 결정된 것이다. 발행인 김봉규, 주간 이어령의 잡지가 그렇게 하여 태동하였다.

잡지는 이어령 씨의 창간사로 막을 올렸다. 그의 창간사는 갈수록 내용이 고조되는 병렬법과 참신한 비유법으로 독자의 심신을 울렸다. "이들을 위하여"라는 제목의 이어령의 창간사는 독자를 사로잡는 마력을 지니고 있었다. 표지화도 이목을 집중시켰다. 구본웅이 그린 이상의 걸작 초상화였기 때문이다. "우인友人의 초상"이라는 제목의 그 그림은, 이상을 그린 것이라는 사실이 그 무렵에야 밝혀져서, 세인을 놀라게 하던 참이어서 시너지 효과를 나타냈다. 잡지는 나오자마자 인기를 끌었다. 이상의 초상화는 잡지의 방향도 예시해주었다. 기존의 주정적인 면이 두드러지던 우리나라의 문학 풍토를 구인회가 지향하던 주지적인 방향으로 전환시켜줄 것을 보여주고 있었기 때문이다. 창간호가 몇만 부씩 팔리는 이변이 일어났다. 이어령의 강의를 들으러 모여들었던 독자층이 그 잡지의 구독 창구로 쇄도한 것이다. 1970년대는 한국적 문예부흥의 시기였고, 문학에서는 그 선두에 『문학사상』이 서 있었던 것이다.

이어령의 『문학사상』은 한국에서는 그때까지 있어본 일이 없는 새로운 순문예지였다. 핵심 방침은 실력 제일주의였다. 이어령 씨는 질이 떨어지는 예술 작품을 견디지 못하는 완벽주의자여서, 『문학사상』의 모든 필자를 실력에만 역점을 두고 엄격하게 선정했다. 그는 문단의 어느 파에도 속해 있지 않은 자유인이어서 그 일이 가능했다. 작품 청탁에 있어 이어령에게는 사私가 없었다. 그는 직접 편집안을 짜고 필자 선정을 주관했다. 이상문학상도 마찬가지였다. 이상문학상이 스폰서가 없는데도 자리를 잡아 장수한 것은 선정된 작품의 탁월성 때문이었다. 작품의 질적 완성도에만 역점을 둔 『문학사상』적 선정 방법이 효과를 거둔 것이라 할 수 있다.

『문학사상』은 우선 소설이라는 장르의 발흥에 역점을 두었다. 새로 부상하는 그해 신인들의 두 번째 작품을 특집으로 다룬다거나, 새 문인을 발굴하는 작업에 주력해서 신인들을 적극적으로 키워나갔으며, 대가들의 대하소설 창작도 유도했다. 창간호에서부터 박경리의 『토지』 2부와 유주현의 『황녀』의 연재가 시작되었다. 그 뒤로 이병주의 『행복어 사전』, 박완서의 『도시의 흉년』, 최인호의 『지구인』, 김원일의 『마당 깊은 집』 같은 역작들이 두세 개씩 동시에 연재되는 일이 계속되면서, 한국 소설의 질을 격상시키고 부피도 늘려갔다. 단편소설이 주도하던 한국 소설은 그때에 와서야 비로소 대하소설을 배출할 역량이 생긴 것이다. 이 주간은 중단편 창작도 적극적으로 지원해서 소설만 가지고도 독자를 확보할 수 있는 경지가 된다.

거기에 그 무렵 발표된 세계적 명작의 번역 소설들이 동참했다. 아직 아시아권에 소개되지 않은 서구의 소설들도 활발하게 소개된 것이다. 카잔차키스의 『그리스인 조르바』, 마르케스의 『백년 동안의 고독』, 에밀 아자르의 『자기 앞의 생』 같은 외국 장편소설의 연재도 계속되었다. 한국 근대 소설novel의 개화기인 1970년대의 사회적 풍토가 거기에 맞물리면서, 1970년대는 소설 문학의 정점을 향해 직진하고 있었고, 『문학사상』이 그 흐름에 일조했다.

그러면서 '현대문학사의 재정리' 작업도 초창기부터 시작됐다. 매호 한 작가씩 선정해 심층적으로 조명하면서 새로운 문학사의 정립을 위한 작업이 체계적으로 진행된 것이다. 그 작업은 나중에는 『이광수와 그의 시대』 같은 본격적인 작가 연구로 확장되어 갔다. 김윤식 씨에게는 연재 지면이 무제한으로 제공되었고, '1970년대 작가의 얼굴'을 조명하는 평론 연재도 지속 되어서, 작가에 대한 본격적인 연구가 진행된 것이다. 이 주간은 이화여대 제자들과 근대 작가들의 전기적 연구도 병행하였다. 현지답사를 통한 이효석의 봉평 이야기가 창간호부터 얼굴을 내민 것이다. 자료 발굴을 위해 그는 서지 전문가까지 고용해서 새로운 자료를 보완해가는, 문학사의 재정리 작업에도 심혈을 기울였다.

고전문학에 대한 관심도 병행되었다. 창간호부터 윤이상의 〈심청〉의 희곡, 양주동의 향가 연구에 얽힌 이야기, 정병욱의 판

소리에 대한 단평들이 실렸다. 이 주간은 국문학 전공이어서 국문학에 관한 안목도 높았다. 그 무렵에는 서울대 국문과를 나온 문예지 주간이 이어령 씨밖에 없어서 『문학사상』의 국문학 연구는 바탕이 견고했고, 그것이 그의 글로벌리즘과 균형을 이루어서 독자들이 열광할 급수가 높은 잡지 만드는 일이 가능했던 것이다.

세 번째로 역점을 둔 것은 해외 문학의 신속하고 심층적인 소개였다. 그는 전문 분야에 소속된 본격적인 특파원 네트워크를 만들어서 서구 문학의 현황을 소개해주는 대담한 기획을 진행시켰다. 1960년대의 벽두에 이미 '세계 전후 문제 작품집'을 기획하여 전 세계의 새로운 문학을 소개하는 데 성공을 거둔 이 주간의 지적 감각이, 여러 나라에 확보해놓은 최상급 특파원을 통하여 다달이 세계문학의 현주소를 『문학사상』에서 보여주는 일을 가능하게 했다. '세계 지성과의 대화' 연재 하나만 보아도, 이번 호에 앨런 긴즈버그와 최월희 씨의 인터뷰 기사가 나가면, 다음 호에는 보르헤스와 민용태 씨의 인터뷰가 나오고, 그다음에는 레슬리 피들러와 김성곤 씨의 인터뷰가 나오는 식이어서 타의 추종을 불허했다.

잡지를 시작하고 얼마 되지 않은 시점에서 『경향신문』의 파리 특파원으로 프랑스에 간 김에 『25시』의 작가 게오르규, 『대머리여가수』의 작가 이오네스코, '누보 로망'의 기수 로브그리예, 『생의 한가운데』의 작가 루이제 린저 같은 세계적 대가들과 교섭하여, 세계 정상급 작가들의 강연을 한국에서 직접 들을 수 있는 기회를 만든 것도 한국문학의 위상을 업그레이드시키는 기획이었다고 할 수 있다.

한 가지 일에 올인하는 습관이 있는 이어령 씨는 그 잡지의 광고부터 레이아웃, 제목과 헤드라인까지 일일이 손보는 철저한 주간이었다. 누구도 그렇게 정성을 들여서 잡지를 만들지는 않을 것 같다는 생각이 들 정도로 그는 잡지 만들기에 올인했다. 그는 고전 시대의 그리스 사람들처럼 지적 호기심이 끝간 데를 몰랐고, 세계문학을 총체적으로 보듬어 안는 글로벌한 안목을 가지고 있는 데다가, 국문학자여서 한국문학의 정확한 쟁점들도 숙지하고 있어, 아무도 할 수 없는 다각적이고 시야가 넓은 잡지를 만들어낼 수 있었던 것 같다. 문학 잡지는 그의 지적, 감성적 다양성을 모두 필요로 하는 특별한 매체여서 적성에 맞았던 것 같기도 하다. 신경 쓸 일이 끝이 없고, 한 달이 금방 지나가서 그는 아주 벅찬 일정을 소화해야 했지만, 13년간이나 물리지 않고 그 일에 정진한 것을 보면 그 일이 적성에 맞았다는 것을 확인할 수 있다. 철저하게 작품의 질에 중점을 두는 청탁, 동서양을 어우르는 시계視界의 확대, 고전 연구와 최신 연구가 병행되는 균형 잡힌 편집 등을 통해 그는 독자에게 매호마다 새 세계를 보여주었다. 『문학사상』 첫 호는 잡지사상 유례가 없게 3쇄나 찍었다. 3만 부나 찍었는데도 두 번 더 찍은 것이다. 김윤식 씨는 이 잡지에 대해 다음과 같은 헌사를 보내고 있다.

> 『문학사상』, 그것은 나에게는 한갓 순문학의 월간지가 아니다. 그것은 한국문학사 그 자체였다.[1]

『문학사상』의 관철동 시대

하지만 이어령 씨는 애초부터 『문학사상』사를 자기가 직접 경영할 생각은 전혀 없었다. 잡지뿐 아니다. 아흔이 되어오는 긴 생애에서, 그는 수익만을 목표로 하는 사업을 해보겠다는 생각을 해본 일이 한 번도 없다. 책 읽고 글 쓰는 일과 대학 강의, 자기 생각을 청중에게 직접 전달하는 강연회나 인터뷰 같은 것은 즐겁게 했지만, 창조와 관계가 없는 작업은 하지 않은 것이다.

---

1 김윤식, 「전후 문학의 감각」, 『64가지 만남의 방식』, p. 43.

잡지 출간도 그에게는 창조 행위였지 수익 사업이 아니었다. 자기 자신의 기본 자료를 정리할 시간도 아까워서 못할 정도로 그는 창조하는 일에만 몰두하면서 외곬로 살아왔다. 그래서 경영에는 뜻이 없었다.

나도 그가 사업을 하면서 원하지 않는 돈 문제 같은 것에 신경을 쓰는 것을 좋아하지 않았다. 사무적인 일을 소홀히 하고 추상적인 담론에 흥미가 많으니 사업가로서의 실력도 미지수여서, 그가 사업을 하는 걸 원해본 일이 없다. 회사를 경영하면 하고 싶지 않은 일을 많이 해야 하는 것도 달갑지 않은 이유 중의 하나였다. 세금 문제, 임금 문제, 인사 문제, 원고료 문제 등 돈에 얽힌 잡무를 챙기지 않을 수 없는데, 그런 것은 그가 하고 싶어 하는 일이 아니다. 그래서 삼성출판사에서 경영권을 가지고, 자기는 주간 일만 하기로 약속하고 『문학사상』을 시작한 것이다. 예상을 벗어날 정도로 잡지가 인기가 있었는데도 그 생각에는 변함이 없었다.

그런데 1년이 지나니 삼성출판사 측이 『문학사상』을 그만두겠다고 나섰다. 나는 밖에서 일어나는 일에는 간여하지 않는 편이어서, 그분들이 왜 잘되는 잡지를 그만두려 했는지 알 수가 없었다. 삼성출판사 내에 반 『문학사상』 기류가 일었는지도 모른다. 그때 김봉규 사장은 『독서신문』과 삼성출판사와 『문학사상』

세 가지 사업을 하고 있었는데, 『문학사상』만 초반부터 독주하니 나머지 업체에 밉보였을 가능성이 있기 때문이다.

이 선생이 경영자에게 편집권에 절대로 손을 대지 못하게 한 것도 이유 중의 하나였을 가능성이 있다. 김봉규 사장은 개성이 강한 분인데, 이 선생 하는 일을 구경만 하는 것은 재미없었을 것 같기 때문이다. 부하 직원인 셈인데, 이 주간이 사장 명령을 듣지 않고 자기 식으로 일을 막 벌리는 것도 재미없었지 싶다. 시작해놓고 프랑스에 가는 것 같은 것도 마음에 들지 않았을 조건이다. 다달이 파리에서 보내는 편집안을 손 놓고 앉아 기다려야 하는 것은 기분 좋은 일이 아니었을 것이기 때문이다. 어쨌든 그가 파리에서 돌아오자마자 삼성에서 손을 들었다. 이어령 씨의 의향과는 무관하게 삼성 측에서는 그만둘 절차를 착착 진행시키고 있었다. 관철동에 새 사무실을 얻어놓았고, 이사 갈 날짜도 정해졌다는 것을 편집장인 정철진 씨가 알려주었다.

그쪽에서 강경하게 나오니 이 선생은 울며 겨자 먹기로 그 일을 맡지 않을 수 없게 되었다. 나는 당황했다. 직접 경영하지 않는다고 해도 적자가 날까 봐 걱정하는 일 같은 것은 하지 않을 수 없는데, 그런 것은 그가 하고 싶어 하는 일이 아니었기 때문이다. 그는 그때까지 하기 싫은 일은 하지 않고 자유로운 삶을 살아왔다. 잡지 경영은 적성에 맞지 않을 일인데, 그가 언제 싫증을 느끼고 손을 놓아버릴지도 알 수 없었다. 우리는 둘 다 내켜 하지 않는 일이었지만, 큰맘 먹고 시작한 잡지를, 막 상승세를 타고 있는 시점에서 포기해버릴 수는 없었다. 다른 경영자를 토파볼 시간적 여유도 없으니 선택의 여지가 없었다. 그는 혼자 일하는 타입이고, 그의 형제들도 모두 같은 형이어서 주변에 경영을 대신 맡길 믿음직한 경영인도 없었다. 그래서 출판 일을 하던 매제를 데려다 경영을 맡기면서, 어음 관리는 내가 해주기를 원했다. 나는 그의 주변에 있는 인물 중에서 가장 현실적이고 융통성이 없는 성격이었기 때문에 신임을 받고 있었던 모양이다. 그는 내 융통성 없는 성격과 현실감각을 믿어서 집의 경제권도 전적으로 내게 맡기고 있었기에, 잡지사의 어음 관리도 함께 맡기게 된 것이다. 나는 그 일이 너무 복잡해서 달갑지 않았다. 하지만 잘못하면 파산을 할 가능성이 있어서 그 일을 맡는 것을 수락했다. 파산할 기미가 보이면 얼른 그만두어야 하는데, 그러려면 현장 가까이에 있는 것이 유리했기 때문이다. 나는 집에서 어음만 관리해주는 선에서 『문학사상』과의 관계를 정립했다. 그가 다시 편집에만 신경을 써도 되는 『문학사상』 관철동 시대가 그렇게 시작되었다. 1973년 11월호부터 박영빌딩(관철동 18-4) 403호실이 『문학사상』의 발행처가 된 것이다.

잡지사가 이사하기로 한 날, 이어령 씨는 날짜를 잘못 알고 다른 곳에서 사람들과 만나고 있었다. 핸드폰이 없던 시절이라 연락이 안 되는데, 이사는 가야 하니 편집장이 내게 연락을 했다. 새 사무실은 관철동에 있었다. 이사를 다 시켜놓으니 그가 와서 나를 보고 수고했다고 했다. 그러고 나서 앞으로는 이 근처에는 되도록 오지 말았으면 좋겠다는 눈치를 보였다. 남편이 하는 잡지사에 마님이 들락거리면 보기 좋지 않다는 것이다. 불감청不敢請이언정 고소원固所願이었다.[2] 이미 하고 있는 일이 포화 상태인데, 전공이 같아서 자꾸 무언가를 시킬까 봐 겁을 잔뜩 먹고 있던 나는, 너무 고마워서 그 말을 얼른 받아들였다. 나는 그 무렵에 하고 싶은 일이 너무 많았는데, 잡지사는 내가 하고 싶은 일이 아니었던 것이다.

나는 원래 혼자 하고 싶은 일이 많아서 남편의 일에 간여할 시간이 많지 않다. 내 일도 그에게 부탁하지 않는다. 나는 딸 많은 집 셋째 딸이어서 자립심이 강한 편이다. 그래서 자기 일은 뭐든

---

2 '감히 청하지는 못하였으나 본래 바라고 있던 바'라는 뜻이다.

지 혼자 처리한다. 나는 혼자서 문단에 나왔고, 혼자서 취직을 했으며, 혼자서 책을 냈고, 병도 혼자 앓았다. 집안일까지 혼자 도맡아 하고 있으니, 남편이 하는 일에 간여할 여력이 없었다. 우리는 둘 다 자기 하는 일에 누가 간섭하는 것을 못 견디는 타입이어서 그 점에서는 궁합이 잘 맞았다. 그이가 12년간 『문학사상』을 만드는 동안, 나는 그 잡지에 필자 하나 부탁한 일이 없었던 것 같다. 장관을 할 때도 마찬가지다. 그게 내가 그를 돕는 가장 좋은 방법이라고 생각했던 것이다. 하지만 그가 도움을 필요로 하는 현실적인 잡무에는 전적으로 협조했다.

어음 관리 외에 내가 도운 것이 또 있다. 집을 사서 잡지사에 무료로 빌려준 것이다. 어느 날 집에서 난초를 관철동에 보냈는데, 한 달 만에 들러보니 화초가 모두 떡잎이 지고 있었다. 관철동의 공기가 그렇게 나빴던 것이다. 안 되겠다 싶어서 편집장에게 물어보니 박영빌딩에 내는 월세가 250만원이라고 했다. 내가 그만한 액수를 내는 큰 적금을 든 것이 있으니 그것을 담보로 해서 공기 좋은 곳에 집을 사서 『문학사상』에 빌려주면 훨씬 나은 환경에서 잡지를 만들 수 있을 것 같았다.

집이 가깝고 공기도 좋은 경복궁역 근처에서 알아보니 내가 감당할 수 있는 한옥이 있었다. 적선동 101번지다. 바깥채에는 양옥이 있으니 그쪽을 편집실로 쓰고, 안채를 주간실로 사용하면 아늑해서 좋을 것 같았다. 나는 그렇게 하여 적선동에 집을 샀고, 적금이 끝나자 무료로 그 건물을 잡지사가 쓰게 했다. 이 선생을 설득해서 이사를 하게 했다. 『문학사상』의 적선동 시대는 그렇게 시작되었다. 1976년 3월의 일이다. 주간실이 딴채인 데다가 한옥이어서 오는 손님들이 좋아했다. 편집실도 딴채이니 직원들도 좋아했다. 부자가 같이 살던 집이었기 때문에 한 마당에 집이 두채 있었던 것이다. 그때는 효자로가 넓혀지기 전이어서 그 집은 뒷골목에 있어 조용하고 아늑했다.

그 후에 내가 『문학사상』을 도운 것은 이 선생이 일본에 가서 『축소지향의 일본인』을 쓰던 1981년 봄부터 1년간 사무실을 관리해준 것이다. 그는 외국에서도 권두언을 직접 썼고, 편집안을 디테일까지 다 짜서 다달이 보내왔으며, 자세한 것은 전화로 컨트롤하면서 사무실을 운영했고, 유능한 편집장이 있었으니 내가 할 일은 그 일이 제대로 집행되는지 점검만 하면 되는 것이었다. 『문학사상』 10주년이 되는 해여서 문인들의 대보름 달맞이 행사를 내가 대신 진행시켰고, 그해의 이상문학상 심사를 주관했다. 박완서의 『엄마의 말뚝』과 문순태의 『철쭉제』가 최종심에 올라 경합하던 해였다. 『엄마의 말뚝』이 이겼다.

다행히도 『문학사상』은 적자를 내지 않고 지속되었다. 이 선생에게는 사업을 하다 파산한 아버지가 계시다. 아버지는 자식들에게 파산에 대한 공포를 유산으로 남겨놓으셨다. 그래서 그가 하기 싫어하는 현실적인 부분에 많이 신경을 써서 적자를 내지 않은 것이다. 그는 무슨 일을 해도 해낼 수 있는 치밀한 면도 가지고 있다. 학생 때 외삼촌이 하는 제재소에서 방학에 아르바이트를 했는데, 일을 너무 잘해서 외삼촌이 졸업하면 동업하자고 제안한 일도 있다고 한다. 필요가 없으니 평소에는 그쪽 능력을 활용하지 않은 것뿐이다. 장관직을 대과 없이 치른 것도 그런 양면성이 있어서 가능했던 것 같다. 그는 시인이지만 수학자이기도 했던 것이다. 그는 언제나 자기가 하는 일에 전력투구를 하기 때문에 하려던 일에 실패한 적은 거의 없었다. 다만 그런 일은 창조적인 일이 아니어서 그가 하고 싶어 하지 않아 일회성으로 끝내고 만 것이다.

『문학사상』에서 나오는 수익금은 우리 가족을 위해 쓰지 않기로 처음부터 우리는 합의를 보았다. 혼자 쓴 원고의 고료나 인세가 아니고, 여러 사람이 노력한 결과로 생긴 이윤이기 때문에 그것은 공공의 목적으로 쓰고 싶었다. 그래서 별도로 계좌를 만들어서 다달이 남는 돈을 저축했다. 그때부터 그의 개인적인 인세와 원고료도 그 계좌에 다 넣기 시작했다. 1973년부터 문학을 하는 데서 들어온 모든 수입을 따로 모은 것이다. 나는 그것을 2007년에 영인문학관을 새로 짓는 자금으로 사용했다. 그러니 영인문학관 건물은 이어령 문학의 가시적인 모뉴망이다. 그의 글로 지어진 집이기 때문이다.

하지만 이어령 씨가 드디어 『문학사상』을 그만두게 되는 때가 왔다. 1985년이다. 그는 박사 학위 논문을 써야 해서 잡지 일을 계속하는 게 어려웠다. 그는 한 가지에 전력투구하는 타입이기 때문에 한꺼번에 두 마리 토끼를 쫓는 일은 잘하지 못한다. 그런 데다가 형님이 파산해서 큰돈이 필요했다. 『문학사상』은 형님의 빚을 5년간 분할상환해주는 조건(채무자와의 약정 사항)으로 임홍빈 사장에게 넘어갔다. 우리에게는 1전도 들어온 것이 없어서 계산이 깨끗했다.

잡지를 그만둔 건 바람직한 일이었다. 그가 다시 글만 쓰는 사람으로 원대 복귀를 할 수 있었기 때문이다. 잡지를 그만둔 덕분에 그는 학위논문을 3천 매나 쓸 수 있었다. 그리고 일제강점기와 길이가 같은 36년의 세월이 그가 사랑하던 『문학사상』과 우리 사이를 흘러갔다. 참 오래도 살았구나 하는 생각이 들지만. 잡지를 만들던 기간은 그것대로 그에게는 의미가 컸다. 달마다 축제 같은 세월이었기 때문이다. 『문학사상』을 끝내고 장관을 하는 동안 그는 현실에서 이루고 싶었던 작업에 몰두했다. 국어연구원과 예술종합학교를 만드는 것도 그런 꿈 중의 하나였다. 하지만 축제 분위기는 거기에서 끝내고, 그는 홀가분한 마음으로 본업인 대학교수와 글 쓰는 사람으로 돌아갔다. 책을 읽고, 글을 쓰고, 학생들을 가르치는 자리가 그가 정착할 공간이었던 것이다.

『축소지향의 일본인』의 태동기

2022년 12월

1973년에 이어령 씨는 『경향신문』 특파원으로 파리에 간 일이 있다. 『문학사상』 주간 때의 일이다. 도쿄를 경유하는 비행기여서 일본에 일주일간 머물게 되었다. 그때 『문학사상』 사장인 김봉규 씨가 같이 있었는데, 어느 날 저녁에 그분이 일본 지인들을 만나는 술자리에 이 선생을 데리고 갔다. 그날 화제는 당시 일본에서 선풍을 일으키고 있던 이사야 벤다산의 『일본인과 유태인』이라는 책이었다. 거기에서 이 선생은 그 책의 문제점을 지적하는 발언을 한다. "일본 문화의 특징을 쌀을 먹는 것으로 파악하고 있는데, 그건 일본만의 특징이 아니다. 한국에서도 쌀을 먹고 있지 않느냐? 관점이 잘못되었다"고 하면서 여러 가지 이야기를 하니까, 그 자리에 있던 가쿠세이샤學生社라는 출판사 사장이 이 선생의 일본론에 흥미를 느껴서, 그걸 책으로 써줄 수 없느냐고 물어왔다. 생각지도 않았던 일인 데다가, 김 사장의 출판사에서 이미 책을 내기로 되어 있기 때문에 곤란하다는 말을 했다. 삼성출판사에서 파리 체재비를 돕는 대신 책을 써주기로 약속했던 것이다. 조건은 1년 안에 써야 한다는 것이었다. 1년 안에 일본론을 쓰는 건 불가능해서 망설이고 있는데, 가쿠세이샤는 "시간은 얼마든지 드릴 테니 원하는 때에 아무 때나 쓰라는" 조건을 제시했다. 그래서 삼성에는 다른 책을 드리기로 하고 가쿠세이샤와 계약을 맺게 된 것이다. 그때의 책 제목은 '일본인이 모르는 일본'이었던 것으로 기억된다. 가쿠세이샤는 작은 출판사지만 쓰루오카鶴岡 사장은 성실한 사업가였다. 도쿄제국대학 출신인 그분은 예술에 대한 안목이 높고, 일본 문화에 대해 박식했다. 한국 문화도 사랑하는 분이어서, 2차 대전 때 학도병으로 입영하기 전날 교토의 백제 관음상 앞에 가 종일 앉아 있었다는 말을 듣고 호감이 갔다.

반년 만에 귀국할 때 다시 도쿄에 들른 이 선생에게 쓰루오카 사장은, 자신이 회원인 로터리클럽의 특강을 부탁했다. 장소는 뉴오타니 호텔이었다. 처음으로 일본어로 하는 강연이었다. 이 선생은 초등학교 6학년까지만 일본어로 공부를 해서 일본어로 말하는 것이 서툴렀는데도, 강연이 뜻하지 않게 성황을 이루었다. 그의 브로큰 재패니즈가 오히려 매력으로 작용한 것이다. 원래 일본 사람들은 일본어를 잘하는 한국인을 우습게 보는 경향이 있다. 재일 교포들이 그렇기 때문이다.

한국계 신문인 『통일일보』에서 이 선생의 강연 내용 전문을 게재했다. 그 기사를 서울 주재 일본 대사 스노베 료조須之部量三 씨가 보고 그 일에 흥미를 가졌다. 어느 날 우리 부부를 초대한 스노베 대사는, 이 선생에게 그 책을 쓸 수 있는 자리를 마련해주겠다고 제안했다. 학교를 쉬고 책만 쓸 수 있게 국제 교류 기금을 받아 도쿄대 연구원으로 가는 길을 모색해보겠다는 것이다. 그 자리에 대사는 이화여대 총장인 김옥길 선생도 함께 초청했다. 이대를 비워야 하는 데 대해 사전 양해를 받고 싶었는지도 모른다. 우리가 교수였던 20세기에는 아직 안식년 제도가 없었다. 그날 스노베 씨는 대사관 라이브러리에 있는 『일본·세계 문학 비교 연구 전집』을 이 선생에게 소개해주셨다. 그 책을 사다 읽으면서 일본 문화 연구가 시작되었다. 스노베 대사는 일본 냄새가 가장 덜 나는 교양인이어서 한국인들이 좋아하던 분이다.

그렇게 해서 8년간의 긴 일본 연구가 본격화되었다. 1981년 봄에 드디어 도쿄대학 비교문화연구소의 객원 연구원으로 1년 동안(1981년 4월~1982년 3월) 가 있을 기회가 왔다. 도쿄대 고마바 캠퍼스에 연구소가 있었기 때문에 숙소는 신주쿠의 니시오

치아이西落合에 정해졌다. 개인 집이었다. 넓은 마당을 가진 오래된 저택 정원에 지은 3층짜리 맨션의 1층이다. 세 평짜리 방이 두 개 있고, 작은 부엌과 욕실이 있었다. 집 앞쪽에 메구로 학원의 울타리가 있고, 그 담 너머는 앞이 보이지 않는 대나무 숲이다. 경치도 좋고 조용한 주택가였다. 하지만 전철역이 있는 다카다노바바에서 좀 멀었다. 15분 정도 떨어진 곳에 있어서 걸어다니는 일이 내게는 부담이 되었다. 짐이 있을 때는 더 버거웠다. 하지만 이 선생은 그 거리를 부담스러워하지 않았다. 도쿄에서는 길이 막히기 쉬우니 시간을 지키려면 전철을 타야 한다면서 그이는 전철을 선호했다. 길이 막히는 것을 일본 사람들은 '주타이渋滞'라고 한다. 그 복잡한 상형문자의 모양이 실감이 날 정도로 도쿄는 교통난이 심했다.

그 집에서 두문불출하고 글만 쓰며 사는 생활이 시작되었다. 1주나 2주 동안 외출을 하지 않으면서 다다미에 놓여 있는 책상에만 붙어 있었다. 다리가 저려서 일어나기 어려울 정도의 강행군을 한 것이다. 과로해서 망막이 박리되기도 했다. 가쿠세이샤에서 보내준 이은택李銀澤이라는 교포가 자료 조사와 원고 교정 같은 것을 도우면서 침식을 같이 했다. 책은 잘 써져서 그해 연말에 무사히 마무리되었다. 계약한 지 8년이 되던 해였다. 1973년에 움이 터서 1981년에 완성된 것이다.

남의 나라의, 더구나 우리를 지배하던 나라에 대해 쓰는 것이어서, 섣불리 시작할 수가 없었다. 철저한 자료 조사와 답사가 진행되었다. 가쿠세이샤에서는 필자 대접을 최고로 해주었다. 사장이 직접 이 선생을 모시고 다니면서 일본의 대표적 문화재들을 답사하게 했고, 자료 수집도 도와주었다. 나와 동행할 때에는 그분이 짜준 상세한 스케줄대로 우리끼리 움직이면 되었다. 가쿠세이샤 사장의 권유로 셋슈雪舟[1]가 그린 후스마[2] 그림이 있는 유다 온천까지 간 일도 있다. 그곳에 가는 기차는 동화에 나오는 차처럼 칙칙폭폭 하며 연기를 뿜어내는 구식 증기기관차였다. 객실이 하나밖에 없어서 장난감 기차 같았다. 그때 일본은 이미 신칸센이 깔려 있던 시기여서 그건 관광용 기차였던 것이다.

숙소도 고색이 짙은 오래된 료칸(여관)이었다. 쓰키미 쇼지[3]를 통하여 겨울인데도 김이 모락모락 올라오는 연못이 보였다. 온천 지대였기 때문이다. 손바닥만 한 금붕어들이 김이 서린 연못

---

1 15세기 일본의 수묵화가이자 승려.

2 나무틀을 짜서 두꺼운 헝겊이나 종이를 바른 문. 후스마에 그림을 그리기도 한다.

3 '달을 보는 장지문'이라는 뜻으로, 창호지를 잘라 한 칸만 유리를 박아 밖을 볼 수 있게 한 창문이다.

에서 헤엄치는 광경이 몽환적이었다. 호텔보다 비싸다는 그 료칸에는 메이지 유신을 모의했다는 마당의 그늘집도 남아 있었다. 수도에서 멀리 떨어져 있고 한적해서, 반정부 음모를 꾸미는 장소로 간택된 모양이다.

출판사는 강연 스케줄도 관장해주었다. 전무인 미키 아쓰오三木敦雄 씨는 사실상 이 선생의 전담 매니저 같은 역할을 했다. 그의 서비스는 21세기 초까지 지속되었다. 지방에서 오는 강연 요청이 있으면 그는 일정을 조정해주었고, 비서처럼 어디나 수행했으며, 김치도 도쿄에서는 보기 어려울 정도로 잘 담는 곳을 알아내서 떨어지지 않게 보살폈다. 그렇게 철저한 매니저는 다시 찾기 어려울 정도로 미키 씨의 도움은 완벽했다. 그는 자료에 대한 정보도 밝아서 많은 도움이 되었다. 와세다대학 영문과 출신이어서 말도 잘 통했다. 한국과 일본의 범종을 비교하기 위해 NHK와 KBS가 공동으로 진행하는 '범종' 프로그램에도 이 선생이 출연해서, 우리는 일본 안의 대표적인 종을 모두 보고 다녔고, 아리타의 이삼평李參平[4]을 모신 신사와 도자기 공방에도 다녀왔다.

---

4 일본이 자랑하는 사가현 아리타 자기의 시조로 추앙받는 조선 출신 도공. 임진왜란 때 왜군에 사로잡혀 끌려간 도공 중 한 사람이다.

책은 일본어로 쓰였다. 한국어로는 정확한 번역이 어려운 품사들이 많아서, 뉘앙스를 살리며 정확하게 표현하는 일이 어려웠고, 시간도 촉박했기 때문이다. 이 선생은 일본어로 문장을 쓰는 일이 서투니까, 일단 써놓으면 이은택 씨가 수정하고, 본인이 다시 보고 또다시 보고 하는 식으로 일이 진행되었다. 재일 교포인 이은택 씨는 문필가이면서 번역가였다. 아주 박식했고 학구적이었다. 이은택 씨와 이 선생은 성격이 잘 맞아서 막바지에는 숙식을 같이 하면서 집필에 전력투구했다.

1981년 연말에 『마이니치 신문』에서 외국인이 쓴 새로운 일본론 자료를 찾다가 우연히 이 선생의 소문을 듣고 찾아왔다. 그래서 신년에 그 책 이야기가 1면에 전면으로 소개되었다.(1982년 1월 25일) 그렇게 해서 출판되기 전부터 그 책에 관심이 집중되었다. 책이 나오자 난리가 났다. 리스크를 두려워한 출판사가 초판을 너무 적게 찍어서 책이 당일로 동이 난 것이다. 5개월 사이에 16쇄를 찍는 사태가 벌어졌다. 찾는 사람들이 너무 많아서 지하철역에 쌓아놓고 파는 곳도 있었다. 40년이 지난 지금도 그 책은 일본에서 계속 팔리고 있다. 고단샤의 학술문고에 들어가 있어 롱셀러가 되고 있다.

식민지 교육을 받은 열두 살짜리 아이가 커서, 그때 배운 서툰 일본어로 우리를 지배하던 나라의 문명론을 써서 대뜸 베스트셀러가 되었으니, 감개가 무량했다. 감개무량한 일은 그것뿐이 아니었다. 떠나기 전에 이 선생은 자율신경 부조증으로 오래 아팠다. 2년 가까이 글을 못 쓰는 시기를 겪은 것이다. 다 나았다가도 글만 쓰면 도져서 고생을 했다. 그 일이 있은 후 얼마 되지 않아 도쿄에 갔으니 조마조마했다. 그런데 다행히도 병이 재발하지 않았다. 영원히 글을 못 쓰게 될까 봐 많이 불안했기 때문에, 출간 소식은 나에게는 또 다른 의미에서 승리의 개가처럼 들렸다.

신문에 나온 기사들을 미키 씨가 스크랩북을 만들어 보내주었다. 양이 엄청났다. 온 신문에 모두 톱으로 나온 것이다. 전면으로 나온 신문도 많았다. 그 책은 "대사관이 3년 걸려도 못할 만한 효력을 창출해냈다"라고 말한 분이 있을 정도로 여러 가지 효과를 나타냈다. 식민지였던 우리나라 사람들의 엽전 콤플렉스를 풀어주고, 교포들에게 자신감을 심어주는 데 조금이라도 도움이 되었다면 다행스럽다고 이 선생은 말했다. 일본에서 천민보다도 못한 대접을 받으며 살던 교포들은 "선생님 덕에 한국인인 것을 감추지 않게 되었다"고 하면서 이 선생을 만나면 붙잡고 울먹였다. 하지만 쓰는 사람의 입장에서 보면, 혹시라도 민족적인 원한이 글을 쓰는 시선의 객관성을 흔들까 봐 조심에 조심을 거듭해야 한, 아주 힘들고 까다로운 저술이었다.

그 책은 일본에서 이 선생을 단시일에 명사로 만들어놓았다. 강연과 원고 청탁이 몰려와서 이 선생은 귀국 후에도 방학마다 일본에 강연하러 다녔다. 일본의 1급 강사와 거의 같은 강사료를 받았다. 일본 교수들의 증언으로는 아마 3위 정도는 되었던 것 같다고 했다.[5] 부부 동반 1등표에 스위트룸이 제공되는 극상의 강사 대접이었다. 그건 이어령 개인이 아니라 한국이 일본에서 받은 대접이기도 해서 기분이 좋았다. 그는 자기 이름이 일본식 한자 발음으로 읽히는 것을 막기 위해 가타가나로 저자명을 '이오룡イオリョン'이라고 표기했다. 같은 한자 문화권이어서 '李御寧'은 일본에서도 해독되는데, 일본식으로 읽으면 '리교네이'가 되는 것을 방지하기 위해서였다. 나중에 다른 분들도 그렇게 해서 일본에서 한국인들이 성명의 아이덴티티를 지켜갈 수 있게 되었다.

그 책이 끝나자 이 선생은 너무 가슴이 벅차서 한밤중에 집에 전화를 걸었다. "여보! 끝났어! 끝났다고!" 하는 소리를 자다 깬 몽롱한 상태에서 듣고 잠이 싹 달아나던 일이 생각난다. 빈방에서 혼자 그 성취감을 감당해야 할 그를 생각하니 눈물겨웠다. 결

---

5 이어령 오럴 히스토리 채록팀 4인의 증언이다. 2019년 8월.

혼 후 혼자서 1년 동안 직접 밥을 해 먹으면서 글만 쓴 건 그때가 처음이다. 철저한 성격이어서 라면으로 끼니를 때우거나 하지도 않아서, 많이 힘든 한 해를 보낸 것이다.

그 기간에는 어느 직장에도 나가지 않았으니, 그가 글만 쓰며 보낸 것은 그때가 처음이었던 것 같다. 그 기간에 그는 팔자 좋은 전업 작가였던 것이다. 그 재미로 그는 1989년에도 뉴욕과 교토에 가서 혼자 사는 시간을 가졌고, 2004년에도 일본에 다시 갔다. 그런 기회만 주어지면 일본에 관한 책이 하나씩 나온다. 『가위바위보 문명론ジャンケン文明論』, 『하이쿠로 일본을 읽는다俳句で日本を讀む』 등이 그렇게 하여 쓰인 책들이다.

부록

그는 어렸을 때부터 아주 당당했다. 이런 모습을 어떤 아이들은 거만하다고 생각했다. 거만과 품격은 혼동되기 쉽다. 거만은 다른 사람들 위에 자신을 올려놓는 일이다. 품격은 어떤 것이 귀한지를 인식하고 그 가치를 지키지 않으면 안 된다는 것을 아는 것을 말한다.

어린 날의 기억들 -이서영[1]

2013년 12월

만세 소리 속에서

"반자이! 반자이!(만세! 만세!)"

강제로 동원된 주민과 학생들이 일장기를 휘두르며 마을 길을 행진하고 있었다. 1933년 12월 29일, 일본의 황태자(아키히토)가 며칠 전에 태어나서 식민지 사람들까지 경축 행사에 동원되고 있었다.

바로 그날인 1933년 12월 29일, 조선의 한 마을에는 갓 태어

1 이어령의 넷째 형. 1931년생. 전 범서출판사 사장.

난 아기의 얼굴을 마냥 흐뭇하게 들여다보고 있는 한 아버지가 있었다. 아버지가 빙그레 웃으며 산모에게 말했다. "여보, 저 만세 소리 들리오? 저 소리는 일본 황태자를 축하하는 게 아니라, 우리 아기의 탄생을 축하하는 만세 소리인 거요. 두고 봐요, 틀림없이 이 아이, 장차 큰 인물이 될 테니." 그래서 아버지와 어머니는 아기 이름에, '뫼실 어御'자를 넣어 이름을 지으셨다. '李御寧'. 그는 이날 이렇게 태어나, 이렇게 그 이름을 가지게 되었다.

부모님의 기대는 어긋나지 않았다. 어머니는 그가 소학교 5학년 때 돌아가셔서 막내아들의 장성한 모습은 보지 못했지만, 아버지는 101세까지 장수하시며 그의 성장 과정을 지켜보셨다. 그가 시골 학교에서 단번에 서울대학교에 합격하는 것을 보셨고, 약관의 나이에 문단에 혜성같이 나타나 돌풍을 일으키며 일취월장하는 과정, 초대 문화부 장관직에 오르는 모습을 모두를 지켜보신 것이다.

어머니는 비록 그런 성취 과정을 보지 못하셨지만, 어쩌면 그보다 더 큰 보람과 정을, 어린 그에게서 느끼고 돌아가셨으리라 생각한다. 어머니는 몸이 허약한 편이셔서 병환으로 누워 계실 때가 많았다. 어느 추운 겨울날, 어머니는 신열이 심하셨다. 아우와 나는 불덩이같이 뜨거운 어머니의 머리를 차게 식힐 궁리를 했다. 그의 나이 네 살 때의 일이다.

집 마당에는 버린 물이 얼어, 군데군데 얼음판이 생긴 곳이 있었다. 우리는 교대로 그 얼음에 두 손바닥을 얹고 있다가 손이 차가워지면 부리나케 방안으로 뛰어 들어가 어머니의 이마를 짚어드리기로 했다. 네 살배기 아우는 고사리 같은 손이 빨갛게 얼어들어가는데도 그 일을 멈추지 않았다. 어머니는 그 어린 아들의 간호를 한동안 조용히 받고 계셨다. 아무 말 없이 눈을 감은 채, 어린 아들의 차가운 손의 촉감을 가슴속에 깊이 새겨놓으려는 것처럼 보였다. 눈가에서 눈물이 흘러내리고 있었기 때문이다. 나중에 안 일이지만 그때 어머니는 병세가 위중하시어 서울로 수술을 받으러 갈 생각까지 하셨다 한다.

어머니는 서울에서 숙명여고를 다니셨고, 아버지는 배재학당에 다니셨다. 두 분은 슬하에 7남매를 두셨는데, 그는 다섯째 아들이다. 큰살림을 맡아 하시면서도 어머니는 늘 책을 가까이하셨을 뿐 아니라 속독가速讀家이기도 했다. 아무 디자인도 색채도 없는 하얀색 표지에 굵은 먹글씨로 "텬로력뎡"(존 버니언의 『천로역정』)이라고 쓰인 책 상하권을 불과 며칠 사이에 독파하셨다. 한번은 어머니가 큰아들과 책 빨리 읽기 시합을 하신 적이 있다. 상하권으로 된 무슨 고전 소설 같았는데 상권을 어머니가, 하권을 큰형이 읽은 다음 내용을 맞추어보는 게임이다.

어머니는 안방에서, 형님은 건넌방에서 읽기가 시작됐다. 아우와 나는 어머니가 이기게 하려고 형님의 독서를 방해할 작전을 폈다. 아우가 세 살 때쯤의 일이었던 것 같다. 우리는 건넌방으로 들어가 책을 읽고 있는 형한테 질문 공세를 펴기로 했다. 묻는 역할은 아우의 몫이다. "언니,[2] 사과는 익으면 빨간데, 왜 살구는 노래요?" 형님은 독서를 중단하고 알아듣기 쉽도록 설명을 해주셨다. 잠시 후에 우리는 또 건넌방에 갔다. "언니, 기차 연기는 왜 겨울이면 하얀색으로 변해요?" 이번에도 큰형은 자세히 설명을 해주었다. 하지만 세 번째는 달랐다. 형이 눈치를 챈 것이다. 문을 열자마자 불호령이 떨어졌다. 우리는 혼비백산해서 뛰쳐나와 얼굴을 맞대고, 위기를 당하던 긴장감을 숨을 죽이며 낄낄대는 것으로 달랬다.

아버님의 걱정

마을에 한학에 소양이 깊은 진사 어른이 계셨다. 그분은 아이들에게 천자문을 가르쳤다. 아버님은 우리가 소학교에 들어가기

2 중부지방에서는 남자들도 형을 언니라고 부르는 집이 더러 있다.

전에 그분에게서 한문을 배우게 하셨다. 그때 막내는 다섯 살이었는데 한 번만 들으면 하나도 틀리지 않고 모두 외우고 쓰기도 해서 진사 어른을 놀라게 했다. 그의 천자문 해득 진도는 또래의 아이들보다 두 배는 빨랐다. 그런데도 그는 천자문을 다 마치지 않고 중간에서 그만두었다. 천자문에 나오는 첫 구절, "천지현황天地玄黃"의 뜻풀이 중 하늘은 검고玄, 땅은 누렇다黃는 부분을 받아들이기 어려웠기 때문이다. 하늘은 푸른데 어째서 검다는 것인가? 진사 어른은 그의 궁금증을 풀어주지 못했다. 보통 사람들은 가르치는 대로 아무 의심이 없이 외우고 마치고 하는데 그는 그러지 못했다. 납득할 수 없는 것은 받아들이지 못하는 것이다.

어려서부터 그는 늘 의문이 많았다. "왜?" "어째서?"를 끊임없이 천착했다. 그의 날카로운 질문은 많은 사람들을 당황하게 했다. 어른들은 그의 비상한 착상에 놀라, 그를 "똑똑한 아이"나 "천재"라고 칭찬했다. 그런 소문이 서울의 친척들에게까지 퍼지게 되고, 아버님은 그런 그가 자랑스러워 서울에 가실 때는 꼭 그를 데리고 갔다.

그러던 어느 날 이상한 손님이 왔다. 사랑채에서 아버님이 아우를 무릎에 앉히고, 낯선 노인과 말씀을 하고 계셨다. 흰 수염을 길게 늘어뜨린 그 어른은 막내의 머리와 발바닥을 손으로 재보기도 하고 낡은 서첩을 펼치고 무엇을 베끼기도 했다. 아버님의 얼굴에는 약간의 긴장기가 감돌고 있었다. 한참 만에 그가 매우 위엄 있는 어투로 말을 시작했다. "이 아기는 옛날 같으면 왕위에 오를 만큼 매우 귀한 사주를 타고났소. 염려하시는 수명 또한 아주 길어서, 장수하게 될 사줍니다. 그리고 관상을 보니 장차 휘하에 많은 장병들을 거느리고 호령을 하게 될 장군감입니다."

장수할 것이라는 말이 떨어지자 아버님은 비로소 긴장을 푸셨다. 하도 주변에서 그를 "천재"라고 하니까 "천재는 단명한다"는 속설 때문에 속으로 걱정을 하셨던 것 같다. 유명하다는 역술가를 일부러 청해 사주를 보신 이유가 거기 있었다.

천재의 고독

소학교 4학년 때의 일이다. 학교를 마치고 집에 돌아온 그는 몹시 심기가 불편해 보였다. 어머니가 무슨 일이 있었느냐고 물으셨다. 그는 대답을 하지 않다가, 재차 물으시자 볼멘 목소리로 이야기를 시작했다. 「고오짱」이라는 동화를 창작하여 글짓기 숙제로 냈는데, 선생님이 아이들 앞에서, 어느 책에서 베꼈거나 누군가가 대신 써준 것이 분명하다고 했다 한다. 그가 직접 지은 것이라고 아무리 변명해도 들어주지 않고, 거짓말을 한다고 나무랐다는 것이다.

어머니께서 그 글을 보자고 하셨다. 어머니는 소리 내어 그 글을 다 읽고 나더니 선생님과 비슷한 질문을 하셨다. "이거 정말 네가 쓴 것 맞냐?" 소학교 4학년이 쓸 수 있는 글이 아니었기 때문이다. 도저히 믿기지가 않는다는 어머님의 표정에, 형제들도 동조했다. "너 이거 어느 책에서 베낀 거지?" 성질이 급한 그는 억울해서 펄펄 뛰었다. "또 써볼까? 난 이런 거 얼마든지 쓸 수 있단 말이야."

그런 일은 중학교 때에도 일어났다. 그가 너무 앞서 있었기 때문에 질문에 답하지 못하는 선생님들은 그에게 거짓말쟁이라는 누명이라도 씌우지 않을 수 없었던 것이다. 여든이 된 지금도 어쩌다 그때의 이야기가 나오면 그는 얼굴이 상기된다. 그의 생애 최초의 작품들은 아무한테도 인정을 못 받고 불신 속에 파묻혀 없어졌다. 너무나도 뛰어난 글솜씨 탓이다.

숙제가 아니라도 그는 글쓰기를 좋아했다. 방 안 이곳저곳에 언제나 그가 그림을 그리고 자작시를 적어놓은 종이쪽지가 여러 개 붙어 있었다. 말하자면 그는 안방에서 날마다 단독으로 시화전을 연 셈이다. 시뿐 아니다. 어떤 때는 "매미"나 "달" 같은 제목으로 짧은 수필 형태의 글을 적어놓기도 했다. 그 애의 가장

열성적인 감상자요 팬은 어머니였다. 밖에 나갔다 들어오신 아버지께 어머니는 날마다 자랑스럽게 막내의 새로운 게시물을 소개했다. 어느 날엔가는 그가 시조를 지었다. 부모님은 놀라서 그의 새로운 쪽지 앞에 한참을 소리 없이 서 계셨다.

가을이 돌아오니 늙은 갈대 춤추누나
무엇 기쁘기에 그리 춤을 추시는고
두어라 가을이 몇날이랴 추는 대로 추어라

막 소학교 5학년으로 올라갔을 때의 작품이다. 드디어 가족들은 그가 남의 동화를 베끼지 않았다는 것을 인정하게 되었다.

어렸을 때의 그의 별명은 '싸움닭'이다. 그런데 이상하게 싸움 상대는 같은 또래가 아니라 큰애들이었다. 처음에는 말다툼에서 싸움이 시작된다. 하지만 누구도 자신의 의견을 논리 정연하게 관철하는 그의 능력을 당해내지 못하니까 주먹이 날아온다. 말에서 진 분풀이를 주먹으로 하려 드는 것이다. 하지만 육탄전에서도 그는 만만한 상대가 아니다. 기가 세서 맞더라도 쉽게 항복하지 않는다. 그는 싸움도 예술적으로 한다. 힘과 기技보다는 두뇌로 맞선다. 상대방이 쳐들어오면 물러서는 척하다가 방심하는 순간 비호처럼 반격한다. 치고 들어오는 힘을 역이용하는 솜씨도 놀라웠다. 하지만 그는 작고 혼자니까 어떤 때는 코피를 쏟으며 돌아오기도 한다. 그는 어렸지만 그럴 때, 절대로 눈물을 흘리고 우는 모습을 보이지 않았다. 그의 싸움 스타일에는 두 가지 룰이 있는 것처럼 보였다. "얻어맞고 져도 절대로 울지 않는다"는 것, "전세가 불리해도 절대로 굽히거나 도망치지 않는다"는 것이다. 이런 당찬 투사에게 쉽사리 대결을 원하는 아이들은 그리 흔치 않아 보였다.

그런데 그의 룰에 한 가지 더 덧붙일 것이 있다. 그렇게 자주 싸우는 막내를 못마땅하게 여긴 어머니는 어느 날 그에게 벌을 세우고 다시는 싸우지 않겠다고 빌라고 하셨다. 하지만 그는 빌지 않았다. 어머니가 매를 드는 시늉을 해도 묵묵히 맞을 태세를 취하고 서 있었다. 그쪽이 먼저 잘못해서 일어난 싸움인데 자기가 빌 이유가 없다는 것이다. 어머니도 결국 그를 꺾지 못하시고 조용히 타일렀다. "위압이 가해져도 자기가 옳다고 믿는 것에는 쉽사리 타협하지 않는다." 이것이 그의 세 번째 룰인 것 같다. 이렇듯 어려서부터 자아가 강한 아들을 어머니는 대견해하시면서도 늘 마음이 놓이지 않아 불안해하셨다.

그는 어렸을 때부터 아주 당당했다. 이런 모습을 어떤 아이들은 거만하다고 생각했다. 거만과 품격은 혼동되기 쉽다. 거만은 다른 사람들 위에 자신을 올려놓는 일이다. 품격은 어떤 것이 귀한지를 인식하고 그 가치를 지키지 않으면 안 된다는 것을 아는 것을 말한다. 품격을 지니고 있는 사람은 비열한 행위를 저지를 정도로 자신의 몸을 막 굴리지 않는다. 그 대신 남한테서 부당한 짓을 강요받거나 모욕당하는 일도 견디지 못한다.

그는 6대1의 중학교 입학시험을 치르러 타지에 간 날도 본고장 출신의 한 학생과 싸움을 벌였다. 타지에서 온 학생이라고 깔보고, 까닭 없이 못살게 군 데 대해 자신의 품격을 지켜야겠다고 생각한 것이다. 그는 자신의 감정을 두려워하지 않는 사람이다. 그래서 늘 솔직할 수 있었고, 내면에는 정열의 불꽃이 사그라질 때가 없었다. 생색내기, 남의 탓하기, 구차한 변명 하기를 그는 싫어했고, 마다했다.

가정통신란

어렸을 때부터 그는 모험심이 많아 아이들과 기발한 놀이를 하면서 즐겼다. 그의 주위에는 늘 많은 아이들이 모여 있었다. 그들은 이제껏 듣지도 보지도 못했던 그의 이야기를 신기해했고, 그가 펼치는 새 놀이에 매혹됐다. 하지만 그는 늘 외로웠다. 왕성한 지식욕과 창의성이 채워지지 않는 데서 오는 갈증과 허기를 느꼈고, 자신을 감동으로 몸서리치게 할 수 있는 '아름다움美'에 굶주려 있었다. 그런 그에게 형들의 서재는 낙원이었다.

내 위로 세 분의 형님들이 계셨다. 그분들은 모두 서울에서 학교 공부를 하고 있었다. 둘째 형님은 문학 지망생이어서 방학 때마다 많은 책을 사 가지고 오셨다. 건넌방의 서가는 어느덧 넘쳐나서 책들이 방 한 귀퉁이에 산적해 있었다. 그곳이 그의 낙원이었다. 아이들과 뛰어노는 즐거움보다도 그는 이곳에서 더 큰 기쁨과 충만감을 느끼고 있었다. 그는 여기에서 행복해했다. 서가에는 문학에 관한 책뿐 아니라 종교, 철학, 미술, 음악에 관한 책들도 많았다. 그는 닥치는 대로 이 책들을 꺼내 읽었다.

서가 한편에는 신초샤에서 간행된 세계문학전집 33권이 있었다. 단테의 『신곡』, 밀턴의 『실낙원』, 도스토옙스키의 『죄와 벌』, 톨스토이의 『전쟁과 평화』, 입센의 『인형의 집』 등…… 그는 이 전집을 거의 다 독파했다. "자연과 책은, 그것을 바라보는 이의 눈 안에 속한다"라는 말이 있듯이, 참으로 과욕이라 할 만한 독서력이었다. 그는 많은 분야의 책들로 자신의 내면을 채워가고 있었다. 책을 읽음으로써 그는 자신의 숨겨진 지적, 감성적 활력을 스스로 발견해내고, 자신의 시적 상상력을 일깨워갔다. 어느 날이었던가 그는 내게 책 한 권을 건네며 말했다. "이 책 읽어봐……. 재미있어." 검은색 표지에 빨간 글씨로 인쇄된 책 제목이 눈에 들어왔다. 일역판 몽테스키외의 『삼권분립론』이었다. 나는 받아 들고 뒤적거리다가 "나중에 읽어볼게" 하고 서랍에 넣어두었다. 그 후 나는 그 책을 다시 꺼내 든 기억이 없다. 초등학교 5학년의 일어 실력으로 이런 딱딱하고 까다로운 이론서를 재미있게 읽었다면, 그가 『팡세』를 거의 밤새워 읽었다는 것도 이해가 간다.

그는 이 책들 속에서 새로운 지적 세계를 경험하고 무한한 이미지 속에 혼이 녹아들었다. 그는 열광했고 만족했다. 그는 이들 저자의 세계에 끼어들어 그들이 바라본 것과 같은 깊이, 같은 질감의 감동을 공유하면서 세상을 보는 안목을 넓혀갔다. 그리고 이제껏 한 번도 생각하지 못했던 것들의 관계라든가, 눈앞에 있었지만 포착할 수 없었던 의미 등이 명확해지는 기쁨을 맛보았다. 그렇게 그의 마음이 독서로 넓어져가고 감각이 연마되어가는 것을 느낄 수 있었다. 그런데 어느 핸가 학년 말에, 그가 받아온 학과 성적표의 가정통신란에는 "병적인 독서열로 책의 노예가 되지 않도록 적절한 지도가 필요함"이라는 담임의 소견이 적혀 있어 부모님을 아연하게 만들었다. 그런 선생님 밑에서 그가 겪었을 핍박이 가슴 아프셨던 것이다.

그가 듣는 것, 보는 것, 생각하는 것

마을에서 좀 떨어진 곳에 미나리꽝이 있었다. 작은 웅덩이 비슷한 곳에 미나리가 푸짐하게 자랄 때쯤이면 개구리들이 밤마다 합창의 향연을 펼치곤 했다. 어느 날엔가 저녁 식사를 마치고 나는 그와 막내 누이를 데리고 산책을 나섰다. 산책을 마치고 돌아올 때 우리는 미나리꽝 곁을 지나게 되었다. 한참 요란하게 울어대던 개구리들이 발소리에 놀라선지 일제히 울음을 그치고 조용해졌다. 걸음을 멈춘 그가 그 침묵을 한참 감상하더니 작은 돌을 집어 미나리꽝에 살포시 던졌다. 개구리들이 놀라 일제히 울어댔다. 그는 이번에도 눈을 지그시 감고 서서 그 울음소리를 듣고 있었다. 얼마쯤 뒤 울음소리가 잦아들고 미나리꽝이 다시 고요해지자, 그는 이번에도 한참 그 고요를 즐기다가 돌을 던졌다. 개구리 울음소리가 되살아났다.

그는 마치 수도승처럼 이번에도 눈을 지그시 감고 묵상하듯 서 있었다. 그 모습이 너무나도 진지해서 나와 누이동생은 가잔 말도 못 하고 그를 따라 개구리 울음소리에 귀를 기울였다. 소리가 다시 잠잠해지자 그제야 그는 발걸음을 옮겼다. 그때 그렇게 몰입해 듣고 있던 침묵과 울음소리에서 그는 무엇을 찾고 있었을까? 무슨 신비한 이야기들을 엿듣고 있었을까?

88올림픽대회 때, 일련의 율동적이고도 현란한 퍼포먼스가 끝나고, 일순 장내가 고요해졌었다. 텅 빈 그라운드 맨 끝에, 흰색 반바지 차림의 아이가 환영처럼 나타났다. 단선의 날카로운 금속성 소리가 정적을 가르듯 가느다랗게 이어지는 가운데, 다섯 살짜리 아이가 잔디 위를 대각선으로 굴렁쇠를 굴리며 달리기 시작했다. 긴장과 의외성으로 장내는 깊은 바닷속처럼 고요해졌다. 중계를 보고 있던 온 세계의 시청자들이 숨을 죽이며 굴렁쇠를 굴리는 어린이에게서 눈을 떼지 못했다. 불과 5분 남짓한 시간에 그가 온 세상 사람들을 놀라움과 감동으로 숨이 멎게 하는 순간, 내 머릿속에는 묵묵히 개구리 울음소리가 잦아든 침묵에 귀 기울이고 서 있던 그의 모습이 떠올랐다. '굴렁쇠를 굴리는 아이'를 창안해낸 그의 아이디어와, 그가 듣고 있던 개구리 울음소리 사이에 무슨 함수관계가 있는지 나는 모른다. 다만 그때의 그의 모습이, 이 감동의 순간에 다시 떠오른 것뿐이다.

서울에 친척이 많아서 아버님은 이따금 상경하셨다. 그럴 때면 우리 형제들을 데리고 가셨다. 그 시대만 해도 기차를 타고 어디에 가는 것은 어린 우리에게는 큰 이벤트였다. 차창 너머로 펼쳐지는 색다른 풍경에서 눈을 떼지 못했고 기차의 속도감에 취하기도 했다.

"아, 재미있다!" 그때 차창에 코를 비비다시피 하며 밖을 바라

보고 있던 그가 나지막한 소리로 중얼거렸다. "뭐가 재미있는데?" 하고 우리는 그의 눈길을 따라 밖을 내다보았다. "전보상대(전신주를 그때 우리는 그렇게 불렀다)마다 붙어 있는 표찰 위에 적힌 숫자 있잖아, 그게 서울에 가까워질수록 단위가 낮아진단 말야." 우리는 스쳐 지나가는 전신주를 눈여겨보았다. 전신주마다 흰 양철로 된 자그마한 표찰이 붙어 있었다. 그 위에는 검은색 글씨로 일본어 기호와 숫자가 함께 적혀 있었다. 그동안 여러 차례 서울을 오르내렸었지만 전신주에 적혀 있는 숫자는 아무도 눈여겨보지 않았다. 그런데 어린 그(소학교 1학년)는 그 숫자의 비밀을 알아내서 즐기고 있었던 것이다.

그의 말을 무심히 듣고 있던 주변 승객들이 웅성거렸다. 제각기 한마디씩 했다. 어떤 아주머니는 그의 머리를 쓰다듬으며 "아이고, 똑똑도 하지, 몇 살이냐" 하면서 삶은 계란을 주기도 했다. 그는 그렇게 예삿일을 예사롭지 않은 눈으로 관찰할 때가 많았다. 예사로운 소리를 예사롭지 않은 귀로 듣고 있었듯이 그는 실로 많은 것에 흥미를 가지고 관찰하고 분석하고 생각했다. 그리고 그 생각을 문장으로 남겨두었다.

생인손

관상용 선인장 분을 옮기다가 가시 하나가 가운뎃손가락에 박힌 모양이다. 가시는 마치 솜털처럼 희고 부드러워 손끝으로 살며시 쓰다듬어도 전연 따갑지가 않았다. 그냥 있을 때는 아무런 통증을 느끼지 못했는데, 가시 박힌 곳이 무엇에 닿으면 까칠까칠하고 따가웠다. 파내보려고 애를 써보아도 너무나도 작아 잘 보이지 않아 힘들었다. 머리카락보다도 가늘고 작은 가시도 살에 박히면 이렇게 따갑고 아팠다. 그때 나는 아우가 생인손 앓던 때 생각이 났다.

겨울방학에 우리는 셋째 형님 댁에 다니러 갔다. 형님 댁 뒤뜰에는 처마 밑에 장작이 가지런히 쌓여 있었고, 뜰 한편에는 아직 패지 않은 통나무들이 흩어져 있었다. 그가 소학교 5학년 때쯤의 일이다. 우리는 재미 삼아 장작을 패보기로 했다. 장작 패기는 숙련이 필요한 작업이어서 요령을 익히기까지는 상당한 시행착오를 겪어야 한다. 어느 날 우리는 장작 빨리 패기 시합을 했다. 지기 싫어하는 성격의 그는 무거운 도끼로 부지런히 통나무를 패다가 나무 가시에 손톱 밑을 찔렸다. 아팠을 텐데도 그는 주어진 양의 장작을 나보다 빨리 팼다. 그런데 찔린 상처가 덧나서 이튿날부터 손톱 밑이 새파랗게 곪기 시작했다. 생인손이다.

생인손이 얼마나 아픈지는 앓아본 사람이 아니면 모른다.

낮에는 아무 말 없이 지내던 그가 밤중에 신음을 내며 괴로워했다. 그 소리에 단잠을 깬 나는 약간 짜증 섞인 목소리로 "어떡하냐, 이 밤중에 병원에 갈 수도 없고……" 했다. 그러자 그의 신음이 뚝 그쳤다. 잠을 깨우게 한 것이 미안했던 모양이다. 계속 그는 조용했고 나는 다시 잠이 들었다. 아침에 형님이 그를 데리고 병원에 갈 때까지 그는 한 번도 아프다는 말을 하지 않았다. 긴 겨울밤을 어린 것이 신음도 못 내며 꼬박 새웠을 일을 생각하면 지금도 나는 가슴이 멘다. 그때 그는 이미 엄마가 없는 아이여서 아픔은 혼자 견딜 수밖에 없다는 것을 절감하고 있었던 것 같아서다.

나는 그의 그러한 '참는 힘'을 오늘날에도 그의 저술 생활 속에서 느끼곤 한다. 생인손의 고통을 참아내듯, 방대한 양의 그의 저서들은 이제껏 그가 체력과 싸운 고독한 인고의 흔적이다. 예술가들이 견디기 힘든 창작의 고통을 감내하지 않았다면, 예술작품은 태어나지 못했을 것이다. 단테나 셰익스피어가 그들 가슴속에 도사리고 있던 고뇌를 두려워했더라면 『신곡』도 4대 비극도 태어나지 못했을 것이다. 나는 그가 평생 집필하며 산 그 고통의 세월을 생각하면 자랑스러우면서도 가슴이 아프다. 그의 저서들은 모두 그의 생인손이었던 것이다.

어린 왕자

큰형수가 시집오셨을 때, 막내의 나이는 두서너 살밖에 되지 않았다. 얼굴을 씻기고 옷을 갈아입히고 시중들어야 하는 아이였다. 하지만 그 시대의 가정 규범으로는 아무리 어려도 시동생은 반드시 '도련님'이라는 존칭을 써야 하고, 도련님이 장가가면 '서방님'이 된다. 그래서 아이들은 '도련님'이라는 칭호를 벼슬처럼 여기기 쉽다. 그래서 큰형수에게 시집에서 제일 무서운 식구는 이 막내 도련님이었단다.

"아이고, 말도 마세요. 다섯째 서방님 어렸을 때, 어찌나 성격이 고약하고 사나웠던지 형수들이 '폭군 도령'으로 불렀다니까요. 밖에 나가 놀다가 들어오면 대문을 들어서기가 무섭게 '밥!' 하고 소리치시는 거예요. '배고파, 밥 먹을래' 하는 식이 아니라, 덮어놓고 '밥!' 하고 딱, 외마디만 합니다. 그다음에는 밥 바로 안 가져온다는 투정이 시작되죠. 동서들은 밥상을 차리느라 정신이 나가고, 나는 행여 부모님 귀에 도련님 고함 소리가 들릴까 봐 애간장이 탔다고요." 언제나 형수님의 화법은 재미있고, 허풍도 적당히 섞여 있어 듣고 있으면 즐겁다.

"그것뿐인가요, 어떤 때는 눈코 뜰 새 없이 바쁜데, 그림책을 들고 나와 읽어달라는 거예요. 어쩌다 집에 혼자 있을 때는 꼭 책을 읽어달라고 졸라요. 잠시도 심심한 걸 못 참으셨지. 그러면 형수들은 '책을 읽어주는 여인' 역을 피하려 난리가 나요. 결국 누군가가 그 역을 맡죠. 그 역할을 맡게 된 동서는 울상이 돼요. 도련님을 무릎 위에 앉히고 책을 읽어내려가면 도련님은 정말 열심히 들어요. 슬픈 장면이 나오면 폭군 도련님 눈에서 눈물이 흥건하게 흘러내리기도 하고요. 그러면 읽던 사람도 같이 울어요. 그런데 왜 이런 감동적인 역할을 맡지 않으려 하느냐 하면, 질문 때문이에요. 조금만 이상하다고 생각하면 바로 질문 공세를 해서 사람을 난처하게 만들어요. 어찌나 날카로운 질문만 쏙쏙 해대는지 형수들은 답변에 궁해서 쩔쩔매죠. 하지만 모두 속으로는 도련님의 재주에 감탄들을 하죠. 바빠서 끝까지 다 읽지 못하고 며칠 뒤, 그 뒤를 읽어야 할 때가 있어서, '가만있자, 어디까지 읽었더라' 하며 책장을 뒤지고 있으면, 아기 도련님이 어김없이 이야기의 시작부터 읽었던 대목까지 술술 구연해내는 거예요. 한 줄 틀리는 법이 없죠. 참 기억력도 뛰어나셨지……."

나는 그가 어렸을 때부터 천재였는지 아닌지는 잘 모른다. 나는 다만 그가 여느 아이들처럼, 배고프면 밥 달라고 소리치고, 갖고 싶으면 남의 아이 것을 빼앗기도 하고, 우스우면 소리 내 웃고, 엄마가 안 보이면 불안해하고…… 그런 어린이다운 어린 시절을 겪고 자란 것에 친밀감을 더 느낀다. 어머니가 돌아가신 후 밑의 두 동생은 사실 내게는 자식 같은 존재였다. 어린 가장이 된 기분으로 그들을 보듬고 싶었지만 도울 힘이 없던 우리의 10대가 지금도 아프다.

나의 자랑스러운 고종사촌 –원정희[1]

2013년

이어령 — 그는 내 자랑스러운 고종사촌 동생이다. 어제와 오늘은 항상 같았던 것 같은데, 벌써 내 나이 81세. 가슴 저미게 뵙고 싶은 먼저 가신 분들의 그 당시 연세보다 내가 더 나이를 많이 먹어버렸다.

1 이어령의 외사촌 누나. 1930년생. 약사. 경기여고와 서울대 약학과를 졸업했다.

할아버지 형제분들 이야기

나의 할아버지이시며 이어령 씨 외조부인 원은상 씨는 원주 원씨 탄수 자손 9대손이시다. 12남매 중 차남이셨고, 형제 여덟 분과 네 자매가 계셨다. 할아버님 중 위로 5형제분은 구한말에 과거에 급제하시어 각각 중책을 맡고 계셨다. 내가 어린 시절 덕수궁에 갔을 때 정○품, 종○품이라는 돌 팻말을 보며, 이곳이 우리 할아버지께서 서 계시던 자리라며 긍지를 갖게 되어 그곳에 가는 것을 즐겼던 생각이 난다. 우리 형제가 어디 가나 기죽지 않는 것은 어렸을 때 가슴 깊이 새겨진 가문에 대한 자부심 때문인 것 같다.

큰할아버지(원응상)는 관비 장학생으로 일본 게이오대학 경제과를 나오셨으며, 구한말에 탁지부 국장을 지내셨고, 그 후로 강원도와 전라남도 도지사를 지내셨다. 할아버지는 이시영 선생이 같이 외국으로 망명하자고 하셨을 때 가족이 너무 많아 못 움직인다고 하셨다 한다. 나는 그 선택이 마음에 든다. 모든 지식인들이 조국을 떠나면, 남은 백성은 그나마 누가 돌보겠는가?

둘째이신 우리 할아버지는 충남 일대의 군수를 지내셨으며 선정을 베푸셨고, 원만한 활동가셨다. 하루는 어느 댁에 초대받아 가셨는데, 그릇 소리 하나 내지 않으면서 너무나 깔끔한 점심상이 나오자, 그 점 하나만 보고 그 댁 손녀딸을 외손부로 삼으셨다. 그분이 이어령의 아름다운 큰형수다.

셋째 할아버지(원훈상)는 구한말 국비 장학생으로 도쿄제국대학 농학부를 나오셔서 조국에 이바지하셨다. 국회의원을 지낸 원철희 씨와 사업가인 원성중 씨는 그분의 손자시다.

넷째 할아버지(원덕상)는 구한말에 국비 장학생으로 지바의대千葉醫大를 나오셔서 국왕의 주치의를 하셨으며, 안국동에 덕재의원을 개업하셨다. 경기여고와 이화여전의 유명한 농구 선수 원용남 씨가 따님이시며, 장남인 원용관 씨는 경기고와 서울 법대를 나와 중앙청 과장으로 계시다가 납북되어 소식이 없다. 다섯째 할아버지는 천안 군수를 오래 하셨다.

네 분의 자매 중 우리 할아버지 바로 위 누님은 안동 김씨 집안으로 출가하셨고, 그의 손자는 청와대 경제 수석을 하다 아웅산에서 산화한 김재익 씨다. 이 대고모님 댁은 이름난 수재들과 미인들이 많았다. 우리 어머니는 대고모님의 시댁 소정리(지금의 세종시)의 안동 김씨 가문 중 제일가는 규수를 뽑아서 데려오신 분이다. 나의 어머니지만 참으로 존경할 만한 분이셨다. 우리 할아버지의 바로 밑 여동생의 외손녀 중에는 유명한 탤런트 김혜자 씨가 있다. 그녀의 아버지는 경제학 박사(김용택 사회부 차관)셨다. 이어령 씨와 김재익 씨, 김혜자 씨는 6촌간인데도 턱선이 너무 닮은 것 같다. 역시 핏줄은 표가 나는 모양이다.

우리 집 정초 풍경

어릴 때 우리 서울 냉천동 집(서대문구 냉천동 81-15)은 정초가 되면 대소가가 많은 만큼 세배하러 오는 사람들이 많았다. 망토를 입고 사각모를 쓴 당숙과 오빠들, 명문고의 교복을 입은 당고모와 언니들이 줄을 이었다. 원용석 씨(전 농림부 장관)도 그중에 계셨다. 지금도 잊을 수 없는 광경은 당숙모들의 아름답고 교양 있고 우아한 세배하는 모습이다. 언제 다시 한번 그런 풍성한 정월 풍경을 볼 수 있을까?

고향집(충남 아산군 배방면 중리 281번지)에서는 정초에 동네에서 구성된 농악대가 집집마다 와서 축복을 해주었다. 농악대는 먼저 뒤꼍에 있는 우물가에 가서 "뚫으시오, 뚫으시오" 하며 꽹과리를 두드려댔다. 다음에는 부엌, 그다음은 뒤뜰에 가고 나중에 앞마당에 와서 연주한다. 이때 할머니는 덕담과 함께 후한 상을 내리신다. 꽹매기, 버꾸, 장구, 북, 징 등……. 그 뒤에는 때때옷 입은 아이들이 따라다녔다.

고모님 댁과 고종사촌들

어린 시절 나는 고모 집에 자주 들렀다. 고모(이어령 씨 어머니)는 우리가 가면 버선발로 뛰어나오실 정도로 우리를 반기고 또 반기셨다. 고모는 항상 『문예춘추』라는 일본 잡지를 들고 계셨다. 어머니인 우리 할머니가 항상 옛날이야기책을 들고 계셨던 것과 같이……. 이어령이라는 대가가 탄생한 것은 모계의 그런 책 사랑 내력 때문인 것 같다.

이어령은 어려서 말이 없었고, 강렬하고 빛나는 눈은 무엇인가를 주시하며 사색하고, 가슴에 꼭꼭 쌓아놓는 듯한 인상이었다. 그의 옆은 착한 눈을 가진 형 서영이 소리 없이 지키고 있었다. 서울대 국문과에 입학하고 놀러 왔을 때, 자기 과에서 정장이 있는 파와 없는 파가 있는데, 자기는 없는 파의 맹장이라 해서 식구들을 웃게 했다. 6·25 사변 직후여서 모든 것이 사라지고 없었으며, 양가의 기둥이신 고모와 우리 어머니도 돌아가신 후였다. 그때는 두 집 다 가장 어려웠던 시기였다. 더구나 우리 아버지(이어령 씨 외삼촌)가 국회의원에 출마해서 낙선된 직후였으니 오죽하였을까?

이어령은 어려운 학창 시절을 끝내고 재색을 겸비한 동창생과 결혼해서 내외가 모두 대성을 하였으니, 내조와 외조가 얼마나 컸는지 짐작이 된다. 젊은 시절 어령이가 발표한 염상섭의 「표본실의 청개구리」에 대한 글은 너무 재미있었다. 그 후 많이 나온 베스트셀러는 하나하나가 모두 내 마음을 설레게 했다. 이 어령의 성공으로 많은 친척들이 자긍심을 키울 수 있었다. 혹 폐를 끼치는 일이 있을까 해서 유명해진 동생 때문에 나는 늘 언행을 조심했다. 서울 올림픽 개막식 때 다듬이 소리와 굴렁쇠 장면은 많은 감명을 주었다. 그건 고향의 소리이며 민족의 소리였다.

고모가 살아 계실 때 그 댁은 언제나 명랑하고 재미있고 화기애애했다. "영화롭다. 영화롭다. 우리 집안은……" 하는 집안 노래도 있었다. 곡이 있는 노래에 고모가 가사를 만들어 자녀들에게 부르게 한 것이다. 형제들이 기타, 아코디언, 하모니카 등으로 반주하면서 부르니 더 보기 좋았다. 〈타향살이〉라는 노래도 이때 익힌 노래다. 건넌방에 가면 곱게 단장하고 예쁜 옷을 입은 새언니가 "작은아씨 오셨어요?" 하고 미소로 맞았다. 나에게 아리따운 꿈을 안겨주던 둘째 새언니. 그때 모습은 어디 가셨는지…… 다시 보고 싶은 분이다. 나와 한 살 차이가 나는 난영 언니와 동생 서영이. 지금 생각하니 같은 또래인데도 우리는 한 번도 싸운 적이 없다. 나도 초등학교 3학년까지는 온양에서 학교에 다녔다. 참으로 다정하고 서로 그리워하는 고종사촌 간이었다. 난영 언니는 어려서 매우 예쁘고, 스스로를 예쁘게 가꾸는 법을 알고 있었다. 옷을 맵시 있게 입고 걸음걸이도 예뻤으며, 목소리 또한 상냥하고 아름다웠다. 나는 이 언니의 모습을 늘 부러워했다. 하루는 할머니가 융으로 겹바지를 만들어 우리 둘에게 주셨다. 나는 멋도 모르고 좋다고 입고 다녔는데, 언니는 뚱뚱하고 맵시가 안 난다고 안 입어서 할머니가 서운해하셨다. 언니가 시집갈 적에 고모가 돌아가시고 안 계셔서 우리 어머니가 몹시 가슴 아프게 생각하셨다. 천안에서 신접살림을 살 때에도 가을이 되면 새로 나온 햇과일들을 손수 싸서 갖다주곤 하셨다. 서영이 동생은 지금과 마찬가지로 몹시 착하고 불평을 안 하는 유순한 아이였다. 영어를 아주 잘하고 문과적인 사람이었다. 그는 유머와 위트가 있었다. 그는 외할아버지의 외모를 가장 많이 닮은 외손주여서 외가에서 사랑을 더 많이 받았다.

고모네 집 뜰에는 보지도 못했던 어여쁜 꽃들이 단장되어 있었다. 고모부의 솜씨다. 고모부는 백수白壽를 하셨는데, 그 축하연에서 건강의 비결이라면 걷기를 좋아하신 것뿐이라고 말씀하셨던 생각이 난다. 이 어른은 평생 뱃살이 전혀 없었고, 젊어서나 노인이 되신 후나 늘 날씬하고 단정하셨다. 처남 매부 사이가 다정하셨고, 우리 형제들은 모두 날씬한 고모부를 아주 좋아했다. 우리들도 배에 살찌지 않게 주의할 일이다. 가을이면 집 입구 골목에 화가인 덕영 오빠가 국전에 내놓으실 인물화가 세워져 있었다. 아름다운 풍경이었다. 우리 집에서는 볼 수 없던 그런 것들은 부럽고 부러운 일이었다. 이 내외분께 나는 어른이 되어서까지도 많은 사랑을 받았다.

둘째 복영 오빠는 학창 시절을 서울 냉천동의 우리 집(냉천동 81번지 15호)에서 같이 지내셨다. 우리 시골집에도 가장 많이 오셔서 나의 유머 감각을 일깨워주시고, 문학에 대한 호기심을 깨우쳐주신 스승이시다. 지금도 여러 동화를 재미있게 이야기해주던 오빠가 잊히지 않는다. 그분은 항상 우리에게 무엇인가를 이야기해주시고 노래를 부르시는 다정다감한 분위기를 지니셨다.

셋째인 휘영 오빠는 양자로 가서 고모의 가슴을 아프게 하고 눈물이 고이게 하셨다. 내가 경기여고를 다닐 때, 친구들과 같이 정동길을 걷고 있으면 배재학당의 교복을 입고 유도복을 어깨에 짊어진 멋진 폼을 한, 잘생긴 오빠가 길 너머에서 "정희야" 하고 부르시는 일이 많아서 자랑스러웠다. 그 건강하고 멋졌던 오빠가 어느 날 뵈니 목소리도 잘 나오지 않는 노인이 되어 있었다. 인생의 무상함과 서글픔을 느꼈다.

내 고향

의가 좋은 우리 할아버지들은 아산군 배방면 중리의 중심에 자리를 잡아 큰 집들을 지으시고 정원을 잘 꾸미셨다. 큰댁 할머니는 양반 중에서 제일이라는 광산 김씨 출신이시고, 우리 할머니(이어령 씨 외할머니)는 덕수 이씨(이순신 장군과 같음) 출신이셨다. 시골집은 마나님들이 지키고 할아버지들은 서울과 시골을 오가시며 은퇴 생활을 하고 계셨다. 셋째 할아버지는 좌부리에, 넷째 할아버지는 안양과 팔판동에서 사셨다. 다섯째 할아버지는 천안이고. 고향 마을은 맹사성 정승의 사당을 모시고 맹씨의 여러 가문이 자리 잡고 살던 고장이다. 아산군 탕정면 생가를 일곱째 동생에게 물려주고 할아버지가 이곳에 새로 터를 잡으신 것이다.

나는 지금도 우리 고향집과 동네의 꿈을 자주 꾼다. 이 마을은 맹씨, 원씨가 주종을 이루었으며, 좋은 기와집들이 장관인 아주 아름다운 부촌이다. 마을에는 금방앗간(사금을 찧는 방앗간) 소리가 울려 퍼졌었다. 이 동네는 유난히 지식인이 많은 동네였다. 그때 계셨던 맹 면장님은 매일 자전거를 타고 출퇴근하셨으며, 아주 점잖고 멋진 분이셨다.

이어령 씨 외할머니 이야기

할머니가 계시던 안방에는 커다란 벽시계가 있었다. 구한말에 무관이시던 할아버지가 사람을 시켜 집에 갖다놓은 것인데, 처음에는 커다란 괴물이 왔다 갔다 하며 소리를 땡땡 치니 할머니는 너무 놀라 다락으로 도망쳐 숨으셨다고 한다. 그 후 할머니는 이 시계의 태엽을 감는 것이 의무이며 낙이셨다. 남들은 손을 대지도 못하게 그 일을 즐기셨다. 그 뒤편에는 할아버지 다섯 형제분이 구한말 관복을 입으신 사진들이 멋있게 걸려 있었다. 누마루에 간직했던 관복, 그림, 서적, 글씨, 병풍 등 모든 보물들은 6·25 때 바람과 함께 사라지게 되었다.

동생들이 태어나기 전에 나는 할머니와 단둘이 덩그러니 고향집에서 산 시절이 있었다. 일하는 사람들은 있었지만 식구는 둘뿐이었다. 할머니는 나의 한글을 깨우쳐주신 첫 번째 스승이었다. 그분의 지도법은 "가" 자에 "ㄱ" 하면 "각" 하고 "나" 자에 "ㄴ" 하면 "난" 하고 하는 식이었다. 잘 따라오는 나를 부둥켜안고 기뻐하시던 할머니는, 하나라도 더 먹이려고 장조림 등을 입에 넣어주시고, 직접 예쁜 한복을 만들어 입혀주셨다. 할머니의 사랑이 아직도 느껴진다. 할머니가 머리가 아프실 때면 어린 나는 겨울에도 바깥에 나가 손을 얼린 다음 할머니 머리를 짚어드렸다. 그럴 때면 할머니의 주름진 얼굴에 웃음이 피었다. 초등학교 3학년 때 내가 서울로 전학을 갔으니 얼마나 쓸쓸하셨을까? 방학만 되면 나는 할머니께 달려가곤 했다. 할머니는 우리 집의 유명한 연시를 나무 상자에 넣어 다락에서 얼린 것을 주시며, 내가 먹는 것을 바라보며 기뻐하셨다. 지금도 나는 그때의 추억으로 연시를 얼려 먹는다. 내가 온양중학교 선생으로 취임하여 할머니께 사다 드린 여러 가지 선물을 할머니는 많이 기뻐하셨다. 이때는 이미 사랑하던 따님(이어령 씨 어머니)과 며느님(나의 어머니)은 이 세상에 안 계셨다. 내가 출가할 때 그리도 섭섭해하시던 할머니! 그 후에 할머니도 저세상분이 되셨다. 할머니, 할머니, 우리 할머니. 사랑하고 또 사랑합니다. 할머니가 가장 힘들 때 이 손녀는 와서 뵙지도 못했네요. 하며 나는 혼자 중얼거렸다. 결혼해서 멀리 진해에 가서 살고 있었으니 방법이 없었다. 이때 나의 남편은 해군사관학교에서 화학을 가르치는 교관이어서, 나는 그 먼 곳에서 할머니의 마지막 날들을 바라보기만 할 수밖에 없었다.

할머니는 어머니를 일찍 여윈 외손인 이어령 씨 형제에 대해 몹시 가슴 아파하셨다. 살짝 언 연시도 외손자 몫은 따로 있었다. 할머니는 언제나 멀리 떨어져 있는 외손주들 먹일 것을 장만하는 것이 낙이셨다. 어린 시절을 어머니 없이 지낸 나의 동생들과 경영이(이어령 씨 여동생)는 가슴 아프고 안쓰러운 존재였다. 경영이와 내 동생 옥희는 더구나 나의 온양중학교 교사 시절에 내가 담임한 제자였다. 그때 나의 뜻을 잘 따라주어서 고맙게 생각한다. 언니가 담임이니 얼마나 힘들었을까! 경영이는 타고난 유머 감각으로, 또 모든 예능 면에서 재능이 뛰어나서 예술가가 되었으면 대성했으리라 생각한다.

우리 할아버지는 남매를 두셨는데, 아드님 원용태 씨(우리 아버지, 이어령 씨 외삼촌)는 일본의 도시샤대학을 다닌 분인데, 해방 후 온양역전과 우체국 옆에 두 개의 제재소를 경영하셨다. 아버지는 문학을 사랑하고 바이올린을 일류급으로 연주하셨다. 〈무도회의 수첩〉 〈아버지 돌아오다〉 등 명화 이야기는 어려서 아버지에게서 들었다. 매우 낭만적인 분이셨다. 그런데 한때 정치를 하게 되셨다. 정치 노선은 이범석 장군 편이셨다. 대한청년단이다. 이범석 씨 세력이 너무 커지자, 이승만 박사가 이 단체를 해산시켜서 아산군단장이던 아버지의 정계 진출에 적신호가 나타났다. 장남 원중회 씨(나의 오빠)는 서울대 약대를 나와 공군 중령으로 약제관을 하신 분이다. 엽렵하고 똑똑했다. 조카인 종천은 1955년생으로 경기고와 미국 펜실베이니아대 화공과를 졸업한 후 뜻한 바 있어 신학대학에 가서 철학 박사 학위를 취득한 후 신학대학원 교수와 목사로 활동 중이다.

우리가 겪은 6·25

6·25 사변이 터지자 며칠 안 되어 공산군이 남하를 시작하고 있었다. 그 무렵의 어느 날 새벽에 먼 동네에서 온 좌익분자들이 우리 고향집 벽에 총을 쏘며 쳐들어왔다. 이때 임신 중이셨던 어머니는 놀라서 숨을 못 쉬고, 할머니는 벌벌 떨고 계셨다. 아버지와 오빠, 큰 남동생은 이미 남으로 피신하신 뒤였다. 그때 대학생이었던 나는 "나도 공산주의 이론을 좀 배워서 아는데, 죄 없는 개인 집에 침입하여 물건을 마구 약탈하는 법이 어디 있느냐" 하고 항의하며 소리쳤지만, 그들은 아랑곳하지 않고 이 방 저 방을 다 뒤져 모든 귀중품과 생필품을 약탈하고 도망갔다. 이때 우리 어머니는 놀라서 심장병을 얻어서 막내딸을 해산한 후 4개월 만에 돌아가셨다. 그러나 그동안 할머니와 어머니가 베푸신 인덕으로, 같은 동네 살던 동네 사람들은 전혀 우리 집에 해코지를 하지 않고 따뜻하게 도와주었다. 할머니와 어머니가 얼마나 덕을 쌓으셨는지 짐작이 간다.

무지개가 태몽이셨다는 우리 어머니! 소정리 안동 김씨 영장댁 가문의 막내딸로 태어나 원씨 댁에 뽑혀 와서 인력거를 타고 진명여고를 다니셨다는 그분은, 여러 남매를 하나도 출가를 못 시키시고 44세를 일기로 슬프게 타계하고 말았다. 어머니 얼굴도 모르는 4개월 된 막내딸까지 남겨놓으시고…….

우리 집 제삿날 풍경

제삿날에는 고모님과 큰조카며느리가 먼저 오셨다. 우리 어머니는 단정한 차림으로 이분들을 맞으셨다. 시누이, 올케 간의 우애는 이루 말할 수 없이 돈독하였다. 이 어른들은 정성스럽게 제수를 장만하셨다. 이때 원무 어머니(이어령 씨 큰형수)의 생율 치는 모습이 일급이었다. 그 뒤에 고모부와 상주인 우리 아버지가 오신다. 아버지는 고모보다 많이 어려서 내외분의 사랑을 많이 받으시고 서로 존중하셨다. 당숙들도 오셔서 제복을 입으시고 정성스레 제사를 지내셨다. 해마다 큰댁 당숙의 축문 읽는 낭랑한 소리는 국보급이었다. 제사가 끝날 때 지방을 태우는 의식도 큰댁 당숙의 몫이었다. 할머니가 간수해놓은 과일들은 제상을 풍요롭게 만들었다.

정복되지 않는 네모꼴의 신비[1] -이어령

2011년 4월

경기 졸업생을 아내로 둔 모든 이들에게

그녀는 네모꼴이다. 그 네모꼴은 수직과 수평의 두 평행선으로 구성되어 있다. 그리고 선들은 자를 대어도 굽은 데가 없고, 분도계로 재도 한 눈금도 각이 기운 곳이 없다.

천원지방天圓地方. 하늘은 둥글고 땅은 네모나 있다는 뜻이다. 그녀는 동서남북 어디에서 보아도 한구석 결함이 없는 반듯한

1 경기여고 배지는 가로로 긴 네모꼴이다. 녹색 바탕에 한자로 붉은색으로 '京畿'라고 씌어 있다. 이 글은 배지를 통하여 경기여고생의 특징을 통찰한 것이다. 경기여고 1백 주년 기념 문집에 경기여고 출신의 남편으로서 쓴 글이라 점수가 너무 후하다. 이어령 씨는 일상사에 대한 글을 쓰지 않는 타입이어서 나에 대해 쓴 것은 이것밖에 없어서 할 수 없이 그냥 넣기로 했다.

네모꼴. 경계가 확실한 네모난 땅이다.

네모난 땅이 둥근 하늘을 만나면 무엇이 되는가.

그것이 둥근 원 안으로 들어가면 엽전 같은 모양이 되고, 밖으로 나와 그 원을 안에 품으면 구멍 뚫린 방패연 같은 것이 된다.

그녀는 땅의 인력으로 우리를 끌어들인다. 엽전의 중력으로 우리는 든든한 땅을 디디고 산다. 덕분에 둥근 원은 바퀴처럼 구르지 않고, 초록색 땅에서 안심한다.

하지만 둥근 원이 네모난 그녀를 가슴에 품으면, 우리 몸은 끝없이 가벼워진다. 연처럼 높이높이 하늘로 날아오른다. 물질의 땅에서 영혼의 하늘로 상승하는 무중력의 자유와 순수.

만나는 방식에 따라서 그녀는 엽전처럼 무거워지기도 하고, 지연紙鳶처럼 공기보다 가벼워지기도 한다.

아주 현실적이면서도 이상적이고, 아주 이성적이면서도 영적이다. 아름다운 모순, 그것이 그녀의 비밀이다. 우렁각시처럼 몰래 밥상을 차려주기도 하고, 하늘 옷을 입은 선녀처럼 허공 위에서 이슬을 뿌리기도 한다.

하지만 엽전은 구슬처럼 끈으로 꿰어야 하고, 연은 연 감개의 실로 매여져 있어야 한다. 어느 것이나 끈을 필요로 한다는 점에서 그 모순은 통합되어 하나가 된다.

나와 그녀 사이에 있는 끈, 내가 둥근 원이 되기만 하면 땅에서도 하늘에서도 살 수가 있는 네모꼴—그것이 50년 가까이 살아온 내 아내와의 삶이다.

모든 남자들이 네모꼴의 아내를 얻기 위해서 열심히 꿈을 꾼다. 하지만 실을 지배하는 엽전의 몸과 이상을 실현하는 영혼의 연을 얻기 위해서 가위에 눌릴 필요는 없다. 튼튼한 끈을 잡으면 된다.

그리고 그녀와의 끈을 발견하기 위해서는 먼저 둥그런 연이 되는 연습을 해야 한다. 오늘도 그녀는 초록색 모양을 한 네모꼴로 당신 머리맡에 앉아 있을 것이다. 풀리지 않는 수수께끼처럼.

그녀는 동서남북 어디에서 보아도 한구석 결함이 없는 네모꼴이다. 경계가 확실하고 반듯한 네모꼴의 땅이다. 당신이 원이 될 때 비로소 당신은 네모꼴을 만나 천원지방의 태곳적 웅대한 코스몰로지의 삶을 산다.

경기여고의 네모난 배지를 단 여성을 처음 본 것은 내 외사촌 누이를 통해서였다. 한자도, 네모난 배지 모양이나 초록색 바탕 위에 '京畿'라고 쓰인 한자도, 모두 각이 나 있었다. 여성은 둥근 것, 곡선적인 것으로 생각해오던 나의 인상과는 아주 달랐다. 그러나 내 똑똑한 누이의 이미지와 참으로 잘 어울린다고 생각했다. 지적이고, 한구석 빈틈이 없이 야무지고, 때로는 아주 쌀쌀한 분위기가 있어서 함부로 응석을 부릴 수 없는 상대였다.

솔직히 말해 그 네모꼴의 배지가 나를 주눅들게 한 것도 사실이다. 얼굴에 여드름이 나기 시작하면서 어느새 네모꼴의 이미지는 내가 동경하는 소녀의 모습으로 바뀌게 되고, 끝내 나는 이 네모꼴로 이어지는 아리아드네의 실을 따라 한 여성과 만나게 된다. 그것이 지금의 내 아내다. 그리고 그녀와의 만남을 통해서 나 스스로가 둥그렇게 되어야 한다는 사실을 발견하게 된다.

천원지방이라는 옛말이 의미하듯이 원래 여성은 네모이고 남성은 원이다. 이것을 잘못 알고 있기 때문에 경기 출신을 아내로 맞이한 사람들은 가끔 고민하게 되고, 그 착각 때문에 좀 힘이

들기도 한다. 하지만 남성이 원이 되면, 당신은 이 지상에서 최고의 아내, 우렁각시처럼 되기도 하고 하늘 옷을 입은 선녀가 되기도 하는 기막힌 아내 곁에서, 일생을 전설의 이야기처럼 살아갈 수 있게 될 것이다.

만남

초판 1쇄 인쇄 2024년 4월 24일
초판 1쇄 발행 2024년 5월 8일

지은이 강인숙
펴낸이 정중모
펴낸곳 도서출판 열림원

출판등록 1980년 5월 19일(제406-2000-000204호)
주소 경기도 파주시 회동길 152
전화 031-955-0700
팩스 031-955-0661
홈페이지 www.yolimwon.com
이메일 editor@yolimwon.com

페이스북 /yolimwon
트위터 @yolimwon
인스타그램 @yolimwon

주간 김현정 책임편집 박지혜
편집 김민지 김혜원 정소영
디자인 강희철

마케팅 홍보 김선규 최은서 고다희
온라인사업 서명희
제작 관리 윤준수 고은정 구지영 홍수진

ISBN 979-11-7040-262-6 03810